Wolfgang Swat

Die gepfählte Frau

Wolfgang Swat

Die gepfählte Frau

und zwölf weitere Verbrechen

Bild und Heimat

ISBN 978-3-95958-012-0

1. Auflage dieser Sonderausgabe

Umschlaggestaltung: capa
Umschlagabbildung: Chris Keller / bobsairport
Druck und Bindung: GGP Media GmbH, Pößneck

SUPERillu

In Kooperation mit der SUPERillu
www.superillu-shop.de

FSC
www.fsc.org
MIX
Papier aus verantwortungsvollen Quellen
FSC® C014496

Inhalt

Die gepfählte Frau

Die Gastwirtschaft in Mullewitz in der Lausitz ist eine, wie es sie in der DDR nahezu in jeder Gemeinde zwischen Kap Arkona und Fichtelberg gibt. Landgasthäuser sind Zentren des gesellschaftlichen Lebens. So auch in Mullewitz: Wochentags nach getaner Arbeit auf den LPG-Feldern oder in den großen Tierproduktionsanlagen und nach der Versorgung der häuslichen Feld- und Viehwirtschaft sitzen die Männer am Stammtisch, bereden den Tag, spielen Skat oder klönen über die neuesten Dorfnachrichten. Bier und Schnaps kommen nicht zu kurz. An die Gaststube schließen sich ein großer Veranstaltungssaal und eine Kegelbahn an. Die Toiletten befinden sich außerhalb des Hauptgebäudes. Außerdem gehört hinten heraus ein Wirtschaftshof zu dem Anwesen, an den sich ein eingezäunter Garten anschließt. An den Wochenenden herrscht im Saal Hochbetrieb. Dann ist Tanz für die Dorfjugend, der junge Leute aus der ganzen Umgebung, sogar die aus der nahen Kreisstadt, anzieht. Betriebe und Vereine nutzen die Gastlichkeit für ihre Feste.

Am 30. August 1980 hat sich ein Gesangsverein aus der Stadt an der deutsch-polnischen Grenze in Mullewitz eingemietet. Die Frauen und Männer sind um 18 Uhr in Bussen angereist. Bis nachts um eins soll das fröhliche Treiben gehen.

Mit dabei sind Klaus Gruttke und seine Frau Walfriede. Zwar singt der 44-jährige Klaus schon seit einiger Zeit nicht mehr im Chor, doch dem Verein fühlt er sich als Mitglied weiterhin verbunden.

Die Stimmung ist prächtig. Das Essen hat prima geschmeckt, die Kapelle sorgt mit Spieleinlagen für Abwechslung und füllt mit ihrer Musik die Tanzfläche. Die aktiven und passiven Gesangsfreundinnen und -freunde ölen ihre Stimmen ordentlich mit Sekt, Wein, Bier und Schnaps, und je später es wird, desto heißer geht es zur Sache.

Klaus Gruttke ist an diesem Abend kein sonderlich aktiver Tänzer. Ein paar Runden hat er sich mit seiner Walfriede abgequält. Ansonsten schaut er lieber zu. Obwohl er weiß, dass seinem Körper und Geist das Zusammenspiel von Bier und Schnaps nicht bekommt, langt er an diesem gemütlichen Abend kräftig zu. Das ist ganz gegen seine Gewohnheit. Zweimal im Leben war er betrunken – beide Male mit so heftigen Nachwehen, dass es ihm eine dauerhafte Lehre war. Er weiß, dass er nach dem Genuss von Alkohol ein anderer Mensch ist. Dann macht er sich zum Clown, klärt Probleme – anders als sonst – unüberlegt, unsachlich, unbeherrscht. Statt harter Sachen wie Wodka, Korn oder Weinbrand genehmigt er sich mal zwei, drei Liköre zu vier bis fünf Gläsern Bier oder auch mal zehn kleine Bier, dann aber keine Liköre. Während der Arbeitszeit ist Alkohol ganz tabu, was in seinem Job, dem Gaststättengewerbe, nicht als selbstverständlich gilt.

An diesem Abend aber sitzt ein trinkfreudiger Gruttke an Tisch und Bar. Im Laufe des Vergnügens genehmigt er sich etwa zwölf Gläser Bier und dazu acht doppelte Weinbrand. Seine Angetraute steht ihm nicht nach. Gegen halb elf merkt der Zecher, dass er wohl bis zur Rückfahrt der Busse nicht durchhalten wird. Er will sich ein Auto chartern. Der Wirt winkt ab. »Siehst doch, was hier los ist«, entschuldigt er sich. Auch der Kellner kann nicht. Gäste haben ihm das eine oder andere Bier spendiert, und unter Alkoholeinfluss Auto zu fahren ist ihm zu heikel. Gerade an den Wochenenden ist die Volkspolizei wachsam. Sie kennt alle Schleichwege, die von der Kneipe wegführen. Die Frau des Kellners aber, die in der Küche hilft, könnte fahren. Gruttke nimmt das Angebot an.

Inzwischen ist es dreiviertel elf. Die Kapelle spielt die letzte

Musik vor der Pause. Walfriede, die vor zwei Wochen ihren 42. Geburtstag groß gefeiert hat, hat sich einen Tanzpartner geangelt. Der ist ein paar Jahre jünger als die schwarzhaarige Brillenträgerin und sieht gut aus. An diesem Abend ist er nur zufällig in der Gaststätte. Zwar steht er nach reichlichem Getränkekonsum nicht mehr ganz sicher auf den Beinen, doch das hat er mit Walfriede gemeinsam. Sie schmiegt sich eng an den Tänzer und tuschelt mit ihm beim schwungvollen Drehen auf dem Tanzboden. Das Paar küsst sich vor aller Augen und tut ganz so, als kenne es sich schon seit einer Ewigkeit. Als der letzte Akkord gespielt ist, hängt sich Walfriede, die in ihrem weißen Rock und der schwarzen Bluse eine attraktive Erscheinung ist, bei ihrem Begleiter ein und lässt sich zurück an den Tisch bringen, wo Klaus Gruttke das Treiben seiner Partnerin kritisch beobachtet hat.

»Mir ist übel.« Mit diesen Worten steht Walfriede auf, um draußen frische Luft zu schnappen. Klaus nimmt sie am Arm und beobachtet, dass sich auch der junge Mann, mit dem seine Ehefrau gerade getanzt hat, anschickt, vor die Tür zu gehen. Gruttke fühlt Eifersucht in sich aufsteigen und macht seiner Gattin eine Szene.

»Ist wohl dein Neuer?«, herrscht er sie an.

»Na und«, giftet Walfriede zurück und reißt sich von seinem Arm los. Klaus muss dringend den Ort mit der Pinkelrinne aufsuchen. Walfriede bleibt draußen, stützt sich mit den Händen an die Giebelwand der Kegelanlage und atmet mehrmals tief die frische Nachtluft ein. Als Klaus fünf Minuten später die Toilette verlässt, ist Walfriede verschwunden. Er sucht nach ihr.

Eine halbe Stunde vor Mitternacht klingelt beim diensthabenden Arzt der Intensivstation im Kreiskrankenhaus das Telefon. Er wird zum Krankenwagen der Dringlichen Medizinischen Hilfe (DMH) gerufen. Gemeinsam mit Schwester Ursula eilt Dr. Stoppe zum Fahrzeug. Auf dem Weg nach Mullewitz informiert ihn der Fahrer, dass dort eine Frau schwer verletzt gefunden wurde.

Zehn Minuten später ist das Notfallteam vor Ort. Im Dunkeln tasten sich die Helfer voran. Neben einem Haufen Mauerziegeln liegt eine Frau ausgestreckt auf dem Rücken. Dr. Stoppe sieht sofort, dass sie am Kopf stark blutet. Bei der näheren Untersuchung bemerkt er Wunden am rechten Scheitelbein und am Hinterkopf. Blut tropft der Verletzten aus den Ohren, aus der Nase und auch aus dem Mund. Der Arzt spricht sie an, doch die Patientin reagiert nicht. Als er sie kneift, verzieht sie das Gesicht. Immer wieder stöhnt die Frau laut vor Schmerzen. Ihr Puls ist kaum zu fühlen. Bei der weiteren Untersuchung fallen ausgeprägte Hämatome am Hals und im Nacken auf. Auch an der rechten Hand ist sie verletzt. Der Arzt und Schwester Ursula reinigen die Mundhöhle und legen die Verletzte in stabiler Seitenlage auf die Krankentrage. Mit Blaulicht rast der weiß-rote Barkas ins Krankenhaus zurück.

Auf der Intensivstation beginnt der Kampf um das Leben von Walfriede Gruttke.

Als die Mediziner die Patientin entkleiden, fällt ihnen auf, dass der Reißverschluss des Rockes auseinandergerissen ist. Schlüpfer und Strumpfhose sind zusammengerollt bis zu den Oberschenkeln heruntergezogen und schnüren dort ein. Was sie dann entdecken, lässt Chirurgen, Anästhesisten und Krankenschwestern, die schon viel Leid gesehen haben, das Blut in den Adern stocken: Zwischen den Oberschenkeln ragt ein vierkantiges Stuhlbein heraus. Es ist 3,5 Zentimeter breit und etwa 45 Zentimeter lang. Zu drei Fünfteln steckt es in der Vagina. Walfriede Gruttke wurde gepfählt wie lasterhafte Frauen im Mittelalter. Sofort werden die Chefärzte der Gynäkologie und der Inneren Abteilung alarmiert.

Als das Holz vorsichtig entfernt wird, schießt ein Schwall Blut aus der Scheide.

Zwanzig Minuten nach Mitternacht wird die Patientin geröntgt. Der bereits am Unglücksort diagnostizierte Schädelbasisbruch bestätigt sich. Gebärmutter, Blasenhinterwand und die Bauchhöhle sind schwer beschädigt. Um 0.35 Uhr wird Walfriede Gruttke in den OP gebracht. Dort versagen Herz, Kreislauf und Atmung. Trotz künstlicher Beatmung, Herzmassage, Transfusionen und Injektionen bleibt die Reanimation ohne Erfolg. Am 31. August um 3.42 Uhr ist Walfriede Gruttke tot.

Es ist gegen 23.15 Uhr, als Klaus Gruttke beim Kellner darauf drängt, die zuvor verabredete Fahrt nun anzutreten. Seine Frau liege auf einer Wiese im hinteren Teil des Kneipengrundstücks, teilt er mit. Am besten wäre es, das Auto rückwärts und ohne Licht dorthin zu kutschieren, um nicht aufzufallen, schlägt er vor. Kellner Josef ist davon nicht begeistert. Obwohl seine Frau mit dem Auto gut klarkommt, ist das wohl doch zu schwierig, wendet er ein. Die Betrunkene – Josef geht davon aus, dass Walfriede wohl doch etwas zu viel gezecht hat – könne man ja ein paar Meter nach vorne tragen, schlägt er vor. Gesagt, getan. Klaus Gruttke packt die Füße, Josef greift der Frau unter die Arme. Plötzlich sieht der Kellner das Blut am Kopf, fühlt Feuchtigkeit an den Händen. Hier muss ein Arzt her, ist ihm sofort klar. Sie legen die Verletzte neben einem Haufen aus Ziegelsteinen unweit der Kegelbahn ab. Der Wirt ruft über den Notruf 115 die Dringliche Medizinische Hilfe und informiert auf Anraten des Notarztes die Polizei.

Zwei Polizisten vom Volkspolizei-Kreisamt (VPKA) sind inzwischen in Mullewitz eingetroffen. Klaus Gruttke sitzt am Stammtisch in der Gaststätte vor einem Glas Bier. Neben ihm steht ein Paar Damenschuhe. Sie stammen von Walfriede. Gruttke, der in ein Nebenzimmer geführt wird, beantwortet mürrisch und lustlos die Fragen der Uniformierten.

»Ich habe meine Frau gefunden, was passiert ist, weiß ich

nicht«, ist seine knappe Antwort. Wieso er die Schuhe seiner Ehefrau bei sich hat, wollen die Polizisten wissen. Sie ernten nur ein Schulterzucken. Bei der Besatzung des Streifenwagens verstärkt sich der Eindruck, dass der angetrunkene Mann, der am Tisch sitzt und weiter an dem Glas Bier nippt, sich wenig Sorgen um den Gesundheitszustand seiner Ehefrau macht. Sie schildern ihrem Vorgesetzten im Lagezentrum des VPKA die Situation, die auf ein Verbrechen schließen lässt. Der Offizier in der Zentrale mobilisiert die Spezialisten des Kriminaldauerdienstes des VPKA und der Morduntersuchungskommission (MUK) in Cottbus. Das Vereinsvergnügen hat ein trauriges Ende gefunden.

Inzwischen ist das halbe Dorf aufgeschreckt durch Blaulicht und Sirenengeheul. Der mögliche Tatort wird abgesperrt, um Neugierige fernzuhalten. Nur noch die Kriminaltechniker haben Zutritt. Im Saal kursieren erste Gerüchte, dass die Verletzte wahrscheinlich zusammengeschlagen wurde. Genaues weiß keiner. Die Polizei stellt die Personalien der Anwesenden fest. Fünfzig Teilnehmer der Tanzveranstaltung sowie das Personal der Gaststätte werden als mögliche Zeugen vernommen. Unterdessen wird Klaus Gruttke im Streifenwagen zum Krankenhaus gebracht, um die Alkoholkonzentration in seinem Blut festzustellen. Kaum hat sich das Polizeifahrzeug in Bewegung gesetzt, schläft der 44-Jährige ein. Die Analyse der Blutprobe ergibt 1,9 Promille. Das ist Handhabe genug, ihn die nächsten Stunden festzuhalten.

»Sie müssen in der Ausnüchterungszelle übernachten«, wird ihm mitgeteilt. Sonderlich überrascht ist der Mann nicht.

»Das sehe ich ein«, gibt er sich gelassen. »Bitte verständigen Sie meine Schwester und meine Tochter, damit das häusliche Vieh versorgt wird.« Gruttke lässt sich widerstandslos in die Zelle bringen. Er liegt mit offenen Augen auf der harten Pritsche und schließt sie nur, wenn sich jemand dem Guckloch in der Zellentür nähert. Das ist zumindest der Eindruck der Wachtmeister. In den frühen Morgenstunden wird ihm die Nachricht vom Tod seiner Ehefrau überbracht. Er nimmt sie gefasst entgegen.

»Wollen Sie denn gar nicht wissen, woran Ihre Gattin gestorben ist?«, wird er gefragt. Seine Antwort ist emotionslos.

»Das werde ich noch früh genug erfahren.«

Die ersten Informationen der Ärzte über Art und Schwere der Verletzungen von Walfriede Gruttke am Kopf und im Unterleib und die Spuren im Außenbereich der Gaststätte lassen die Vermutungen der Kripo, dass die Frau getötet wurde, schnell zur Gewissheit werden. Auf dem Dach der Kegelbahn entdecken die Kriminaltechniker ein Stuhlbein. Unweit der Giebelwand der Kegelhalle liegt die Brille der Toten. Sie ist nicht beschädigt und ohne Blutspuren. Mehr als zehn Meter weiter finden sie einen Anhänger vom Rock und Stoffreste vom Schlüpfer. An den Fundorten der Brille und der Stoffreste registrieren die Spurensucher größere Blutflecken. Zwischen Giebelwand und Fundort der Brille ist das Gras großflächig niedergetreten. Die Kriminalisten vermuten: Hier hat es einen Kampf gegeben, die eigentliche Tat fand danach am Fundort der Stoffreste statt.

Oberleutnant Roland Poszek, der die Ermittlungen der MUK leitet, konfrontiert Klaus Gruttke damit, dass seine Frau ermordet wurde. Der will von solch einem »Blödsinn« nichts wissen, sondern endlich nach Hause, um sich auszuschlafen. Als der Vernehmer nicht lockerlässt, gibt er zu, dass er nach dem Verlassen der Toilette seine Frau gesucht hat. Dabei habe er im Garten den Schatten eines davonhuschenden Mannes gesehen und kurz darauf seine Frau gefunden, die mit gespreizten Beinen im Gras lag und nicht ansprechbar war. Er habe sie ohne viel Aufsehen nach Hause bringen wollen, sei in die Gaststätte gegangen und habe beim Kellner auf die Autofahrt gedrängt. Wenn seine Frau ermordet wurde, dann könne nur ihr Liebhaber in Frage kommen, den sie seit einem Jahr hat, legt er den Kriminalisten die Spur zum möglichen Täter. Er kenne ihn zwar nicht, doch es müsse der Mann sein, mit dem sie getanzt und rumgeknutscht hat, begründet er den Verdacht, der für ihn schon Gewissheit zu sein scheint.

Begegnet ist Gruttke dieser Schattengestalt nicht, obwohl es nur einen schmalen Weg vom Garten zur Straße gibt. Er hat eine Erklärung dafür, verweist auf ein Loch im maroden Eisenzaun, der das Anwesen umspannt. Es ist in der Tat groß genug, dass ein Mann durchschlüpfen könnte. Als die Kriminalisten es genauer untersuchen, stellen sie fest, dass es durch ein Spinnennetz verschlossen ist. Das Kunstwerk der Achtbeiner ist dicht und unzerstört. Dieser Fluchtweg ist ausgeschlossen. Auch für ein Überklettern der Absperrung gibt es an keiner Stelle Hinweise, beispielsweise Fußabdrücke im Gras. Auch Handspuren oder gar Faserreste an den alten Eisenstangen sind nicht zu finden.

Der Galan von der Tanzfläche scheidet schnell als Täter aus. Der Tanz mit Walfriede und der Kuss, das ergeben die Ermittlungen, waren ihr erstes und einziges Zusammentreffen. Den Liebhaber des Opfers gibt es aber trotzdem. Gerd-Rüdiger ist über zehn Jahre jünger als Walfriede. Er ist gerade aus dem Gefängnis entlassen und die Frau wieder einmal allein, als sie sich in einer Gaststätte kennenlernen.

»Willst du mal sehen, wie eine Strohwitwe lebt?«, fragt sie ihre frische Bekanntschaft zu vorgerückter Stunde. Natürlich will Gerd-Rüdiger, und er genießt die vernachlässigte Frau noch am gleichen Abend. Die Ehe von Klaus und Walfriede funktioniert schon lange nicht mehr, nein, sie hat wohl nie wirklich funktioniert, obwohl das Paar in den zwanzig gemeinsamen Jahren vier Kinder gezeugt hat. Für Klaus ist es nach einer enttäuschten Beziehung die zweite Ehe. Aus der ersten Bindung, die nur ein

Jahr hielt, gibt es einen weiteren Sohn. Er hat also als Erzeuger von fünf Kindern und Ernährer der Familie eine große Verantwortung. Materiell kommt er dieser nach. Klaus ist ein fleißiger Koch, Kellner und Gaststättenleiter und ständig unterwegs. Lange Jahre arbeitet er in einem bekannten und beliebten Restaurant in der Bezirksstadt Cottbus, wo er ein eigenes Zimmer bezogen hat, und jobbt außerdem als Saisonhilfe an der Ostsee. In dieser Zeit ist er eher Gast als Ehemann bei Walfriede und Vater für die Kinder. Bei seiner Kollegin Jutta fühlt er sich geborgener, umsorgter, als Mann anerkannter. Jutta ist seine Geliebte. Er bringt es in dieser Dreiecksbeziehung sogar fertig, beide Frauen gleichzeitig zu schwängern. Sein doppeltes Spiel fliegt auf, als Jutta im HO-Kreisbetrieb zufällig die Liste mit den Meldungen für das Kinderferienlager in die Hand bekommt und aus allen Wolken fällt, dass ihr Klaus Vater von vier Kindern ist. Sie setzt ihn vor die Tür. Der Verstoßene muss reumütig bei Walfriede um gut Wetter bitten. Die gewährt dem Treulosen zwar Unterkunft, doch Friede und Freude kehren nicht ins Bett zurück. Gefragt ist nur noch das Geld, das er durch seine Arbeit nach Hause bringt. Freunden und Bekannten erzählt Walfriede in aller Öffentlichkeit von den Potenzstörungen ihres »Alten«, der »einen tauben Sack« hat und »keinen mehr hochbekommt«. Trotz all den Erniedrigungen und heftigen Auseinandersetzungen finden beide nicht die Kraft zum Auseinandergehen. Klaus flüchtet vor dem zänkischen Weib ins Gartenhäuschen, wo er Blumen pflegt und Katzen züchtet. Oder er sucht Rat und Trost bei der Schwester, die zwei Jahre jünger und doch die Dominante unter den Geschwistern ist. Sie rät, er solle bei Walfriede bleiben, und er tut, was sie sagt.

Hingabe und Erfüllung sucht und findet Klaus Gruttke bei einer anderen Frau, der Witwe Ute. Walfriede erfährt davon, als sie das Paar verliebt dahinschlendernd auf einem Stadtfest beobachtet. Kurz danach läuft ihr Gerd-Rüdiger über den Weg und ist sofort bereit, bei Walfriede das Verlangen nach Manneskraft zu stillen. Als Gruttke durch seine Schwester von der Untreue seiner Frau erfährt, rast er vor Eifersucht. Was ihm beim Fremdgehen recht ist, gesteht er der Angetrauten nicht zu. Er schickt einen Bekannten als seinen vermeintlichen Sohn zum Nebenbuhler, der mit Gewalt droht, falls dieser nicht die Finger von Walfriede lässt. Ob sich Gerd-Rüdiger davon beeindrucken ließ oder einfach der älteren Geliebten langsam überdrüssig wurde, bleibt Spekulation, aber er lässt das Verhältnis erkalten. Walfriede hofft jedoch, den Geliebten mit Geschenken an sich binden zu können: Mal hängt sie ihm einen Beutel mit Bettwäsche, Handtüchern, Kaffee und Zigaretten an die Türklinke seiner Wohnung, dann steckt sie ihm 200 Mark Bargeld in den Briefkasten …

Klaus Gruttke kann sich auch in dieser Situation wieder einmal nicht entscheiden. Er möchte den Nebenbuhler aus Walfriedes Bett vertreiben und in selbiges zurückkehren. Er gibt sich einige Wochen lang sichtlich Mühe, schenkt ihr Blumen und wirbt um ihre Gunst. Doch statt erhoffter Liebesbezeugungen erntet er schmerzhafte Kniffe in seine Männlichkeit. Ute, von der er sich eigentlich trennen wollte, bleibt sein Rettungsanker. Bei ihr kann er stets unterschlüpfen. Noch am Tag vor dem schrecklichen Geschehen in Mullewitz wärmt er sich bei ihr im Bett Füße und Herz.

Gerd-Rüdiger wird zwei Tage nach dem Mord an Walfriede vernommen. Sein Alibi für den Tattag ist wasserdicht. Ein Freund hatte Geburtstag, der in einer Tanzgaststätte in der Kreisstadt gefeiert wurde. Zeugen bestätigten, dass Gerd-Rüdiger nie für längere Zeit weg war und damit nicht im Dorfgasthaus in Mullewitz als der unbekannte Schattenmann aufgetaucht sein kann.

Klaus Gruttke hat ein solches Alibi nicht. Im Gegenteil. Er wird von einer Zeugin gesehen, als er gegen 23.15 Uhr aus dem hinteren Teil des Gartens kommt und in die Gaststätte geht. Zuvor muss es einen handfesten Streit zwischen den Eheleuten gegeben haben. Dafür sprechen die Spuren am Tatort und der Obduktionsbefund. Die Kriminaltechniker fanden exakt 3,6 Meter von der Giebelwand der Kegelhalle entfernt die Brille des Opfers. Sie war nicht beschädigt, unter dem Mikroskop fanden sich auch keine Blutspritzer. Walfriede muss sie verloren haben, bevor sie der Täter so entsetzlich zugerichtet hat. Bei der Obduktion hatten die Ärzte ein Hämatom im Gesicht und Verletzungen im Mund bemerkt, die von einem Faustschlag herrühren könnten, den Gruttke seiner Frau beim Gang zur Toilette versetzt haben soll, als die sich aus seinem Arm winden wollte. Merkwürdig erscheint den Ermittlern um Untersuchungsführer Poszek das Verhalten des Ehemannes. Warum verlangte er, dass der Abtransport mit dem Pkw möglichst im Dunkeln geschehen sollte? Warum äußerte er gegenüber der Frau des Kellners, die sich als Fahrerin angeboten hatte, dass ihm die ganze Sache nicht geheuer erscheint und dass ihm jemand eins auswischen will? Woher wusste er von Verletzungen, wo er doch behauptet hatte, seine Frau liege betrunken im Gras? Wie ist er zu den Schuhen seiner Gattin gekommen, die er beim Eintreffen der Polizei bei sich hatte?

Am ersten September erlässt das zuständige Kreisgericht Haftbefehl gegen Klaus Gruttke wegen des dringenden Verdachts, dass er für den Tod seiner Ehefrau verantwortlich ist. Der Beschuldigte bestreitet jede Tatbeteiligung. Er verlangt bei der Vernehmung nach seiner Schwester, sonst sage er gar nichts mehr, erklärt er kategorisch.

Es beginnt ein zähes Ringen um die Wahrheit. Insgesamt 18 Mal wird Klaus Gruttke im Verlauf der Ermittlungen oft über viele Stunden am Tag vernommen. In den ersten drei Befragungen gibt sich der Mordverdächtige einsilbig, ahnungs- und teilnahmslos. Er habe seine Frau verletzt vorgefunden, als er sich mit ihr nach Hause fahren lassen wollte. Mehr wisse er nicht. Am zweiten Tag nach seiner Verhaftung ringt sich Gruttke zu einem ersten Teilgeständnis durch.

»Meine Frau lag auf dem Rücken«, berichtet er den Vernehmern. »Die Beine waren lang ausgestreckt, der Rock nach oben gerutscht, so dass ein Teil des Oberschenkels zu sehen war.« Walfriede habe aus der Nase geblutet. Auf dem Rückweg zur Gaststätte will er über ein Stück Holz gestolpert sein.

»Ich habe es gepackt und bin damit zurückgegangen. Dann habe ich meine Frau an Strumpfhose und Schlüpfer gefasst, beides nach unten gezogen und ihr das Holzstück in die Scheide eingeführt.«

Einen Tag später offenbart er, wie viel Hass auf die Frau in ihm steckte: »Ich war erbost darüber, dass meine Ehefrau betrunken war. Des Weiteren war ich aufgrund meiner Eifersucht empört, dass sich meine Frau mit einem anderen Mann einließ, ich meine damit, dass sie einen Freund hatte und sie mir seit zirka fünf Wochen jeglichen Geschlechtsverkehr verweigerte. Hinzu kam dann der Tanz mit dem mir unbekannten Mann in der Gaststätte, wo sich meine Frau von diesem Mann küssen ließ und diese Küsse auch erwiderte.« So steht es im Vernehmungsprotokoll.

Die Kripo glaubt ihm nicht, denn die Spuren sprechen eine andere Sprache. Auf dem Wirtschaftshof stellen die Kriminaltechniker einen zertrümmerten Hocker sicher, an dem zwei Stuhlbeine fehlen. Die verbliebenen sind identisch mit der Tatwaffe. Das andere Stuhlbein findet man auf dem Dach der Kegelhalle. Dass es dort seit längerer Zeit liegt, ist nach Aussagen der Wirtsleute ausgeschlossen. Der Tatverdächtige bestreitet, auf dem Wirtschaftshof gewesen zu sein, doch die Analyse der Bodenanhaftungen an seinen erst tags zuvor erworbenen teuren Tanzschuhen beweist das Gegenteil. So in die Enge getrieben, räumt der Beschuldigte seine Anwesenheit auf dem Hof ein. Er schildert dem Vernehmer folgende Version: »Als ich meine Frau auf der Wiese neben der Kegelbahn fand, dachte ich, dass sie mit jemandem Geschlechtsverkehr hatte. Ich war darüber verärgert, dass sie andere Männer ranlässt, nur mich nicht. Schließlich habe ich meine Freundin vor fünf Wochen verlassen, um wieder bei ihr zu sein.«

Dass er noch am Vortag intim mit Ute war, verschweigt er in dem Glauben, dass sich die Polizei dafür nicht interessiert und Ute darüber nicht sprechen wird.

»Ich bin am Durchgang zur Damentoilette auf den Wirtschaftshof gegangen, um aus dem dortigen Stall eine Rübe zu holen. Diese wollte ich meiner Frau ins Geschlechtsteil einführen«, fährt Gruttke fort. Eine solche Ackerfrucht habe er nicht gefunden, jedoch statt der Rübe neben einer Tür einen Hocker entdeckt, der im Licht des Küchenfensters gut zu sehen war.

»Ich habe zwei Hockerbeine abgerissen und mitgenommen. Dann bin ich zurück zu meiner Frau. Unterwegs warf ich auf dem Gelände der Kegelbahn ein Holzbein weg. Das andere habe ich meiner Frau in das Geschlechtsteil eingeführt.«

Kaum eineinhalb Stunden später erhält Oberleutnant Poszek die Information, dass Gruttke ihn sprechen und ein Geständnis ablegen wolle. Mit einem Tonbandgerät im Gepäck eilt der Kripomann in die Untersuchungshaftanstalt. In einem Aktenvermerk zu diesem Gespräch hält Poszek fest, dass Gruttke völlig erregt war und zweimal aufgefordert werden musste, endlich Platz zu nehmen. Dann erklärte er unter anderem, dass er die Hockerbeine ursprünglich beschafft habe, um den jungen Mann zu verprügeln, der mit seiner Frau getanzt hatte. Mit dem Hockerbein auf seine Frau eingeschlagen zu haben, gibt er nicht zu. Auf die Aufforderung, endlich alles zu sagen, wenn er sich nun schon zu einem Geständnis durchgerungen habe, antwortet er: »Ich habe alles gesagt, und dafür will ich auch zur Rechenschaft gezogen werden.«

Das Gespräch in der Haftanstalt wird mit Zustimmung des Beschuldigten auf Tonband aufgenommen. Als ihm Poszek drei Tage später die Abschrift der Vernehmung zur Unterschrift vorlegt, überrascht Gruttke mit dem Hinweis, dass er doch nicht die Wahrheit gesagt habe und noch einiges fehle. Einem weiteren Aktenvermerk ist zu entnehmen, dass ihm die Gelegenheit gegeben wurde, sofort ein schriftliches Geständnis abzugeben. Er habe dann ohne Beeinflussung sein »freiwilliges Geständnis« geschrieben und darin zugegeben, dass er seine Frau getötet hat.

Dann heißt es in der Notiz weiter: »Anschließend brach er in Tränen aus, stand auf, reichte dem Vernehmer die Hand und bedankte sich, weil der Vernehmer ihm sehr geholfen habe, die Wahrheit zu schreiben bzw. zu sagen.«

Es vergehen weitere vier Tage, in denen die Ermittler den Inhalt des Geständnisses mit den objektiven Tatspuren abgleichen. Am 19. September 1980 wird Gruttke erneut vernommen. Die Befragung beginnt um 13.20 Uhr und endet um 16.30 Uhr. Sie wird später in der Gerichtsverhandlung eine zentrale Rolle spielen. Gruttke schildert, wie und warum es zu dieser schrecklichen Tat kam: »Als ich vom Pinkeln kam, das kann etwa drei bis vier Minuten gedauert haben, vielleicht auch nur zwei Minuten, war meine Frau fort. Ich ging schnellen Schrittes zur Straße vor. Ich ging zur Straßenmitte und guckte. Sie war nicht zu sehen. Dann ging ich zur Damentoilette. Auch hier befand sich meine Frau nicht. Daraufhin ging ich durch den Durchgang der Toilette auf den Wirtschaftshof. Das mit der Rübe war Quatsch, es war von mir geschwindelt. Diese Ausrede war mir damals gerade eingefallen. Ich suchte den Wirtschaftshof ab. Auch dort war sie nicht. Für mich stand fest, dass meine Frau mit dem letzten Tänzer weggegangen ist. Darüber war ich empört und sagte mir, dem wirst du jetzt anständig den Arsch versohlen.«

Gruttke findet den Hocker und zerlegt ihn in seine Einzelteile. Fast am Ende der Kegelbahn sieht er dann den hellen Rock seiner Ehefrau leuchten. Er geht zu ihr und schaut dabei nach links und rechts, um ja nicht den Tänzer zu verpassen, den er in ihrer Nähe vermutet. Doch da ist niemand. Nur die Frau liegt lang hingestreckt mit dem Rücken auf der Wiese. Das linke Bein ist angewinkelt, der Rock nach oben gerutscht, so dass der Schlüpfer zu sehen ist. Er herrscht sie an: »Von jedem lässt du dich bumsen, nur von mir nicht, du Schwarte.«

»Schwarte«, klärt er den verdutzt dreinschauenden Kriminalisten auf, »sage ich immer zu Menschen, die nichts taugen.«

Walfriede reagiert nicht, weder mit Worten noch mit Bewegungen. Klaus Gruttke steht an ihrer rechten Seite. Er wirft eines der Hockerbeine weg, packt das andere mit beiden Händen und schlägt zweimal auf ihre rechte Kopfseite. Plötzlich bewegt sich das Opfer, dreht sich nach links fast in Bauchlage. Gruttke lässt das Hockerbein noch zweimal niedersausen, diesmal auf ihren Hinterkopf. »Meine Schläge erfolgten kurz hintereinander. Es ging alles sehr schnell. Meine Schläge waren unkontrolliert. Ich habe nur auf den Kopf eingeschlagen«, gibt er zu.

Doch damit ist das grausige Geschehen noch nicht zu Ende, seine Wut noch nicht gestillt. Das Martyrium setzt sich fort. Gruttke greift nach eigener Aussage mit der linken Hand in den Bund von Schlüpfer und Strumpfhose und zerrt beide Kleidungsstücke über die Oberschenkel nach unten. Das Stück vom Schlüpfer, das dabei abreißt, wirft er achtlos zur Seite. Von hinten rammt er das Hockerbein 20 bis 25 Zentimeter tief in die Scheide der wehrlosen Frau.

Nach der Pfählung geht Gruttke zur Gaststube zurück, wobei er einer ihm unbekannten Frau begegnet. Den Kellner und dessen Frau drängt er nun zur verabredeten Heimfahrt.

»Ich war mir zu diesem Zeitpunkt gar nicht bewusst gewesen, was ich gemacht habe und wie das weitergehen soll. Es war die völlige Erregung, ich war völlig durcheinander. Ich muss alle Gedanken verloren haben.«

Erst nach und nach dämmert ihm, dass seine Eifersucht an diesem Abend völlig unbegründet war. Höchstens fünf Minuten hat er nach seiner Frau gesucht.

»Hinterher habe ich mir überlegt, dass in dieser kurzen Zeit überhaupt nichts vorgefallen sein kann. Dazu war die Zeit viel zu kurz. Damals, als es passiert ist, habe ich aber nicht so gedacht«, räumt er am Schluss der Vernehmung ein. Gruttke unterschreibt jede Seite des vierseitigen Vernehmungsprotokolls und wird zurück in seine Zelle gebracht.

Noch einmal steht dem Beschuldigten im polizeilichen Ermittlungsverfahren eine Härteprüfung bevor: die Rekonstruktion des Tatherganges. Er wirkt dabei aktiv mit, schildert seine Handlungen lückenlos und führt sie Schritt für Schritt vor – so ist es der Niederschrift über die Tatdemonstration zu entnehmen. Zunächst stellt sich eine Polizistin als Opfer zur Verfügung. Bei den Schlägen und der Pfählung wird eine Puppe genutzt. Laut Protokoll korrigiert Gruttke die Lage des Kopfes, des Rumpfes und der Beine, setzt die Schläge mit dem Hockerbein genau da, wo bei der gerichtsmedizinischen Sektion die Verletzungen an der Leiche festgestellt wurden. Ohne große Überlegungen deutet er das Hineinstoßen des Hockerbeines in die Scheide an, wobei er darauf hinweist, dass die Beine seiner Frau weiter gespreizt waren, als das bei der Puppe möglich ist. Neben zwei ihm bereits bekannten Kriminalisten der MUK nimmt noch ein dritter Offizier an der Tatrekonstruktion teil, den Gruttke zum ersten Mal sieht.

So sehr sich Gruttke auch windet, zunächst nur zugibt, was dank objektiver Beweise nicht mehr zu leugnen ist, sich nur zögerlich dem Geständnis nähert, so sehr bleibt er sich in allen Vernehmungen treu: »Ich habe nie die Absicht gehabt, meine Frau zu töten«, beteuert er wieder und wieder. Dennoch sind sich die Kriminalisten der MUK sicher, dass sie den Schuldigen am gewaltsamen Tod von Walfriede Gruttke gefasst haben.

Alle weiteren Beweise sind eindeutig: An den Händen des Beschuldigten wurden weiße Fasern gesichert, die vom Schlüpfer des Opfers stammen könnten, der bei der Tat zerrissen wurde. Der aus der Unterwäsche gerissene Fetzen wurde neben dem Opfer gefunden. Das Erdreich an den Schuhen stammt mit Sicherheit vom Wirtschaftshof, in dem Gruttke sich die Tatwaffe besorgt hatte. Die Schuhe der Marke Salamander waren neu. Die Erde konnte also nicht bei einem früheren Besuch an den Sohlen haften geblieben sein. Echtes Täterwissen ist für die Kripomänner, dass der Tatverdächtige in Vernehmungen ausgesagt und bei der Tatrekonstruktion demonstriert hat, dass er mit dem Hockerbein zunächst auf die rechte Kopfseite geschlagen hat. Danach habe sich die Frau auf den Bauch gewendet, und er habe auf den Hinterkopf eingeprügelt. Die dabei verursachten Schädelverletzungen waren nach Überzeugung der Gerichtsmediziner genauso tödlich wie die durch die Pfählung verursachten Organzerstörungen. Nur der Täter kann wissen, dass der Hocker vom Wirtschaftshof stammte, zwei Stuhlbeine herausgerissen und mitgenommen wurden, jedoch nur ein Holzstück als Tatwaffe diente und das andere weggeworfen wurde. All das deckt sich mit den Feststellungen der Kriminaltechniker am Tatort.

Und doch bleiben Fragen offen. War der Beschuldigte am Tatabend zurechnungsfähig? Hatte er zu viel Alkohol getrunken oder ist er krank? In manchen Verhören hatte Gruttke den Eindruck hinterlassen, dass er logischen Überlegungen nicht folgen oder solche gar nicht anstellen konnte. Waren seine Bemühungen in den zurückliegenden Wochen echt, seine Ehefrau wieder für sich zu gewinnen, obwohl er noch am Tag vor der Tat mit seiner Freundin geschlafen hatte? War das unlogische Verhalten nach der Tat Ausdruck einer Situation, der er nervlich nicht gewachsen war, oder Teil seiner Verteidigungsstrategie? Warum war er nicht vom Tatort geflüchtet, sondern hatte den Kellner und dessen Frau gedrängt, das Opfer endlich in den Pkw einzuladen und nach Hause zu fahren? Und das, obwohl er gewusst haben musste, dass sie stark blutete? Warum wies er andere, die helfen wollten, mit den Worten zurück, dass die das einen Dreck anginge? Wollte er die Tat vor ihnen vertuschen? Warum hatte er die Schuhe mitgenommen? Affektstau? Schutzbehauptungen? Zweckverhalten, um nicht die volle Verantwortung für das grausame Geschehen übernehmen zu müssen?

Die Ermittler wollen auch hier gründlich arbeiten. Klaus Gruttke wird in der Neurologisch-Psychiatrischen Klinik der Medizinischen Akademie »Carl Gustav Carus« in Dresden untersucht. Klinikdirektor Prof. Dr. med. Erik Lange nimmt sich für die Begutachtung viel Zeit. Rund sechs Wochen lang werden verschiedene medizinische Tests durchgeführt. Zur Anamnese gehört der Lebenslauf ebenso wie Krankheiten in der Kindheit und als Erwachsener. Gruttke ist ein Mensch, der nicht auffällt. Das Elternhaus ist ordentlich, er und seine Schwester Angelika wachsen geborgen auf. Nach der achten Klasse erlernt er den Beruf eines Formers und Gießers. Weil der ihm nicht zusagt, heuert er in einer Gaststätte seiner Heimatstadt an und lässt sich zum Koch ausbilden. Doch sein Verdienst ist mehr als dürftig. Sieben Jahre lang sucht er in verschiedenen Betrieben erfolglos sein Arbeits- und Einkommensglück. Das Gaststättengewerbe, das merkt der junge Mann, liegt ihm aber doch am Herzen. Gruttke meldet sich in der Betriebsakademie in Cottbus an und erwirbt den Befähigungsnachweis als Kellner und Gaststättenleiter. Er serviert und regiert fortan in verschiedenen Gaststätten – mit Erfolg.

Auch das Verhältnis in der Ehe und die Schilderung der Tat sind Bestandteil des Arzt-Patienten-Gesprächs. Wieder schreibt er das Geschehen in der Nacht in Mullewitz nieder. Im Kern hält sich Gruttke an das polizeiliche Geständnis. Zum Verhältnis zwischen ihm und seiner Walfriede kommt jedoch kaum etwas Verwertbares über seine Lippen. Manchmal hat es Streit gegeben, meistens ist aber alles im Lot gewesen, lässt er in beiläufig gegebenen Aussagen durchblicken. Erst als er vom Inhalt umfangreicher Vernehmungen seiner Schwester Angelika Janko und von Freundin Ute erfährt, geht ein Ruck durch ihn. Er reagiert erregt, ist den Tränen nahe und weint leise vor sich hin.

»Das hätten die nicht aussagen müssen«, flüstert er für den Gutachter kaum hörbar. »Ich habe dazu absichtlich nichts gesagt. Über eine Tote redet man nicht schlecht, erst recht nicht, wenn man an ihrem Tode schuldig ist.«

Das Bild, das die beiden Frauen in den Befragungen gezeichnet haben, ist für das Opfer wenig schmeichelhaft. Angelika Janko muss Walfriede gut gekannt haben. Schließlich waren sie Freundinnen. Und wohl deshalb hat sie ihrem Bruder von einer Scheidung ab- und zur Rückkehr zur Ehefrau geraten, obwohl sie diese der Polizei gegenüber als launisch und unbeherrscht beschreibt.

»Aus Nichtigkeiten heraus hat sie meinem Bruder Szenen gemacht und ihn lautstark in übelster Weise beschimpft.« Mit welchen Worten, will sie nicht sagen. »Ihr Vokabular kann man einfach nicht wiedergeben«, erklärt sie. Klaus sei dem völlig hilflos ausgesetzt gewesen und habe nach solchen Auftritten meist einige Tage Schutz bei ihr gesucht oder im Garten geschlafen. Er hätte regelrecht Angst vor seiner Frau gehabt, sei auch nicht allein wieder nach Hause gegangen, sondern meist mit ihr zusammen, berichtet Angelika Janko. »Auch an mir hat sie manchmal ihre Wut ausgelassen. Wenn sie sich abreagiert hatte, war alles wieder gut.« In letzter Zeit, so berichtet Angelika über ihre Freundin Walfriede, habe diese viel geraucht und getrunken und sich in diesem Zustand in aller Öffentlichkeit über die fehlende Bereitschaft und die Unfähigkeit ihres Mannes im Bett beklagt.

»Nachdem sie den viel jüngeren Gerd-Rüdiger kennengelernt hatte, war sie wie im Rausch«, sagt Angelika Janko.

Die gut aussehende Witwe Ute berichtet, dass ihr Geliebter Klaus Gruttke auch in der Zeit, als er sich um seine Ehefrau bemühte, nahezu täglich bei ihr gewesen sei. Man habe ihm die Angst vor seiner Frau förmlich angesehen und auch gespürt. Sie habe Walfriede selbst einmal völlig wutentbrannt erlebt. »Ihr Gesicht war zur Grimasse entartet, sie hat in nicht zu überbietender Lautstärke aufgeschrien und Gruttke mit Ausdrücken beschimpft, die so gemein waren, dass ich sie nicht wiedergeben möchte.« Auch sie habe anfangs intime Versagensängste bei Klaus bemerkt, die sich im Verlauf ihrer Beziehung aber völlig gegeben hätten.

Der Beschuldigte offenbart sich Professor Lange, berichtet von Beschimpfungen und Erniedrigungen, die die Kinder und auch er erdulden mussten, von Alkoholexzessen seiner Frau und ihrer Geldverschwendung.

»Sie hatte drei Gehälter: das meinige, ihr eigenes und das von meinem Sohn, der ihr alles gab. Mit zirka 2000 Mark ist diese Frau nicht imstande gewesen, zu wirtschaften. Sie kam mit dem Geld nicht aus.«

In Rage gekommen, beklagt sich Gruttke weiter: »Es wundert mich auch nicht mehr, da ich heute weiß, wo das Geld geblieben ist. Bei Sauftouren und Verschwendungen an dieses asoziale Element, diesen Geliebten, bei dem sie ihre Gelüste stillen konnte. Sie hat mich in aller Öffentlichkeit blamiert durch schamlose Entehrungen.« Trotz seines Wirkens und Schaffens habe seine Ehefrau kein Verständnis für ihn aufgebracht. »Wenn ich ihr Geld brachte, dann war sie an diesem Tag die beste Ehefrau, die es überhaupt gibt. Mich selbst aber widerte es an, meine Frau durch Finanzierungen bei guter Laune zu halten.«

Warum er nicht seine Sachen gepackt und sich getrennt habe, will Professor Lange wissen. »Trotz aller Fehler meiner Frau muss ich sagen, dass ich sie wahnsinnig liebte, was ich auch bis heute noch tue. Es zog mich immer wieder zu meiner Ehefrau zurück, da ich ihre guten Seiten liebte, mehr als mich ihre schlechten Seiten beunruhigten.«

Dem Gutachter fällt bei den vielen Gesprächen mit dem Patienten auf, dass er sich bemüht, wenig in sein Inneres blicken zu lassen. Zurückhaltend, wie er sich anfangs zum Ehegefüge äußert, verhält er sich auch zu seinem Gesundheitszustand.

»Es ist alles normal, es gibt nichts Besonderes«, sind seine gängigsten Antworten. Die Auswertung der hirn-medizinischen Tests zeigt jedoch ein ganz anderes Resultat: »Der Patient leidet an einer Hirnschädigung.«

Nun berichtet Gruttke von ständigen Kopfschmerzen schon von Jugend an, dass er als junger Leistungssportler zur Überprüfung bestimmter Hirnfunktionen für eine neurologische Untersuchung in der Charité in Berlin vorgesehen und im Alter von 21 Jahren nach einem Unfall längere Zeit bewusstlos war. Das alles, so stellt der Gutachter fest, hat Gruttke im Alltag gut bewältigt, unter Einfluss von Alkohol gelang ihm das aber nicht mehr. Dann überschritt er wie in der Tatnacht Hemmschwellen, was ihm nüchtern oder nur leicht alkoholisiert nie passierte.

Nach Ansicht des Gutachters liegt bei Gruttke also verminderte Zurechnungsfähigkeit im Sinne des Strafgesetzbuches vor. Ob er sich aber schuldhaft in einen Alkoholrausch versetzt habe, als er am Tattag ganz gegen seine Gewohnheiten und Erfahrung Bier und Schnaps in sich hineinschüttete, sei juristisch zu bewerten.

Am 30. März 1981 sind die Ermittlungen der Kripo abgeschlossen, der Schlussbericht geschrieben. Anwaltlichen Rat und Beistand hat Gruttke in dieser Zeit nicht in Anspruch nehmen wollen. Zwei Wochen später erhebt Staatsanwalt Horst Helbig Anklage beim Bezirksgericht Cottbus. Auch Gruttke erhält eine Anklageschrift. Er erfährt nun schwarz auf weiß, dass er sich wegen Mordes verantworten muss und der Staatsanwalt ihm keine verminderte Schuldfähigkeit gemäß Strafgesetzbuch zuerkennen will. Staatsanwalt Helbig benennt zur Beweisführung 19 Zeugen sowie weitere medizinische und kriminaltechnische Sachverständige und führt eine Reihe von Erkenntnissen aus der Tatortarbeit an.

Gruttke beauftragt zunächst mit Prof. Dr. Friedrich Karl Kaul einen der bekanntesten Anwälte der DDR mit seiner Verteidigung. Der aber stirbt noch vor Prozessbeginn. Danach vertraut er einem Anwalt aus der Lausitz und einem aus der DDR-Hauptstadt Berlin seine juristische Interessenvertretung an. Am 30. April widerruft er in einem Brief an das Gericht seine Geständnisse.

»Sie entsprechen nicht der Wahrheit. Ich glaube, dass die Wahrheit und Gerechtigkeit in meiner Sache eine große Rolle spielen«, heißt es darin. Er kündigt an, dass er im Prozess aussagen wird, was sich in jener Nacht wirklich abgespielt hat.

An fünf Tagen im Mai 1981 verhandelt der 1. Strafsenat des Bezirksgerichtes gegen Klaus Gruttke. Sofort nach Verlesen der Anklageschrift schildert er nun seine Sicht auf das grausame Geschehen.

»Ich habe auf den heutigen Tag gewartet, um die Wahrheit zu sagen«, erklärt er von der Anklagebank aus. »Zu den handschriftlichen Geständnissen bin ich getrieben worden. Ich wurde geschubst und bedroht, konnte eine Zeit lang meinen rechten Arm wegen der Gewalt nicht bewegen. Ich hatte Angst vor Dresche. Mir wurde angedroht, dass sie mir in die Fresse hauen, weil sie auch nur Nerven haben. Da habe ich alles unterschrieben. Es waren die Vorstellungen der Kriminalpolizei. Ich wollte endlich meine Ruhe haben«, beschreibt er die angeblichen Verhörmethoden bei der Mordkommission. Dem Gutachter, Professor Lange, dagegen bescheinigt er Redlichkeit. Der habe ihn nicht zum Schreiben eines Geständnisses gezwungen. »Bei Professor Lange habe ich das Gleiche ausgesagt wie beim Untersuchungsorgan, um nicht etwas durcheinander zu bringen.« Auch für sein Detailwissen bei der Rekonstruktion des Tatherganges hat er eine Erklärung. »Ich sollte zeigen, wie ich die Schläge am Kopf angebracht habe. Das wusste ich nicht. Ich beobachtete dabei den Oberleutnant G. Als der mit dem Kopf nickte, wusste ich, dass ich die Stelle hatte. Ich habe die Handlungen so demonstriert, wie es mir gesagt wurde.«

Was Gruttke nicht wissen konnte: Oberleutnant G., den er an diesem Tag das erste Mal traf, war am Tag der Tatrekonstruktion gerade aus dem Urlaub gekommen. Er kannte zu diesem Zeitpunkt noch keine Sachverhalte aus den bisherigen Ermittlungen, sollte aber an der Aufklärung mitarbeiten. Erkenntnisse aus dem gerichtsmedizinischen Gutachten, aus dem Tatortuntersuchungsbericht oder aus Zeugenaussagen konnte er demnach nicht vermitteln.

Den Tatablauf beschreibt der Angeklagte als eine von Wut getriebene Abrechnung mit der treulosen Gattin und ihrem jungen Liebhaber. Er gibt zu, was objektiv nicht zu bestreiten ist. Die Zusammenhänge stellt er allerdings so dar, dass sie in einem für ihn günstigen Licht erscheinen. Gruttke berichtet: »Als meiner Frau übel wurde und ich mit ihr die Gaststätte verlassen wollte, habe ich gesehen, wie der junge Mann, mit dem sie sich beim Tanzen geküsst hatte, vor uns den Raum verließ. Ich habe sie gefragt, ob das ihr Geliebter ist, mit dem sie sich immer trifft. ›Na und‹, hat sie provokant geantwortet und gesagt: ›Verschwinde endlich.‹ Nach dem Pinkeln auf der Toilette habe ich die beiden auf dem Grundstück gesucht. Dabei bin ich auf den Wirtschaftshof geraten und habe im Licht des Küchenfensters den Hocker gesehen, ihn zerschlagen und zwei Stuhlbeine ergriffen. Ich wollte dem Geliebten kräftig auf den Arsch hauen. Im vorderen Bereich der Kegelbahn habe ich meine Frau entdeckt. Die hat mit gespreizten Beinen auf dem Rücken gelegen, der Rock war bis zu den Oberschenkeln verrutscht, so dass man den Schlüpfer sah. Da war für mich klar, dass die beiden Geschlechtsverkehr hatten. Ich bin schnell zu ihr hingelaufen und dabei gestürzt. Im Fallen habe ich im hinteren Bereich der Kegelbahn im Schatten eine menschliche Gestalt verschwinden sehen. Ich bin direkt neben meine Frau gestürzt. Die hat sich nicht geregt. Wütend habe ich ihr Strumpf- und Miederhose bis zu den Oberschenkeln heruntergezogen, den Schlüpfer ergriffen, den Körper etwas angehoben und das Stuhlbein etwa handspannlang in die Scheide gesteckt. Danach habe ich sie wieder zur Erde fallen lassen. Dabei ist das Holz umgefallen. Meine Frau habe ich dadurch nicht ernsthaft verletzen können. Ich bin dann in die Gaststätte gegangen und habe die Heimfahrt perfekt gemacht. Gemeinsam mit dem Kellner und dessen Frau kehrte ich in den Bereich der Kegelbahn zurück. Dabei habe ich festgestellt, dass meine Frau an einer anderen Stelle lag, und zwar nicht mehr auf dem Rücken, sondern auf dem Bauch. Weder die Verletzungen am Kopf noch die im Bereich des Genitals sind von mir verursacht worden.«

Nach Schlägen mit dem Stuhlbein auf den Schädel hätte man ja Kopfhaare auf dem Holz finden müssen, fügt er an. Die aber waren in der Tat nicht vorhanden. Im Verlauf der weiteren Beweisaufnahme wendet sich Gruttke an Staatsanwalt Helbig. »Ich habe die Wahrheit gesagt. Ich bestreite den Pfählvorgang, denn ich habe den Stock nur zwischen die Beine gesteckt. Sie müssen mir gegenüber voreingenommen sein.«

Das Gericht folgt im Ergebnis der Beweisaufnahme dem

Staatsanwalt. Es verurteilt Klaus Gruttke wegen der Ermordung seiner Ehegattin zu einer lebenslangen Freiheitsstrafe. Für den vom Angeklagten vor Gericht geschilderten Tatablauf gebe es keinerlei objektive Beweise. Er habe nach dem ersten Geständnis Mitte September 1980 den darin beschriebenen Tatablauf in acht weiteren Protokollen dargestellt. Hinweise, dass ihm Polizisten mit Gewalt gedroht hatten, fanden sich nicht. Auch nicht auf dem Tonbandmitschnitt im Untersuchungsgefängnis, als der Angeklagte seine Tat zugegeben hatte. Er beschwerte sich auch weder beim Haftrichter noch bei der Staatsanwaltschaft über Übergriffe der Vernehmer.

Die Hoffnung, nur wegen schwerer Körperverletzung belangt zu werden, erfüllt sich mit dem Urteil nicht. Zwar habe der Angeklagte durchgängig bestritten, dass er seine Frau töten, sondern immer wieder gesagt, dass er sie nur für ihre Untreue bestrafen wollte, stellt das Gericht in der Urteilsbegründung fest. »Er musste aber aufgrund allgemeiner Lebenserfahrung damit rechnen, dass die mit ganzer Kraft ausgeführten Schläge mit dem Stuhlbein auf den Kopf und das 27 Zentimeter tiefe Hineinstoßen des Stuhlbeines in die Scheide tödlich enden könnten.« Eine Strafmilderung wegen verminderter Zurechnungsfähigkeit lehnt das Gericht ab. Der Angeklagte habe sich schuldhaft in einen Alkoholrausch versetzt.

Gruttke lässt seine Anwälte Berufung beim Obersten Gericht der DDR einlegen. Wie schon in ihren Plädoyers vor dem bezirklichen Strafsenat wollen sie einen Freispruch aus Mangel an Beweisen oder im schlechtesten Fall eine Bestrafung wegen schwerer Körperverletzung durch das Hineinstecken des Stuhlbeines in die Vagina erzwingen. Das Hauptargument, dass am Stuhlbein kein Kopfhaar gefunden wurde und Gruttke damit als Schuldiger an den Kopfverletzungen ausscheidet, zieht aber nicht. Vielmehr sei davon auszugehen, dass im weiteren Tatablauf eine solche Spur vernichtet wurde, begründen die obersten Richter, warum die Berufung keinen Erfolg hat. Später wird auch ein Kassationsantrag der Verteidigung, mit dem diese höchstrichterliche Entscheidung doch noch revidiert werden soll, abgelehnt. Damit ist das Urteil der lebenslangen Haftstrafe rechtskräftig. Im Juli 1987 erlässt der Staatsrat der DDR als humanitäre Geste eine Amnestie. Die Strafe für Gruttke wird auf 15 Jahre reduziert.

Der Strafgefangene Gruttke wird in der Haftanstalt in Brandenburg an der Havel als Verkäufer für Waren des täglichen Bedarfs (WtB) eingesetzt. Neben dem Verkauf von Zigaretten, Zahnpasta, Seife und anderen WtB-Artikeln, wie es im Abkürzungs-DDR-Deutsch heißt, betreibt er noch ein anderes Geschäft: den Kampf um seine Freilassung. Unterstützt wird er von Schwester Angelika, die nun neben den eigenen auch die vier Kinder ihres Bruders aus der Ehe mit Walfriede aufzieht. Angelika Janko schreibt an viele Instanzen in der DDR-Hauptstadt. Der Tenor ist stets gleich: »Als Täter kommt für uns einfach mein Bruder nicht in Frage.«

Einer der Empfänger ihrer Briefe ist der Generalstaatsanwalt der DDR. Darin begründet sie, warum ihr großer Bruder im Ermittlungsverfahren mehrmals die Tat gestanden habe, obwohl er unschuldig sei. Die Staatsanwaltschaft habe zwei Briefe an sie zurückgehalten, in denen er ihr mitteilen wollte, dass er unter Druck aussagen muss. Dass er solchen Einflüssen nicht widerstehen kann, wisse sie aus eigener Erfahrung. Sie schildert dem Generalstaatsanwalt, dass sie in ihrer Kindheit bei Dummheiten so lange auf den älteren Bruder eingeredet habe, bis er vor den Eltern »ein Geständnis ablegte«. So war das jetzt auch bei der Polizei, ist sie sich sicher.

»Mein Bruder hatte als Kind immer Angst«, schreibt sie.

Und auch als Erwachsener hat er diese offensichtlich nie überwunden. Gab es Streit mit Walfriede, flüchtete er unter die Fittiche der jüngeren Schwester. Er schickte sie vor, um die

Wogen zu glätten und seine Angetraute zu besänftigen. Der gestandene Mann befolgte brav ihren Rat, sich nicht von seiner Frau zu trennen, obwohl es die beste Lösung gewesen wäre. Sie wusste um die Untreue des Bruders und steckte ihm, dass es seine Gattin mit einem jüngeren Liebhaber trieb.

»Als Erwachsener gab er viel auf meine Meinung«, sagt sie stolz.

Und nun ist sie unumstößlich der Meinung, dass ihrem Bruder Unrecht angetan wurde. Bei den Verhandlungen vor dem Bezirksgericht hätten sie und andere Angehörige viele Widersprüche wahrgenommen, teilt sie dem Generalstaatsanwalt mit. »An zwei Verhandlungstagen hat er nicht einmal ein Mittagessen bekommen«, beschwert sie sich. In dem Urteil seien Aussagen von Zeugen völlig falsch bewertet worden. Ständig werde sie von den Kindern, ihren eigenen und denen ihres Bruders, gefragt, was denn nun richtig und was falsch sei. Sie würde ihnen darüber gern Klarheit verschaffen, schließlich wurden sie und ihr Bruder »im Sinne unseres Staates« erzogen. Deshalb bitte sie ihn, den Generalstaatsanwalt, »ganz herzlich und innig«, um Unterstützung zur Wiederaufnahme des Verfahrens, damit die Unschuld ihres Bruders festgestellt werden könne.

Für ein solches Wiederaufnahmeverfahren müssen Tatsachen benannt werden, die im ganzen bisherigen Ablauf keine Rolle gespielt haben. Weil es diese neuen Fakten nicht gibt, bleiben die Bemühungen von Angelika Janko ohne Erfolg.

Auch Klaus Gruttke weiß, dass er nur eine Chance auf Rehabilitation hat, wenn der große Schatten, der nach seiner Aussage in der Tatnacht in der Dunkelheit verschwand, aus der Fantasie in die Wirklichkeit tritt.

Fast sechs Jahre nach dem Mord an seiner Ehefrau präsentiert Klaus Gruttke den Schattenmann. Nennen wir ihn Benno. Das sei ein »schwerer Junge«, der in Güstrow im Bezirk

Rostock einen Mann mit einer Eisenstange erschlagen habe. Dieser Benno, so schreibt Gruttke an das Oberste Gericht der DDR, habe exakte Ortskenntnisse über die Grenzstadt in der Lausitz besessen und ihm genau erzählt, was in Mullewitz passiert ist. Solche Details könnte nur der wirkliche Täter kennen.

Benno, mit diesem Sachverhalt von der Kripo konfrontiert, ist empört. Er kenne die Stadt überhaupt nicht und das Dorf schon gar nicht.

»Ich bin noch nie dort gewesen«, versichert er. Die Polizei hält ihm vor, dass ihn Zeugen in Mullewitz erkannt haben wollen. »Dann«, so Benno, »muss ich einen Doppelgänger haben.«

Der Mann von der Küste sagt die Wahrheit, zumindest was den 30. August 1980 angeht. Die Überprüfung seines Alibis ergibt, dass er an diesem Tag in Güstrow war. Warum er ab November 1988 behauptet, doch der Mörder von Walfriede Gruttke zu sein, bleibt schleierhaft. Wie er die Tat begangen haben will, stimmt mit den objektiven Beweisen, die die Kriminalisten seinerzeit zusammengetragen haben, nicht überein.

Das Geschwisterpaar gibt dennoch keine Ruhe. Vor allem Angelika Janko kämpft ohne Unterlass um Gnade für Bruder Klaus und um Wiedergutmachung des Staates. Nach der Wende scheint die Zeit endlich reif. Die neue, frei gewählte Regierung der DDR unter Ministerpräsident Lothar de Maizière wird durch Angelika Janko über den ungeheuren Rechtsbruch der alten DDR-Justiz informiert und ersucht, die Willkür zu beenden. Gruttke behauptet sogar, dass ihm bei der Polizei der Arm gebrochen wurde. Die Generalstaatsanwaltschaft veranlasst die Sichtung der medizinischen Unterlagen des Strafvollzuges. Sie ergeben ebenso wenig Anzeichen für einen gebrochenen Arm wie eine aktuelle Röntgenuntersuchung. Wieder wird die Begnadigung abgelehnt.

Angelika Janko versteht auch die neue Welt nicht mehr, in der es für ihren Bruder keine Gerechtigkeit gibt. Gruttke, der inzwischen zwei Drittel seiner auf 15 Jahre amnestierten Haftstrafe abgesessen hat und für den eine vorzeitige Entlassung auf Bewährung absehbar wird, distanziert sich vorsichtig von den schwesterlichen Aktivitäten. Ihm ist klar, dass Reue und Tateinsicht Kriterien für die Richter der zuständigen Strafvollstreckungskammer sein können. Im April 1991 scheint sich für ihn tatsächlich das Tor in die Freiheit zu öffnen. Das Kreisgericht Brandenburg stimmt einer vorzeitigen Entlassung zu. Die Staatsanwaltschaft in Cottbus legt jedoch umgehend Beschwerde gegen die richterliche Milde ein und findet damit beim Bezirksgericht Potsdam Gehör. Gruttkes Entlassung wird abgelehnt. Ein Jahr später startet dieser einen erneuten Versuch. Der Leiter der JVA Brandenburg schreibt Gruttke ein vorzügliches Führungszeugnis. Es nützt nichts. Diesmal lehnt das Kreisgericht Brandenburg wohl auch im Wissen um die Haltung der Richter in der zweiten Instanz in Potsdam Gruttkes Begehren ab. Der beschwert sich beim Bezirksgericht, schließlich habe er über zwei Drittel seiner Strafe verbüßt. Die Juristen in Potsdam aber rechnen anders. Nicht die durch Amnestie auf 15 Jahre reduzierte Strafe ist als Grundlage zu nehmen, sondern die ursprüngliche lebenslange Verurteilung. Schließlich hat der Staat nicht auf seinen Strafanspruch verzichtet. Bei einer lebenslangen Strafe könnte eine Entlassung frühestens nach 15 Jahren erfolgen. Für Gruttke wäre das der 31. August 1995, urteilen sie.

Dann aber findet er doch noch Milde. Das brandenburgische Justizministerium verfügt mit einem Gnadenerweis die Entlassung von Klaus Gruttke am 30. November 1993. Drei Jahre später wird ihm nach Ablauf der Bewährungszeit die Reststrafe erlassen.

Kriminalisten, Staatsanwaltschaft und Gerichte mussten sich in diesem wie auch in anderen Verfahren Vorwürfe über Voreingenommenheit, Gewaltanwendung und Rechtsbeugung gefallen lassen. Mit einer Entscheidung hat der Bundesgerichtshof 1994 klargestellt: Richter in der DDR haben vor allem in den letzten Jahren bei der Aburteilung von Tätern der gewöhnlichen Kriminalität, insbesondere von Kapitalverbrechen, ebenso die Gerechtigkeit vorangestellt wie ihre Kollegen in der Bundesrepublik. Auch die Staatsanwälte in der DDR hätten beim Schutz der Menschen vor gewöhnlicher Kriminalität mitgewirkt.

Wie vom Erdboden verschluckt

Zutraulich kuschelt sich das Kätzchen in die Arme von Kornelia Hansen. Es schnurrt wohlig, als die Mädchenhände ihm das Fell kraulen. Die Zehnjährige liebt Katzen über alles. Diese ist ihr auf dem Weg zwischen Lausitzer Straße und August-Bebel-Straße begegnet. Am liebsten würde sie das Tier mit nach Hause nehmen. Doch das geht nicht. Kornelia muss zum Unterricht, und außerdem haben die Eltern etwas gegen ein Haustier.

Kornelia hat an diesem 17. November 1970 kurz vor zehn Uhr die Wohnung in der Friedrich-Engels-Straße in Cottbus verlassen. Sie hat erst spät Schule, um 12.05 Uhr beginnt ihre erste Stunde. Doch beim Spielen mit dem Kätzchen ist die Zeit wie im Fluge vergangen. »Na Kornelia, wo kommst du denn her?«, fragt Erika Kubitz das Mädchen. Die Erwachsene und das Kind kennen sich. »Hast du noch Unterricht?«, will sie mit Blick auf den Ranzen wissen. »Dann musst du dich sicher beeilen.«

»Ja, ja, aber das schaffe ich schon. Können Sie nicht die Katze mitnehmen?«, fragt Kornelia.

Erika Kubitz lacht. »Nein, das geht nicht.«

Sie hat es eilig. Die Einkäufe haben doch mehr Zeit in Anspruch genommen als geplant. Nun muss sie kurz ins Schulsekretariat und dann wieder zurück an die Arbeit. Gemeinsam gehen sie vom Blumengeschäft der Gärtnerischen Produktionsgenossenschaft »Floralia« ein Stück Richtung 7./12. Oberschule in der Bahnhofstraße. Etwa 200 Meter sind es noch bis zur Schule, dann bleibt das Mädchen zurück. Mit einem kurzen Blick über die Schulter sieht Erika Kubitz, wie Kornelia ihre kleine Spielgefährtin durch den Zaun auf das Grundstück der Kreisleitung der Freien Deutschen Jugend (FDJ) entlässt.

Als sie wenige Minuten später das Schulgebäude, einen roten Backsteinbau, wieder verlässt, ist von dem Kind nichts mehr zu sehen.

Am gleichen Tag um 22.30 Uhr. Der Busfahrer Bernd Weidlich erstattet beim Volkspolizei-Kreisamt Cottbus Anzeige: Seine Stieftochter, Kornelia Hansen, ist verschwunden, berichtet er aufgeregt dem Diensthabenden Offizier. Kornelia sei nicht in der Schule und auch nicht daheim gewesen. Überall hätten sie schon herumgefragt, doch keiner habe das Mädchen gesehen, teilt er dem Polizisten mit.

Kornelia muss kurz vor zwölf Uhr mittags in den wenigen Minuten, da Erika Kubitz im Schuldirektorat war, verschwunden sein. Am helllichten Tag im Zentrum der Bezirksstadt. Einfach so, ohne Grund. So jedenfalls sagt es Stiefvater Weidlich bei der Anzeige.

Es beginnt eine aufwendige Suche nach dem Mädchen. Sie hält die Bewohner der Stadt Cottbus und des Umlandes, ja in der gesamten Lausitz, in Atem. Noch am gleichen Abend gibt die Polizei eine Eilfahndung der zweithöchsten Stufe für den Kreis Cottbus heraus. Die ersten, routinemäßigen Maßnahmen bleiben ohne Ergebnis. Es gab keinen Unfall, keine Einweisung eines unbekannten Mädchens ins Krankenhaus, keine Polizeistreife, die ein herumstromerndes Kind mit Schulmappe in einem grün-rot-weiß geblümten Anorak, rotem Strickrock, hellblauer Strumpfhose und braunen Halbschuhen gesehen hat.

Die Eilfahndungen werden in den nächsten Tagen auf den gesamten Bezirk Cottbus ausgeweitet, später auch auf die südlichen Bezirke. Vor allem Dresden und Halle werden in die Suche einbezogen. Ab dem 23. November schließlich fahndet die Polizei überall in der DDR nach der Zehnjährigen. Das Mädchen ist wie vom Erdboden verschluckt.

Einen Tag nach ihrem Verschwinden leitet die Staatsanwaltschaft ein Ermittlungsverfahren gegen Unbekannt wegen »Verdacht eines Verbrechens gemäß § 112 StGB« ein. Damit ist klar, dass ein Mord an Kornelia Hansen nicht mehr ausgeschlossen wird. Die Kripo beruft eine Sonder-Einsatzgruppe, die beim Volkspolizei-Kreisamt Cottbus Quartier bezieht. Die Morduntersuchungskommission nimmt ihre Arbeit auf. Im Stadtgebiet kurvt ein Lautsprecherwagen durch die Straßen. Immer wieder hören die Cottbuser die Ansage: »Achtung, Achtung, hier spricht die Deutsche Volkspolizei. Gesucht wird die zehnjährige Kornelia Hansen. Das Mädchen ist zirka 1,35 Meter groß, hat hellblonde, kurz geschnittene Haare.« Dann folgen die Beschreibung ihrer Kleidung und der Hinweis, dass sie eine hellbraune Schulmappe bei sich trug, die als Aktentasche zu verwenden ist. Letztmalig sei das Kind am 17. November gegen zwölf Uhr mittags in der Bahnhofstraße in der Nähe der 7./12. Oberschule gesehen worden. »Wer hat Kornelia Hansen gesehen? Sachdienliche Hinweise nimmt jede Polizeidienststelle entgegen. Auf Wunsch werden diese vertraulich behandelt«, heißt es zum Abschluss der Lautsprecherdurchsage. Musik erklingt, bevor es wieder heißt: »Achtung, Achtung, hier spricht die Deutsche Volkspolizei …«

Bis zum 20. November ist der Barkas mit den aufmontierten Lautsprechern in Cottbus unterwegs. In Zeitungen in den Bezirken Cottbus, Dresden und Frankfurt (Oder) erscheinen 16 Artikel über den Fall Kornelia Hansen. Auch der Sender Cottbus von Radio DDR wird einbezogen. Die Bevölkerung ist elektrisiert. Je länger die Suche dauert, desto weiter verbreiten sich Gerüchte über das Kind und dessen Verbleib. Die Angst in der Bevölkerung ist überall spürbar. Eltern nehmen Urlaub, bringen ihre Sprösslinge zur Schule und holen sie wieder ab. Der Druck auf die Polizei wächst. »Ja, der war von allen Seiten enorm hoch«, erinnert sich Hans Jakobitz. Der spätere Chef der MUK in Cottbus war damals als junger Leutnant von Beginn an maßgeblich an den Ermittlungen beteiligt.

»Wir mussten von einem Tötungsverbrechen ausgehen, und mit jedem Tag, der verging, wurde die Wahrscheinlichkeit größer, dass die Vermisste nicht mehr lebt.« Am 20. November übernimmt der stellvertretende Leiter der Kriminalpolizei der Bezirksbehörde der Volkspolizei (BDVP) im Range eines Majors die Führung der Sondereinsatzgruppe. Später schalten sich auch Mitglieder der Sonderkommission der Hauptabteilung Kriminalpolizei des Ministeriums des Innern der DDR ein. Die bezirkliche Dienststelle des Ministeriums für Staatssicherheit (MfS) mischt wie immer in solchen Fällen mit eigenem Personal mit.

Bereits am ersten Tag sind 28 Genossinnen und Genossen der kreislichen und bezirklichen Kriminalpolizei im Einsatz. Zeitweise wächst die Zahl der Kriminalisten, die mit dem Fall betraut sind, auf 80 Personen an. Die Cottbuser Polizei erhält Verstärkung aus den Bezirken Dresden, Rostock, Magdeburg, Leipzig und Erfurt. In die Suche einbezogen sind weitere Kräfte der Polizei, aber auch Betriebe und Organisationen, Ordnungsgruppen der FDJ sowie freiwillige Helfer der VP aus der Stadt und dem Landkreis Cottbus. Das Max-Reimann-Stadion, das heutige Sportzentrum, wird zum Start- und Landeplatz für einen Hubschrauber vom Typ KA 26. Das rot-weiße Luftfahrzeug überfliegt in Höhen zwischen 20 und 90 Metern ein knapp 70 Quadratkilometer großes Gebiet Cottbus und den umliegenden Gemeinden. Fußstreifen, unterstützt von Fährtenhunden einer VP-Ausbildungsstätte in der Nähe von Torgau und einem Leichensuchhund, durchstreifen in Cottbus Parks, durchsuchen verlassene Gebäude und andere mögliche Unterschlüpfe auf einer Fläche von 1,5 Quadratkilometern und im Landkreis Cottbus von knapp 50 Quadratkilometern. Feuerwehrleute sind mit Schlauchbooten auf der Spree zwischen Cottbus und Burg/Spreewald unterwegs. Abschnittsbevollmächtigte und Schutzpolizisten befahren mit Booten über

200 Kilometer Flussläufe im Spreewald zwischen Cottbus, Burg, Lübbenau und Lübben. Zwischen dem 25. und 27. November beordert die BDVP 300 Genossen der Transportpolizei und der 16. VP-Bereitschaft nach Cottbus und Umgebung. Mitarbeiter des VEB Wasserversorgung und Abwasserbehandlung kontrollieren die Kanalisation. Forstangestellte, Mitglieder von Jagdgesellschaften, die Bürgermeister der Landgemeinden, LPG-Vorsitzende, Bus-, Taxi- und Straßenbahnfahrer werden gebeten, die Augen offen zu halten. Laubenpieper des Verbandes der Kleingärtner, Siedler und Kleintierzüchter schauen sich in eigener Regie in 60 Gartenkolonien mit einer Gesamtfläche von über 100 Hektar nach Spuren um, die Hinweise auf den Verbleib der vermissten Kornelia geben könnten. In Cottbus und dem Umland werden insgesamt 170 Verstecke und Unterschlupfmöglichkeiten durch die Polizei inspiziert.

Es ist die Suche nach der sprichwörtlichen Nadel in Spreewälder Heuschobern. Die ist akribisch geplant und wird mit allen erdenklichen Mitteln durchgesetzt. Die Kripo-Arbeit ist in mehrere Komplexe aufgeteilt:

Haben die Eltern aus persönlichen Motiven das Kind beseitigt? Die für diese Hypothese zuständige Arbeitsgruppe überprüft die Alibis von Kornelias Mutter, von Stiefvater und leiblichem Vater sowie von 13 Verwandten und Bekannten der Familien. Das ist für die Angehörigen belastend und schmerzlich. Sie müssen Fragen beantworten, die in ihnen das Gefühl hervorrufen, dass sie Schuld tragen am Verschwinden des Kindes, dass sie des Mordes verdächtigt werden, dass sie fahrlässig handelten. Die intensiven Nachforschungen bringen die Kripo nicht weiter. Die Angaben der Befragten halten allen Recherchen auf mögliche Lücken stand. Die Polizei bittet die Eltern, für eine eventuelle Identifizierung Bettwäsche von Kornelia, die mit Blutflecken behaftet ist, und Kopfhaare aus ihrem Kamm sowie Fasern der Bekleidung der Vermissten zur Verfügung zu stellen.

Im zweiten Schwerpunkt der Kripo wird der Frage nachgegangen, ob Kornelia Hansen Opfer einer Sexualstraftat geworden ist. Die Schule muss als Tatort in Betracht gezogen werden. Die operative Fahndungsgruppe zu diesem Komplex widmet sich der 7./12. Oberschule. Aufenthaltsorte der technischen Angestellten sind zu überprüfen. Das Gebäude der Doppelschule ist zu durchsuchen, Lehrer und Kinder werden zu noch so kleinen oder unwichtig scheinenden Hinweisen auf den Verbleib des Mädchens befragt. Heizer Feurich, Hausmeister Katz und Hofarbeiter Pagen waren zur möglichen Tatzeit in der Schule. Die Einsicht in ihre Kaderakten bringt zunächst kaum Erkenntnisse. Alle drei erledigen ihre Arbeiten ohne besondere Beanstandungen, Klagen über Verhalten und Arbeitsmoral gibt es selten. Eine etwaige Nähe zu Kornelia Hansen oder anderen Mädchen wird nicht festgestellt. Doch dann werden die Ermittler hellhörig: Pagen soll nach Aussagen des Schulpersonals schon mal beim Onanieren im Keller der Schule gesehen worden sein. Ein dringender Tatverdacht bestätigt sich jedoch nicht. Die Besichtigung der Arbeitsräume der technischen Angestellten verläuft ergebnislos, sieht man einmal von der Unordnung im Heizungskeller ab. Dort liegt allerlei Zeug herum, Eimer, Stuhlbeine, andere Holzstücke, nicht ordnungsgemäß entsorgte Asche, was gegen die Brandschutzbestimmungen verstößt. Heizer Feurich entschuldigt das mit der »ganzen Aufregung um das vermisste Mädchen«.

Die Kriminalisten denken auch in eine dritte Richtung: Könnte Katzenliebhaberin Kornelia einem Tier hinterhergelaufen und in eine Wohnung gelockt worden sein? Die Arbeitsgruppe »Katze«, die, wie alle anderen Teams auch, von einem Offizier der Kriminalpolizei eigenverantwortlich geleitet wird, hat eine Herkulesaufgabe vor sich. Es sind alle Personen festzustellen und zu befragen, die sich am 17. November in der Bahnhofstraße zwischen der Berliner Straße auf der einen und der Karl-Liebknecht-Straße auf der anderen Seite aufgehalten haben. Dreißig Häuser werden in der Bahnhof-, der dazwischenliegenden August-Bebel-, der Karl-Liebknecht-Straße und den Wohngebietswegen selektiert. 355 Personen müssen zu Protokoll geben, was sie am 17. November getan haben, und obendrein Personen angeben, die ihre Angaben bestätigen können. In Kellern, Schuppen und Hausgärten, auf dem Barackengelände des Wohnungsbaukombinates, auf dem Holzplatz und dem Hof der Tuchfabrik (Tufa) in der nahe gelegenen Wernerstraße, im Keller der 7./12. Oberschule und in der unteren Etage der Wohnscheibe Stadtpromenade, die unweit der Schule als Elfgeschosser in den Himmel ragt, geht ein Beamter mit einem Leichensuchhund auf Spurensuche. Erfolglos. Niederschmetternd für die MUK ist auch das Ergebnis der Befragungen von 34 Männern, die in den zehn verschiedenen Betrieben arbeiten, die in dieser Gegend angesiedelt sind. Immerhin können der Arbeitsgruppe »Alibiüberprüfung« nach Auswertung aller bisherigen Ermittlungsergebnisse 22 Personen genannt werden, die als Täter in Frage kommen könnten. Das Resultat der wiederholten und ermüdenden Klinkenputzerei von Haustür zu Haustür, von Fernschreiben und Telefonaten: 21 Fehlanzeigen. Die Polizei tappt trotz allen Aufwands weiterhin im Dunkeln.

Drei Tage nach Kornelias Verschwinden gibt es plötzlich einen Lichtstreif. Der in der Nähe der Schule wohnende Hans Harras wird seit dem 18. November vermisst. In der Ehe von Harras stimmt es im Bett nicht mehr. Der Mann hat wegen seiner sexuellen Schwäche sogar einen Arzt konsultiert. Nun ist er verschwunden – wie Kornelia Hansen. Die Wohnung und das Gartengrundstück der Familie Harras werden auf den Kopf gestellt. Erneut wird auf die Nase des Leichensuchhundes gesetzt, der in allen Ecken des Gartens schnüffelt. Der Hund schlägt nicht an, dafür melden die Polizisten Durchsuchungserfolge.

Im Garten finden sie Bekleidung mit Blutanhaftungen, die sofort zur Untersuchung in das Kriminalistische Institut gebracht wird.

Am 21. November entdecken Spaziergänger in einem Wald eine männliche Leiche. Hans Harras hat sich in der Dresdener Heide an einem Baum aufgehängt. Recherchen im Wohngebiet, beim Arzt und auf den Arbeitsstellen ergeben keine Anhaltspunkte für eine Verbindung zwischen Harras und Kornelia Hansen.

Ist Kornelia Hansen zu einem Mann ins Auto gestiegen? Auch die Möglichkeit eines mobilen Sexualstraftäters wird in die Überlegungen einbezogen. Einschlägig Vorbestrafte in Cottbus, dem Landkreis Cottbus und in anderen Kreisen des Bezirkes sowie sogenannte Kfz-Täter in der gesamten Republik sollen überprüft werden. Das ist in den 70er Jahren, lange vorm Zeitalter der Computer, ein mühsames Unterfangen. Aus der Straftatenvergleichs- und Personendatei des Bezirkes werden 236 Täter herausgefiltert, die durch sexuellen Missbrauch von Kindern aufgefallen sind. Davon leben in Cottbus 17 und im Landkreis Cottbus 84. In der Kartei sind Namen von 24 Tätern erfasst, die als mobile Sexualstraftäter aufgefallen sind. Sieben von ihnen sind Cottbuser, die anderen 17 verteilen sich auf neun Kreise des Bezirkes. Anhand der Meldeunterlagen der Abteilung Pass- und Meldewesen der Stadt werden alle in Cottbus in Mietwohnungen und Gemeinschaftsunterkünften mit einer Nebenwohnung gemeldeten Personen erfasst. Es sind 1250. Per Fernschreiben werden die zuständigen Behörden in den betroffenen Kreisen aufgefordert, diese auf Vorstrafen zu überprüfen. Die Antworten: 102 waren schon einmal mit dem Gesetz in Konflikt geraten, acht wegen Sexualstraftaten. Ermittelt werden auch alle Personen, die am 17. und 18. November zu einer Verkaufsmesse in Cottbus weilten. Wie in allen anderen Fällen findet sich nicht der Ansatz einer Spur zu Kornelia.

Die Bevölkerung unterstützt die Polizei bei der Suche nach dem Mädchen und, was immer wahrscheinlicher wird, nach ihrem Mörder. 108 Hinweise gehen ein. 425 Männer stehen mit ihren persönlichen Daten auf hunderten Seiten Papier. Allerdings ist ein Teil der Hinweise, vor allem von Kindern, wie sich bei näherer Betrachtung herausstellt, frei erfunden. Die Mehrzahl dieser Tipps aus der Bevölkerung bezeichnet irrtümlicherweise Begegnungen mit der Vermissten nach dem 17. November um zwölf Uhr. Oder es sind Hinweise auf Kraftfahrer, die angeblich Frauen und Mädchen zum Mitfahren aufgefordert haben, und auf Autobesitzer, die zu ungewöhnlichen Zeiten in Wäldern oder auf abgelegenem Gelände geparkt haben sollen. An sechs verschiedenen Orten wird aufgrund dieser Hinweise von Bürgern nach der Leiche von Kornelia gesucht.

Die Polizei entschließt sich in Absprache mit der Staatsanwaltschaft dazu, noch gezielter an die Öffentlichkeit zu gehen. In Cottbus und in den umliegenden Dörfern lässt sie Fahndungsplakate mit dem Bild des kleinen Mädchens und der Personenbeschreibung kleben. Für sachdienliche Hinweise setzt die Kripo 2000 Mark Belohnung aus. Auf der Suche nach Kornelia »sollen besonders Versteckmöglichkeiten wie Keller, Böden, Schuppen, Gärten, Grundstücke und Lauben sowie unbewohnte Grundstücke und Ruinen beobachtet werden«.

Wenige Tage nach dieser Maßnahme scheinen die Fahnder doch noch einen Ausweg aus der Sackgasse zu finden. Bei der Überprüfung der Angaben der technischen Angestellten fällt auf, dass bei Heizer Hans Feurich eine zeitliche Lücke klafft.

»Wir haben ein Weg-Zeit-Diagramm angefertigt und festgestellt, dass die Aussagen des Heizers nicht stimmen können«, so Jakobitz. »Für eine Viertel- bis zu einer halben Stunde, zwischen 12 und 13.15 Uhr, als er nachweislich mit dem Fahrrad bei seinem Schwager eintraf, hatte er kein Alibi.« Feurich erzählt, dass er im Schulsekretariat war, im Lehrmittelzimmer im

Keller Schrauben sortiert und die Öfen geheizt hat. Gesehen hat ihn dabei niemand. Der Verdacht, dass er gelogen haben könnte, erhärtet sich, als sich Zeugen melden, die beobachtet haben, dass der Heizer im Jahr 1969 mit einer Schülerin der vierten Klasse auf einer Couch im Bad gelegen hat, das sich im Keller neben der Heizung befindet. Sexuell belästigt wurde das Kind aber nicht. Die Mutter, die davon erfuhr, informierte die Schulleitung. Der Direktor zitierte seinen Heizer zu sich und ermahnte ihn, derartige Handlungen zu unterlassen, das Sofa wegzubringen und den Aufenthalt von Schülern in den Kellerräumen nicht zu dulden. Feurich nickte artig, hielt sich aber nicht an die Weisung des Direktors.

Die Kripo hofft, dass sie endlich auf dem Weg zum Täter ist. Intensiv befragt sie nochmals Hausmeister, Reinigungskräfte, Sekretärinnen und Lehrer der Schule nach Feurich und Kornelia Hansen. Und nun offenbaren sich merkwürdige Verbindungen des Heizers zu Kornelia. In den Wintermonaten 1969 ist sie nicht selten schon früh zwischen fünf und sechs Uhr in der Schule. Oft friert sie, weil die Sachen, die sie trägt, zu dünn sind. Sie lungert im Keller vor Bad und Toilette herum, um sich zu wärmen. Der zweifache Familienvater Hans Feurich hat Mitleid. Er gestattet Kornelia, es sich im Bad auf der noch immer vorhandenen Couch gemütlich zu machen. Der 30-jährige Mann kommt dem zehnjährigen Mädchen näher, und das nicht unbedingt auf väterliche Weise. Sie darf ihn Hans nennen, wenn kein Dritter in der Nähe ist. Ansonsten sagt sie Herr Feurich zu ihm. Hausmeister Katz und eine Reinigungsfrau überraschen Feurich insgesamt fünf Mal mit Kornelia auf dem Sofa, sie beobachten allerdings nie Anzeichen für sexuelle Handlungen. Sie reden ihm ins Gewissen und verweisen auf das Aufenthaltsverbot von Schülern im Keller, und darauf, dass das Liegemöbel zu verschwinden habe.

Hat der Heizer von dem Mädchen gelassen? Hat er auf die Mahnungen gehört? Die Zweifel sind groß. Hans Feurich wird am 1. Dezember 1970 festgenommen. Er steht im Verdacht, Kornelia Hansen getötet und ihre Leiche beseitigt zu haben, um zuvor begangene sexuelle Handlungen zu vertuschen. Der Beschuldigte wird von allen Seiten fotografiert, von ihm werden Fingerabdrücke und Blutproben genommen. Während die Kriminaltechniker die Wohnung des Heizers, die sich im Schulgebäude befindet, sowie die Kellerräume nach Hinweisen auf das Mädchen und nach Tatspuren durchsuchen, beginnt um zehn Uhr die Vernehmung des Beschuldigten bei der MUK. Sie dauert achtzehneinhalb Stunden, bis zum nächsten Morgen. Nur zweimal wird sie für jeweils eine Stunde unterbrochen. Dem Beschuldigten werden Mittagessen und Abendbrot angeboten. Mittags hat Feurich noch Appetit, abends lehnt er die Wurststullen ab. Eine Stunde vor Mitternacht räumen ihm die beiden Vernehmer noch einmal 30 Minuten zur Besinnung und Erholung ein. Erst um 4.30 Uhr darf er fünfeinhalb Stunden in der Polizeizelle schlafen. Zuvor hat er die Tat zugegeben und ein handschriftliches Geständnis angefertigt. Am 2. Dezember 1970 erlässt das Kreisgericht Cottbus-Stadt gegen Hans Feurich Haftbefehl wegen Mordes. Er wird in die Untersuchungshaftanstalt in der Bautzener Straße in Cottbus gebracht.

Trotz des ersten Ermittlungserfolges müssen die Polizisten in den nächsten Tagen und Wochen um jedes Detail hart kämpfen. Während der vielstündigen Vernehmung nach seiner Verhaftung passiert oft lange Zeit gar nichts. Manchmal lässt sich Feurich eine halbe Stunde Zeit, um Widersprüche in seinen Aussagen zu erklären. An einem Tag gibt er zu, dass Kornelia sexuelle Handlungen an ihm vorgenommen und er sie getötet hat, an einem anderen widerruft er sein Geständnis. In einem Brief an seine Frau und die beiden Söhne schreibt er von Verleumdungen durch Kolleginnen und Kollegen aus der Schule und bezichtigt Hausmeister Katz, dass der »bei der ganzen Sache die Finger mit im Spiel hat«. Die Polizei habe es sich leicht gemacht und sich den Heizer der Schule gegriffen, um sagen zu können, dass nun der Fall geklärt sei, beklagt sich der Mann. »Ihr könnt es mir glauben, bei Gott, ich habe solches nie getan und würde solches auch nie tun«, schwört er in seinem Brief an die Familie.

Hans Feurich ist ein gläubiger Mensch. Über seine Großtante in Lübbenau, die ihm wie eine Mutter ist, hat er zu einer Kirchgemeinde Kontakt bekommen. Er geht regelmäßig zum Gottesdienst und lernt in der Kirche seine spätere Frau kennen, die er im Februar 1966 heiratet. Diese ist ein paar Jahre älter als er und bringt aus einer früheren Beziehung einen sechsjährigen Sohn mit in die Ehe. Kurz nach der Heirat wird ein gemeinsames Kind, ebenfalls ein Junge, geboren. In der Familie hat die Gattin das Sagen, die als Hausmeisterin in der 7. Oberschule angestellt ist. Beide verdienen zusammen 750 Mark. Alles fließt in die Familienkasse. Will sich Feurich etwas leisten, muss er sich das Geld durch Nebenjobs verdienen. Er sammelt Altstoffe und verkauft Flaschen, Gläser, Lumpen und Papier an den Sekundärrohstoffhandel. Außerdem hilft der handwerklich begabte Mann Kolleginnen und Kollegen gegen ein kleines Entgelt bei Reparaturen in deren häuslichen vier Wänden oder auf den Datschen. Das Geld versteckt Feurich vor seiner Gattin, um nicht auch noch die paar Mark loszuwerden. Ansonsten fügt sich der Mann und ist froh, dass er mit Hilfe der Großtante, der Kirche und der Familie einen Anker gefunden hat, den es in seinem Leben lange Zeit nicht gab.

Feurich ist ein Kriegskind. 1945 wird er auf der Flucht aus Polen von der Mutter getrennt und in einem Kinderheim in der Nähe von Haldensleben im heutigen Bundesland Sachsen-Anhalt untergebracht. Gemäß Anordnung des Innenministers der Landesregierung Halle aus dem Jahr 1947 werden Name, Geburtstag und Geburtsort von Amts wegen bestimmt. Obwohl er später seine Mutter in Frankfurt (Main) findet und seinen wahren Namen, das Geburtsdatum und den Geburtsort in Polen erfährt, behält Feurich die Personenangaben der Behörden bei.

Der kleine Hans bereitet den Erziehern im Kinderheim beträchtliche Schwierigkeiten. Gegenüber Gleichaltrigen, aber auch bei Erwachsenen wird er sofort gewalttätig, wenn ihm etwas nicht passt. Zwei Jahre wird der Junge in einer Nervenklinik in einer geschlossenen Abteilung behandelt und danach als geheilt zurück ins Kinderheim entlassen. Mehr als einmal büchst er von dort aus. Einer dieser Ausreißversuche nimmt einen bösen Ausgang. Die Polizei braucht wieder einmal nicht lange, um ihn zu entdecken. Doch Hans lässt sich nicht widerstandslos ins ungeliebte Heim zurückbringen, sondern nimmt diesmal die Beine in die Hand und verdrückt sich in einen nahe gelegenen Wald. Was der inzwischen 15-Jährige nicht ahnt: Im Wald sind in den heißen Zeiten des »Kalten Krieges« sowjetische Soldaten bei Manöverspielen unterwegs. Der Heranwachsende wird von den Rotarmisten aufgegriffen, muss sich an einen Baum stellen und wird wie ein Schwerverbrecher bewacht. Ob es nur ungeschickte Bewegungen sind oder der verhaftete Jugendliche tatsächlich das Weite suchen will, ist nicht bekannt. Der Soldat jedenfalls greift zur Maschinenpistole, gibt einen Warnschuss ab und feuert dann gezielt. Hans Feurich wird durch einen Lungen- und Unterarmdurchschuss schwer verletzt. Die Wunden heilen zum Glück ohne Komplikationen und hinterlassen keine körperlichen Spätfolgen.

Durch Klinik- und Krankenhausaufenthalte schafft der pubertierende Knabe aber nur den Abschluss der siebenten Klasse. Dabei hätte er durchaus mehr erreichen können. Bei der gerichtspsychiatrischen Untersuchung im Haftkrankenhaus für

Psychiatrie und Neurologie Waldheim bescheinigen ihm die Ärzte einen IQ von 108. Damit kratzt er, medizinisch bewertet, sogar an der Grenze zur höheren Intelligenz.

Nach der Schule wird Hans Feurich in einem Volkseigenen Gut (VEG) als Landwirt ausgebildet und arbeitet dort ein Jahr als Facharbeiter. Er ist vom Kind zum jungen Mann gereift. Ein junges Mädchen berührt seine Gefühle auf eine ihm bisher unbekannte Art. Doch der 17-Jährige ist zu schüchtern, um sich der jungen, hübschen Frau mit dem schönen Busen zu nähern. Die mit der heimlichen Liebe verbundene sexuelle Erregung lässt ihn selbst Hand anlegen, zunächst zwei- bis dreimal in der Woche, dann masturbiert er mehrmals täglich. Jedes Mal stellt er sich die attraktive Maid vor. Als ihn schließlich eine wesentlich ältere Frau in die Geheimnisse intimer Beziehungen einführt, machen ihn diese Erfahrungen nicht glücklich. Wirklich sexuell befriedigen kann er sich nur selbst.

Mit 18 Jahren meldet sich der Landwirt freiwillig für zwei Jahre zur Nationalen Volksarmee, die er als Gefreiter verlässt. Im Januar 1961 tauscht er die Uniform und wird Volkspolizist. Als herauskommt, dass er, berauscht von Alkohol, dem er bis zu seiner Heirat reichlich zuspricht, intime Beziehungen mit einem Geschlechtsgenossen hatte und von dem auch noch Westgeld als Liebeslohn kassierte, ist seine uniformierte Laufbahn beendet. Im einstigen Lehrbetrieb kehrt der entlassene Ex-Polizist in den landwirtschaftlichen Beruf zurück.

Anfang 1961 folgt Hans Feurich dem Ruf seiner Großtante und zieht zu ihr in die Spreewaldstadt Lübbenau. Der VEB Kraftwerk hält den kräftigen jungen Mann für tauglich für die schwere Arbeit als Rangierer und Gleisbauarbeiter. Er heiratet, wird Vater, und sein Leben scheint endlich in geordneten Bahnen zu verlaufen.

Die Familie zieht im September 1967 nach Cottbus. Das Ehepaar Feurich bekommt Arbeit in der 7./12. Oberschule, sie als

Hausmeisterin, er als Heizer, und eine Dienstwohnung in der obersten Etage des altehrwürdigen Schulgebäudes in der Bahnhofstraße gibt es gleich dazu. Mit der Gemahlin versteht sich Hans gut, zumal er kaum Ansprüche stellt. Auch nicht, was das Zusammensein als Frau und Mann betrifft. Im Gegenteil: Ein- bis zweimal im Monat muss die Gattin vom Ehemann dessen sexuelle Pflichterfüllung einfordern. Die ist Hans Feurich mehr Last als Lust. Nach wie vor verschafft ihm Masturbation mehr Befriedigung als Geschlechtsverkehr mit seiner Frau.

Dann kommen die verhängnisvollen Wintermonate Ende 1969, Anfang 1970. Es ist eine ungewöhnliche und unerlaubte Nähe, die der Heizer mit dem Schulmädchen pflegt. Unzüchtiges geschieht jedoch nicht. Jedenfalls nicht gleich. Dann aber, als er wieder einmal mit Kornelia auf dem Sofa liegt, zieht sich Feurich Arbeits- und Turnhose herunter. Das Kind ist irritiert, einen nackten Mann hat es noch nicht gesehen.

»Du kannst es ruhig anfassen, das macht nichts«, bricht der Heizer den spürbaren Widerwillen des zehnjährigen Kindes. Sie muss seinen erigierten Penis bearbeiten, bis sich der Mann »einmacht«, wie das Mädchen empfindet.

»Du darfst aber niemandem etwas sagen, sonst kann das ganz schlimm für dich werden«, schärft er der Schülerin ein und gibt ihr drei Mark Schweigegeld. Bis Ende Februar zwingt Feurich Kornelia noch dreimal zu derartigen sexuellen Handlungen auf der Couch oder vor dem Toilettenbecken. Der »Lohn« sinkt auf jeweils zwei Mark. Der Erwachsene spürt die Abscheu der Missbrauchten und befürchtet, dass sie erzählen könnte, was sie im Schulkeller tun muss und viel lieber lassen würde. Die Angst vor Entdeckung scheint über den sexuellen Trieb zu siegen. Aus »Hans« wird für Kornelia wieder »Herr Feurich«, sie meidet seine Nähe im Keller.

Bis zu jenem verhängnisvollen 17. November 1970. Das Mädchen geht statt in den Klassenraum in den Keller. Im Gang sind Schultafeln an den Wänden aufgehängt. Wollte sie dort etwas nachlesen? Als das Klingelzeichen um 12.05 Uhr den Unterrichtsbeginn einläutet, trifft Hans Feurich, der auf dem Weg zu den Öfen ist, die Schülerin.

»Guten Tag Kornelia. Sehen wir uns auch mal wieder«, begrüßt er sie freundlich.

Höflich erwidert Kornelia: »Guten Tag, Hans.«

Von einem Augenblick zum anderen versteift sich bei Feurich der Penis. Vielleicht klappt es noch einmal, schießt es ihm durch den Kopf.

»Komm doch mit ins Bad«, fordert er das Mädchen auf. Das zuckt ablehnend mit den Achseln, schnappt sich die Schultasche und folgt dann doch widerwillig dem Mann. Der Erwachsene verriegelt die Tür, stellt sich vor das Toilettenbecken, lässt seine olivgrüne Manchesterhose und die schwarze Turnhose, die er darunter trägt, bis zu den Kniekehlen herab. Kornelia weiß, was sie nun an dem entblößten Unterleib zu erledigen hat. Als Feurich sich niederkniet, um mit Toilettenpapier das Ejakulat wegzuwischen, sagt das Kind angeekelt: »Ich will das nicht mehr machen, und ich werde es Mutti und Vati sagen.«

Hans Feurich ist entsetzt. Er fürchtet seine Entlarvung, das Gerede der Leute und die Strafe. Er ist auf diesen Moment vorbereitet. Seit Monaten schon. Seit er mit der Schulsekretärin ein Gespräch über lang vergangene Verbrechen führte. Ich muss es tun. Jetzt! Sofort!, steht sein Entschluss fest.

»Komm, lass uns noch einmal miteinander sprechen, drüben, im Heizungskeller. Da kann uns niemand belauschen«, lockt er das Mädchen nach nebenan. Im Vorraum steht das Holzbein von einer Schulbank. Das kantige Stück Hartholz ist 74 Zentimeter lang, in der Mitte sechs Zentimeter breit, zweieinhalb Zentimeter dick und wiegt 850 Gramm. Er hat den Knüppel bereitgelegt für diesen Augenblick. Feurich verriegelt die Tür, schnappt sich mit der rechten Hand das Stuhlbein und lässt es von hinten mit aller Kraft auf den Kopf seines kleinen Opfers niedersausen. Dass er mit der flachen Seite zuschlägt, ist Berechnung. »Mit der Kante hätte es eine Platzwunde geben können. Ich wollte aber auf jeden Fall Blutspuren vermeiden«, sagt er später bei den Vernehmern aus. Dem Kind fällt die Schultasche aus der Hand. Ohne einen Laut bricht es bewusstlos zusammen. Feurich fängt es mit dem linken Arm auf und greift mit dem rechten Arm unter seine Beine. Den leichten Körper des regungslosen Mädchens aus dem Vorraum durch den sich anschließenden Heizungskeller und die Treppe hinaufzutragen, die zu den beiden Öfen führt, fällt dem kräftigen Mann leicht.

Mit dem linken Fuß schiebt er die Feuerungsklappe am Ofen I auf. Das Glutbett ist knapp zwanzig Zentimeter hoch, schätzt der Heizer mit fachmännischem Blick. Hans Feurich schiebt sein Opfer mit den Füßen zuerst in die heiße Kohleglut. Er läuft in den Vorraum zurück, schnappt sich die Schultasche und übergibt auch sie dem Feuer. Vom Ofen II zieht sich der Heizer eine mit zwei Zentnern Kohle beladene Karre herbei, hängt sie an der dafür vorgesehenen Vorrichtung ein und lässt die Briketts in das Feuerungsloch fallen. Die Flammen im Ofen schlagen hoch, ein sengender Geruch von verbranntem Haar steigt ihm in die Nase, und er hört es zischen, als hätte man Wasser ins Feuer gegossen. Feurich belädt die Karre erneut, bestückt Ofen II mit Kohle und bereitet alles für das Heizen am nächsten Tag vor. Im Bad neben dem Heizungskeller wäscht sich der Täter die dreckigen Hände und das glühende Gesicht und geht hinauf in die Küche seiner Wohnung. Lange sitzt der soeben zum Mörder gewordene Mann auf dem Stuhl, um die innere Erregung abklingen zu lassen. Ich muss weg aus der Schule, weg vom Tatort, vom Ofen, in dem ein Kind verbrennt, denkt er. Mit dem Fahrrad fährt er zu Schwägerin und Schwager, die in einer Schule in der Friedrich-Ludwig-Jahn-Straße beschäftigt sind. Die knapp eineinhalb Kilometer schafft er in wenigen Minuten. Als Feurich bei den Verwandten eintrifft, ist es kurz nach 13 Uhr.

In der Schule lässt sich der Heizer an diesem Tag nicht mehr blicken. Er hatte sich für Einkäufe in die Stadt abgemeldet. Daheim gelingt es ihm, sich so zu geben wie immer. Die Aufträge der Frau führt er, ohne zu murren, aus. Früh am Abend geht Feurich zu Bett. Schlaf findet er nur schwer, in Gedanken sucht er nach Spuren, die ihn überführen könnten, und überlegt fieberhaft, wie er sie beseitigen kann. Er ist sich ziemlich sicher, dass die Metallteile der Schultasche nicht verglühen, und er zweifelt daran, dass die Knochen vollständig verbrennen werden. Außerdem, so durchzuckt es ihn, muss das Bein von der Schulbank, mit dem er Kornelia niedergeschlagen hat, noch irgendwo im Heizungskeller herumliegen.

Nach einer unruhigen Nacht ist Feurich am nächsten Morgen um 5.20 Uhr im Heizungskeller. Mit drei Eimern, einem Besen und einer Kehrschaufel bewaffnet eilt er zu den Öfen. Mit dem Kreuzhaken stöbert der Heizer vorsichtig im Ofen I, in dem er sein Opfer verbrannt hat. Die Glutschicht ist stärker als üblich. Das Glutbett ist gut 25 Zentimeter dick und nimmt in der Länge etwa drei Viertel des Ofens in Anspruch. Vorsichtig zieht er die grobe Schlacke aus dem Feuerloch. Möglicherweise noch vorhandene Überreste der Tat sollen im Ofen verbleiben, damit sie beim nächsten Aufheizen vollständig verbrennen. Mit zerkleinertem Holz entfacht er die Glut und legt als Erstes das Schulbankbein in die züngelnde Flamme. Danach säubert er Ofen II und beschickt beide Feuerungen mit Kohle. Asche und Schlacke aus dem Ofen I, die er herausgekratzt hat oder die herausgefallen ist, füllt er in die mitgebrachten Eimer und fegt den Boden sorgfältig wie noch nie. Ihm fällt auf, dass ein Teil der Asche anders aussieht als gewöhnlich. Die Farbe ist heller und auch nicht so körnig wie normale Kohleasche, eher klumpig, als sei sie feucht. Bei näherem Betrachten erkennt er Reste von Knochen.

Mit den drei Eimern macht sich Feurich auf den Weg zu den Müllkübeln, die, vom Schulgebäude ein Stück entfernt, vor den Wohnblöcken in der Rossstraße stehen. Dort sieht er ein paar Mieter, die mit einem uniformierten Polizisten diskutieren. Er schreckt zurück und überlegt, was zu tun ist. Plötzlich fällt ihm ein: Mensch, morgen oder übermorgen wird doch die Asche turnusmäßig abgefahren.

Der Mann in der Arbeitskluft kehrt um und verteilt die verdächtige Asche auf zwei leere Tonnen im Keller. Danach kommt saubere Asche aus dem Ofen II darüber. Tatsächlich werden die Tonnen am 20. November geleert. Die Überreste von Kornelia Hansen landen auf der Asche- und Schutthalde vor den Toren der Bezirksstadt Cottbus.

»Wir haben dort nach der Festnahme von Feurich tagelang mit Baggern suchen lassen, aber nichts mehr gefunden«, erinnert sich Mordermittler Hans Jakobitz.

Der Täter ist sich sicher, dass nun alle Spuren beseitigt sind. In den folgenden Tagen lässt er die Asche aus den Öfen einfach im Keller liegen. Wenn die Kripo auf die Idee kommen sollte, die Verbrennungsrückstände zu untersuchen, würde sie nichts finden. Tatsächlich tauchen am 26. November drei Polizisten bei ihm auf, um den Heizungskeller zu besichtigen. Sie registrieren die großen Ascheberge vor den Öfen.

»Ich habe seit dem 17. November nichts mehr weggeschafft«, lügt Feurich. »Man weiß ja nie, was noch passiert«, sagt er den Polizisten.

Am gleichen Tag kommt er mit drei Männern einer Malerbrigade ins Gespräch, die in der 7./12. Oberschule arbeiten, und erzählt ihnen, dass er die vermisste Kornelia Hansen kennt und in dieser Sache schon stundenlang vernommen wurde, weil die Kriminalpolizei annimmt, dass er das Kind in der Heizung verbrannt hat. Auch das ist erfunden. Zu einem solchen Tatvorwurf hat die Polizei Feurich zum ersten Mal nach seiner Verhaftung am 1. Dezember 1970 vernommen.

Am 3. Dezember wird in den Kellerräumen der 7./12. Oberschule die Tat rekonstruiert. Zuvor hatten die Kriminaltechniker ihre mühsame Arbeit abgeschlossen, mehrere Haare aus dem Pumpen- und dem Heizungsraum gesichert, zwei Kindertaschentücher mit Motiven von einem Mädchen mit einer Gießkanne und drei Affen auf einer Wippe gefunden, sperma- und blutähnliche Substanzen von Fußböden und Möbeln gekratzt sowie knochenähnliche Rückstände aus dem Heizraum und aus der Mülltonne eingesammelt. Feurich simuliert den Ablauf exakt so, wie er ihn in seinem Geständnis geschildert hat, geht zielgerichtet Schritt für Schritt vor, ohne lange nachzudenken oder Unwissenheit vorzutäuschen.

Die Kriminalisten entschließen sich danach zu einem spektakulären Verbrennungsexperiment, um die Angaben von Feurich zu überprüfen. Reichen die im Ofen I erzeugten Temperaturen aus, um einen Menschen vollständig zu verbrennen, und welche Verbrennungsrückstände bleiben erhalten? In welcher Zeit kann ein Leichnam verbrannt werden? Welche Gerüche sind wahrnehmbar und auf welche Entfernung? Was passierte mit den Metallteilen von der Schulmappe und mit dem Schlüssel, der in der Tasche steckte? Auf diese und andere Fragen sollen im Beisein von Experten des Instituts für gerichtliche Medizin der Medizinischen Akademie »Carl Gustav Carus« Dresden Antworten gefunden werden.

Am Morgen des 19. Dezember 1970 platzt der Heizungskeller im Schulgebäude in der Bahnhofstraße fast aus den Nähten. Sechs ranghohe Kriminalisten der erweiterten MUK, der für das Ermittlungsverfahren zuständige Bezirksstaatsanwalt, zwei Offiziere des MfS sowie zwei Ärzte der Gerichtsmedizin aus Dresden drängen sich in den engen Kellerräumen. Das Experiment beginnt früh um 5.20 Uhr. Zur Befeuerung der beiden Öfen liegt ein Berg von einer Tonne Braunkohlenbriketts bereit. Bis 12 Uhr schütten die als Heizer eingesetzten Polizisten insgesamt vier Karren Kohle in beide Öfen. Zu dieser Zeit ist das von Hans Feurich in seinem Geständnis beschriebene Glutbett von knapp 20 Zentimetern erreicht. Um 12.09 Uhr wird ein für die Untersuchung vorgesehener, vollständig erhaltener und nicht ausgebluteter Kadaver eines acht Tage alten Kalbes mit einem Gewicht von 35 Kilogramm in die Einschüttöffnung des Ofens I gelassen. Er ist mit Knochenteilen von Menschen präpariert, die aus medizinischen Sammlungen stammen. Die nach Angaben von Kornelias Mutter gekaufte Schultasche mit acht verschieden starken Büchern, unter anderem für Biologie, Rechtschreibung, Rechnen und Muttersprache, wird ebenfalls in die Glut geworfen. Wie vom Täter beschrieben, schütten die Hilfsheizer dann je eine Karre Briketts mit einem Gewicht von jeweils einhundert Kilogramm in die Öfen. Die Entwicklung der Temperaturen in den Wasserkesseln und in den Feuerungsöffnungen wird regelmäßig gemessen und protokolliert. Um exakt 14.46 Uhr ist im Ofen I mit 1580 Grad Celsius die höchste Temperatur erreicht. Während des Verbrennungsprozesses stellen die Teilnehmer des Experiments keine Gerüche fest. Auch der Rauch aus dem Schornstein weist keine Besonderheiten auf. Nach dem Hineinwerfen des Kadavers war etwa eine halbe Stunde lang ein zischendes Geräusch vernehmbar, doch die laufenden Heizungspumpen übertönen es, so dass weiter entfernt nichts davon zu hören ist.

Am Morgen wird der Ofen I vollständig entleert und die Asche sorgfältig auf Verbrennungsrückstände untersucht. Neben Metallteilen finden die Experten auch Knochenstücke. Sie stammen offensichtlich von Teilen des Kadavers, die nicht im Zentrum der Glut lagen. Die Sachverständigen kommen zu dem Schluss, dass es nicht möglich ist, in einem einzigen

Verbrennungsvorgang einen Leichnam vollständig zu verbrennen.

Eine Woche später konfrontieren die Ermittler Hans Feurich mit den Ergebnissen des Experiments. Als der Beschuldigte in Handschellen das Verhörzimmer betritt, wird er aschfahl im Gesicht. Die Beine drohen, den Dienst zu versagen. Auf dem Tisch der Vernehmer stehen vier Einweckgläser, gefüllt mit grober Ofenschlacke, Papierasche, Brikettasche und Knochenrückständen, die nach eingehender Untersuchung in den Laboren der Gerichtsmedizin zum Teil vom Kalb, aber auch von den Menschenknochen stammen, die in den Tierkörper präpariert worden waren. In einer durchsichtigen Zellophantüte stecken Metallteile von den Schlössern der Schulmappe und ein Schlüssel. Das Glas mit den Knochen betrachtet Feurich erst nach mehrmaliger Aufforderung. Seine Erregung ist deutlich spürbar. Er schüttet den Inhalt auf eine Unterlage, nimmt die Knochensplitter in die Hand und sortiert sie. Er erkennt zwei Knochenreste wieder, identifiziert sie anhand der Form, der hellen Farbe und der anhaftenden Schlacke. »Genau so etwas habe ich am 18. November beim Reinigen des Ofens gefunden«, gibt er zu. Später habe er nichts Ähnliches mehr in der Asche gesehen. Er gehe davon aus, dass alles restlos verbrannt sei.

Nach der über drei Stunden dauernden Vernehmung ist Feurich erschöpft und niedergeschlagen. Vor seinen Augen läuft in diesem Moment noch einmal das grausige Geschehen vom Mittag des 17. November 1970 ab. Dass er das Mädchen bei lebendigem Leib verbrannt hat, setzt ihm außerdem zu. »Ich bin ein Mörder und habe ein Menschenleben vernichtet, das ich nicht mehr ersetzen kann«, stammelt er und weint.

Der Prozess gegen Hans Feurich findet an vier Tagen Mitte August 1971 vor dem 2. Strafsenat des Bezirksgerichtes Cottbus statt. Wie schon zuvor in einem Brief an die Familie sowie bei der psychiatrischen Untersuchung widerruft er auch im Gerichtssaal sein Geständnis. Er will damit seine Großtante beruhigen, die die Verhandlung verfolgt und ihm in einer Verhandlungspause über die Wange streicht, erschüttert von dem, was sie gehört hat, aber auch verzeihend. Später gibt er diese Lüge zu.

Das Gericht verurteilt Hans Feurich wegen Mordes und wegen mehrfachen sexuellen Missbrauchs von Kindern zu einer lebenslangen Freiheitsstrafe. Mit seiner Berufung vor dem Obersten Gericht der DDR scheitert der Mörder. Durch einen Amnestieerlass des Staatsrates der DDR wird die Strafe auf 15 Jahre reduziert. Im Dezember 1987 öffnen sich für den Strafgefangenen die Tore in die Freiheit. Fünf Jahre später soll er in Dessau gestorben sein.

Hat sich mit dem Mord an Kornelia Hansen am 17. November 1970 in Cottbus nach 44 Jahren ein Verbrechen wiederholt?

Holger Blümel, selbst Polizist und ein begeisterter Hobby-Historiker, ist davon überzeugt. Was Hans Feurich in einem beiläufigen Gespräch Monate vor der Tat erfahren hatte, war Blümel von seiner Großmutter überliefert worden. Im Zusammenhang mit Arbeiten für eine Chronik der Polizei Cottbus wird er im städtischen Archiv fündig. Die *Lausitzer Landeszeitung* vom 12. Januar 1926 berichtet unter der Überschrift »Der Mord in der Cottbuser Mädchen-Mittelschule« über ein »schweres Verbrechen an einer Schülerin«.

Das damalige Schulgebäude existiert auch heute noch. Das rote Backsteingebäude steht unter Denkmalschutz und ist jetzt Bestandteil eines Einkaufscenters im Herzen der Stadt. In einem von Blümel verfassten Kalenderblatt zur Polizeichronik heißt es: »Es ist früh, am Samstag, dem 09.01.1926. Die Schülerin der Klasse III der Mädchen-Mittelschule Cottbus …, Hertha Kuschke, geb. 04.01.1912 in Weißwasser, wohnhaft in Cottbus-Ströbitz, begibt sich wie jeden Morgen von Montag bis Samstag auf den Weg zur Schule. Sie muss einige Minuten mit dem Fahrrad fahren. Als sie die Synagoge (wurde in der Pogromnacht 1938 angezündet und anschließend abgerissen, d.V.) sieht, hat sie es gleich geschafft. Das Schulgebäude ist nur noch ein paar Schritte entfernt. Der Unterricht dauert bis 13.30 Uhr. Hertha geht in den Keller, um ihr Fahrrad zu holen, muss am Heizungsraum vorbei. Dann verliert sich ihre Spur. Die 14-jährige Schülerin fällt einem Verbrechen zum Opfer. (...)

Die Kriegerwitwe Kuschke meldet ihr einziges Kind Hertha als vermisst, und die Suche der Polizei in der Stadt und in der Schule beginnt, unter Zuhilfenahme von Polizeihunden. Die schnelle Aufklärung des Hergangs, noch in der Nacht zum 10.01.1926 wird ein Tatverdächtiger festgenommen, ist besonders den Ermittlungen des Polizeimeisters Sperling zu verdanken. Dieser stellt in der Schule fest, dass der Heizkessel noch am späten Samstagabend in Betrieb ist, obwohl dies sonst nicht üblich ist. Er teilt diesen Umstand der Kriminalpolizei sofort mit. In der Schule werden auch ein blutbeflecktes Beil sowie Knochenreste in einer Aschengrube gefunden.

Als Tatverdächtiger wird der Heizer der Mädchen-Mittelschule, Regling, Richard Wilhelm Karl Hermann, geboren 1887, wohnhaft Cottbus, Ostrower Platz 1, bekannt gemacht. (...)«

Die Einzelheiten der Tat, die in der *Lausitzer Landeszeitung* in aller Ausführlichkeit beschrieben werden, offenbaren neben den Unterschieden auch eine erstaunliche Vielzahl von Übereinstimmungen beider Verbrechen.

Im Blatt von 1926 heißt es weiter: »(...) Das Mädchen, das bis 13.30 Uhr Unterricht hatte, verließ mit einer Freundin aus Ströbitz die Klasse, übergab ihr ihre Schultasche und ging in den Keller, um ihr Fahrrad abzuholen. Hierbei musste sie am Heizraum vorbei. Vor diesem traf sie mit dem Heizer Regling zusammen, und dieser lockte sie in den Heizraum, angeblich, um ihr diesen zu zeigen. In dem Hofslagerraum versuchte Regling, die Schülerin unsittlich zu berühren. Diese schrie laut und abwehrend. Regling hat sie dann, angeblich in der Bestürzung und um ihr Schreien zu verhindern, gewürgt. Als er Blut aus ihrer Nase fließen sah, schlug er mit einem Knüppel auf das Mädchen ein, bis es leblos dalag. Dann steckte er den Körper in den Heizofen der Zentralheizung, wo die Leiche vollständig verbrannte. (…)

Der Täter gibt an, dass krankhafte Triebe ihn zur Tat verführt hätten. Er wurde dem Gericht überwiesen.

Der Mörder steht im Alter von 38 Jahren, ist seit 13 Jahren verheiratet. (…)

Der Mörder hat die Leiche in einen der beiden, im Feuerraum befindlichen Öfen gesteckt, die eine ungefähre Höhe von 1.60 Meter haben und deren Feuerraum 45 x 100 Zentimeter Flächeninhalt besitzt. Er behauptet, die Leiche nicht zerstückelt zu haben. Bereits um 14.30 Uhr beschäftigte sich der Mörder damit, die vor der Schule gelegene Straße zu fegen.

Nach Angaben des Mörders war die Leiche bereits um drei Uhr nachmittags vollständig verkohlt, worauf er nochmals Holz auf den Ofen schüttete, um fünf Uhr den Ofen entschlackte und den zurückgebliebenen Teil des Kindes nochmals verbrannte. (…)

Um 18.15 Uhr soll der Mörder sich in ein Restaurant begeben haben, um dort einige Gläser Schnaps zu trinken. Sodann hat er seine Wohnung aufgesucht, in der er des Nachts verhaftet wurde. (…)

Der Mörder hat sich bei seinem Aufenthalt in der Wohnung vollständig neu umgezogen und gewaschen. (…)«

Im Landesarchiv Berlin ist zu diesem Fall mit Datum vom 12. Februar 1936 ein »Auszug aus dem Gerichtsurteil des Schwurgerichtes zu Cottbus, Aktz. 6 K. Nr. 25/26 gegen den Gärtner und Heizer Richard Regling wegen Totschlages« zu finden. Warum dieser Auszug angefertigt wurde, ist nicht bekannt. In dem Schriftstück über die Hauptverhandlung, die am 26. Februar 1926 stattfand, heißt es: »… Der Angeklagte drückte das Opfer an seine Brust, griff nach einem an der Wand stehenden Knüppel und schlug auf den Hinterkopf des Mädchens so lange ein, bis es keinen Laut mehr gab und leblos in seinen Armen lag. Als der Angeklagte sah, was er angerichtet hatte, öffnete er die große Ofenklappe und steckte das leblose Kind mit dem Kopf nach unten in den Ofen hinein. Ebenso verbrannte er auch den bereits erwähnten Knüppel. Nachdem der Ofen ausgebrannt war, hat er diesen ausgeschlackt und die Schlacke mit Asche in die Müllgrube getan. Außer dem erwähnten Falle sind dem Angeklagten noch weitere verschiedene Sittlichkeitsverbrechen an Mädchen und Frauen nachgewiesen worden, bei denen es in einigen Fällen auch zur Vollendung der Tat gekommen ist. Da festgestellt worden ist, dass der Angeklagte in vollem Bewusstsein und mit Überlegung gehandelt hat, ist das Gericht zu der Überzeugung gelangt, dass er für seine Taten voll verantwortlich sei. Regling ist daher wegen Sittlichkeitsverbrechen zu einem Jahr Zuchthaus und wegen Sittlichkeitsverbrechens und Totschlages an der Kuschke zu 14 Jahren Zuchthaus verurteilt worden.«

Tatort Sportplatz

Dienstag, 23. Oktober 1984, kurz nach Mitternacht. Ein junges Paar schlendert ohne große Eile vom S-Bahnhof Altengrund bei Berlin in Richtung Bahnübergang und von dort den Rosa-Luxemburg-Damm entlang. Der Zug war pünktlich, was eher eine Ausnahme ist als die Regel. Der Mann führt auf der rechten Seite ein Fahrrad, die Frau hat ihre Basttasche an den Lenker gehängt und geht neben ihm. Beide streben dem Zentrum der rund 10 000 Einwohner zählenden Gemeinde am Rande der DDR-Hauptstadt entgegen. Sie wählen eine Straße, die zum Sportplatz führt, und gehen in der nächtlichen Dunkelheit, die nur von ein paar Straßenlaternen spärlich erhellt wird, dem sieben Meter breiten Weg entgegen, der rechts unmittelbar neben der Sportanlage verläuft. Ein Geländer grenzt das Areal von einem Laubwäldchen ab. Den grünen Rasen umfasst eine 400 Meter lange rote Tartanbahn. Am Rande der Laufstrecke erhebt sich eine leichte, mit Gras bewachsene und von Laub bedeckte Böschung, auf der Silberpappelsträucher stehen. Ein markanter Punkt ist eine prachtvolle Eiche, die alles überragt.

Die jungen Leute unterhalten sich zwanglos. Plötzlich lässt der Mann das Fahrrad fallen, greift sich seine Begleiterin, drückt sie auf die Böschung und legt sich auf die junge Frau, die von diesem Überfall völlig schockiert ist. »Ich will dich bumsen«, vernimmt sie dessen begehrlichen Wunsch. »Mensch, lass den Quatsch«, wehrt sie ab und versucht zu entkommen. Ihr Hilfeschrei bleibt in einem Gurgeln stecken. Der Vergewaltiger drückt ihr mit der rechten Hand die Kehle zu und fordert: »Zieh dir die Hose aus.« Die Frau fühlt instinktiv, dass sie gehorchen muss, wenn sie weiterleben will. Sie tut, was er sagt, lässt die Jacke fallen, knöpft die Latzhose auf und zieht sie samt Schlüpfer bis zu den Knöcheln herunter.

Der von sexueller Begierde besessene Kerl, der drohend neben ihr steht, wirft sie auf die Jacke, die auf der Böschung ausgebreitet liegt. »Lass mich. Ich habe mir eingekackt«, fleht die junge Frau. In ihrer Stimme schwingen Scham, Entsetzen und Todesangst mit. Doch statt sein Vorhaben aufzugeben, greift der Vergewaltiger in seine linke Hosentasche und streckt ihr Zellstoff entgegen, mit dem sich die Frau notdürftig säubert. Sie muss sich Hose und Schlüpfer vom linken Fuß streifen, dann legt sich der Mann, der sich ebenfalls entblößt hat, zwischen ihre Beine. Weil sein Penis noch nicht steif genug ist, zwingt er sein Opfer, daran herumzuhantieren. 15 qualvolle Minuten muss die zierliche junge Frau gegen ihren Willen seine Stöße im Unterleib ertragen und auch noch das Ejakulat hinnehmen, das sich in ihre Scheide ergießt. Sie stöhnt vor Schmerz, weint wegen der Demütigung und Erniedrigung. Doch auch danach lässt der Mann nicht von der Vergewaltigten ab, reibt seinen Penis weiter in ihr, stülpt den BH nach oben und berührt ihre Brüste, als ginge es hier um einvernehmlichen Sex mit beiderseitigem Verlangen und nicht um pure Gewalt. »Du Schwein«, formen ihre Lippen zwei Worte, die den ganzen Ekel ausdrücken, als der Mann schließlich sein erschlafftes Glied in seine Hose steckt.

Was ist ihm durch den Kopf gegangen, als er sich an seiner Begleiterin verging? Hat er an Nina, Christiane, Michaela, Maren oder Anke gedacht, mit denen er längere Beziehungen pflegte und mindestens drei, möglicherweise sogar vier Kinder zeugte? Mit denen er je nach Stimmung beim intimen Verkehr grob oder liebevoll und zärtlich umgegangen ist. Oder waren es Gewaltfantasien? Öfter schon hatten sie ihn in der Vergangenheit geplagt, wenn er mangels einer Partnerin längere Zeit auf Sex verzichten musste. Dachte er ans Quälen, Beherrschen,

Erniedrigen von Frauen, wie er es in Filmen gesehen hatte? Bilder, die sein Geist projizierte, die aber bisher keine Macht über ihn hatten.

Gute 15 Stunden später, am Nachmittag des 23. Oktober 1984 gegen 16 Uhr, spielt die acht Jahre alte Sandra mit ihrer gleichaltrigen Freundin wie so oft in der Nähe des Sportplatzes am Rande ihres Wohngebietes. Als die Kinder im Wäldchen herumtoben, stehen sie plötzlich vor einem Mädchen, das am Boden liegt. Es ist halb nackt und bewegt sich nicht. Aufgeregt rennen sie zu den älteren Jungs, die auf dem Sportplatz Fußball spielen. »Da, da ist ein Kind, das ist tot«, sprudelt es aus Sandra heraus, während ihre rechte Hand in Richtung der Silberpappelbüsche und der großen Eiche zeigt. Markus, 14 Jahre alt und sich den kleinen Mädchen deutlich überlegen fühlend, tippt sich mit dem Finger an die Stirn. »Du spinnst ja«, meint er nur und will sich wieder dem Spiel zuwenden. »Doch, das stimmt. Guck doch selber nach.« Markus und seine beiden Freunde, nun doch neugierig geworden, unterbrechen das Gekicke und nähern sich vorsichtig dem angegebenen Ort.

Was sie sehen, macht ihnen Beine. Markus rennt zu seinem Vater, der informiert die Kriminalpolizei im Volkspolizei-Kreisamt in Strausberg. Wenig später ist in Altengrund nichts mehr, wie es einmal war. Die Gemeinde ist im Ausnahmezustand. Fahrzeuge der Polizei und Krankenwagen rasen mit Blaulicht heran. Uniformierte der Schutzpolizei sperren das Wäldchen mit rot-weißen Bändern ab. Nur der Notarzt aus dem nahe gelegenen Krankenhaus darf in Begleitung des Kriminaltechnikers des VPKA an den Fundort. Er kann nur noch den Totenschein ausstellen und darauf als Todesursache »ungeklärt« ankreuzen. Dass die Tote Opfer eines Verbrechens geworden ist, daran gibt es kaum Zweifel. Sie ist auch kein Kind mehr, sondern eine junge Frau.

Zwei Stunden später in der Bezirksbehörde der Volkspolizei

in Frankfurt (Oder): Der Leiter der Kriminalpolizei entscheidet, dass die Morduntersuchungskommission aus Bernau abgezogen und nach Altengrund verlegt wird. Seit einem Dreivierteljahr haben die Spezialisten der MUK dort vergeblich an der Aufklärung eines Raubmordes an einer Postfrau gearbeitet. Alle Bemühungen, den oder die Täter zu fassen, waren erfolglos. Jetzt ist der aktuelle Fall in Altengrund wichtiger.

Die paar persönlichen Sachen, die die Offiziere der MUK bei sich haben, sind schnell gepackt. Nach etwas mehr als einer halbstündigen Autofahrt trifft die Einsatzgruppe in Altengrund ein und nimmt Quartier im Gebäude der Polizeiwache. Zu ihr gehört der stellvertretende Leiter und spätere Chef der MUK Frankfurt (Oder) und heutige Pensionär Gerald Buchwalder. Als sich Buchwalder der Absperrung nähert, hört er eine lautstarke Auseinandersetzung. Eine Frau, die der Wachposten nur mit Mühe daran hindern kann, durch die Absperrung zum Fundort zu dringen, schreit hysterisch, fordert, bittet und fleht den Polizisten an, der vor ihr steht und unnachgiebig ist: »Lasst mich zu der Toten. Meine Tochter Nicole ist heute Nacht nicht nach Hause gekommen. Ich muss wissen, ob sie dort liegt.«

Gerald Buchwalder gelingt es nur schwer, die besorgte Mutter zu überzeugen, dass man ihr den verständlichen Wunsch nicht erfüllen kann. Der Kriminaltechniker der MUK ist gerade dabei, im Licht der Scheinwerfer eines Notstromaggregates der alarmierten Freiwilligen Feuerwehr eine Trasse abzustecken, auf der sich fortan alle Zugangsberechtigten bewegen müssen, damit keine Spuren vernichtet oder irreführende neue Spuren verursacht werden. Dazu können Schuhabdrücke ebenso gehören wie Fasern, abgeknickte Zweige, etwas unbemerkt Verlorenes oder Körpersekrete. In der Dunkelheit ist die Gefahr in dieser Hinsicht doppelt groß. Wie notwendig diese Vorsicht ist, beweist sich bei der ersten Besichtigung. Von der Leiche, die hinter einem Baum auf dem Bauch liegt, führt eine Schleifspur aus dem Wäldchen heraus zur Böschung und endet an einer Stelle, an der Gras und Laub deutlich niedergetreten sind. Daneben ist schwach der Abdruck eines Schuhs erkennbar. Auf der angrenzenden Straße stehen drei Lampen. Die mittlere, auf der Höhe des Fundortes der Leiche, ist defekt. Die Lichtkegel der äußeren Laternen erhellen diese Stelle nicht. Der Sportplatz selbst ist unbeleuchtet.

Während der Kriminaltechniker die ersten Spuren sichert, bemüht sich Gerald Buchwalder um die Frau, die vor dem rotweißen Absperrband um ihre Tochter bangt. Er bittet um Informationen. »Ich kann Sie dort nicht hinlassen. Beschreiben Sie mir bitte Ihre Tochter, wie sie aussieht, was sie anhat und bei sich trägt. Dann sehe ich nach und gebe Ihnen sofort Bescheid, sobald ich mehr weiß«, verspricht er. Martha Bangerer fällt es schwer, über ihre Tochter zu sprechen. Sie hofft, dass es nicht ihr Mädel ist, das dort liegt. Im Innersten aber spürt die Mutter, dass ihrem Kind etwas ganz Furchtbares zugestoßen sein muss. Nicole ist 1,60 Meter groß, schlank, hat schwarze Haare, trägt eine silberne Kette mit schwarzen, ovalen Schmucksteinen um den Hals und im linken Ohr einen Stecker mit einem blauen Schmuckstein in einer goldfarbenen Einfassung. Als sie am Montag mit der S-Bahn zur Spätschicht nach Berlin in ihren Betrieb, den VEB Elektroapparatewerk Treptow, gefahren ist, hatte sie eine schwarze Cordhose mit Latz und Trägern und mit Druckknöpfen auf der linken Seite in Hüfthöhe, einen dunkelbraunen Samtpullover mit Rollkragen und darüber eine schwarze Lederjacke an. An den Füßen trug sie hellgraue Kniestrümpfe und blau-weiße Turnschuhe. Sie hatte wie immer ihre helle, elfenbeinfarbene Basttasche bei sich. Die wenigen Sätze kommen nur schwer über die Lippen der Frau. Immer wieder wird sie von Weinkrämpfen geschüttelt. »In der Tasche muss auch ihr Personalausweis sein. Bitte, sehen Sie nach«, fordert sie Buchwalder auf, der die verzweifelte Mutter mit einem Streifenwagen nach Hause bringen lässt.

Der Kriminaltechniker hat seine Arbeit beendet. Im milchigen Scheinwerferlicht und in der Dunkelheit, die im Umfeld herrscht, wäre eine detaillierte Tatortarbeit im Moment sinnlos und würde nur Schaden anrichten. Die Leiche sowie die Schleifspur werden großflächig mit Planen abgedeckt. Einsatzkräfte der 15. VP-Bereitschaft aus Eisenhüttenstadt haben den bislang begrenzten Absperrbereich am Wäldchen über den gesamten Sportplatz sowie die Zugangswege ausgedehnt und bewachen ihn fortan durchgängig bis zum 26. Oktober. Erst dann sind die umfangreichen Arbeiten am Tat- und Fundort der Leiche abgeschlossen.

Als der stellvertretende MUK-Leiter Gerald Buchwalder gemeinsam mit dem inzwischen eingetroffenen Gerichtsmediziner auf der vom Kriminaltechniker festgelegten Trasse den Fundort erreicht und sich die Tote unter der Plane ansieht, ist er sich sicher: Bei dem Opfer handelt es sich um die Tochter der Familie Bangerer, die 19 Jahre alte Nicole Raschke, zumal deren Personalausweis wie von der Mutter angegeben in der Basttasche steckt. Buchwalder, der noch in der Nacht Martha Bangerer die Nachricht vom Tod ihrer Tochter überbringt, muss eine psychisch gebrochene Frau zurücklassen.

In den verbleibenden Stunden bis zum Tagesanbruch wird im Polizeigebäude in Altengrund die provisorische Einsatzzentrale eingerichtet. Im Umkleideraum der Wache sind ein paar Matratzen mit Laken und dünnen Decken auf dem Fußboden ausgelegt. Noch ahnt keiner, dass es für die Ermittler der ständigen MUK und die Spezialisten, die aus allen Kreisen des Bezirkes zur Verstärkung herangezogen wurden, das Nachtlager für viele Monate sein wird. Wochen später, als man dem Täter keinen Schritt näher gekommen ist, werden die Matratzen wenigstens durch Feldbetten ersetzt, was schon an Luxus grenzt. Kontakte nach daheim hält der Kurier der MUK, der die schmutzige Wäsche bringt und frische Wechselsachen holt. Mal darf der eine verlängerten Wochenendurlaub von Samstagabend bis Montag früh für eine Heimfahrt nutzen, mal der andere am Sonntag schnell für eine Nacht nach Hause huschen. »Die Familien ahnten vielleicht, wo wir waren, sagen durften wir ihnen nichts«, erinnert sich Buchwalder. Für die Verpflegung ist ebenfalls der Kraftfahrer zuständig, wenn er Zeit hat. Der Pausenraum der Polizei in Altengrund ist Kantine und Büro zugleich, in dem die Ermittlungsteams abends ihre Protokolle in die Schreibmaschinen tippen – vierfach mindestens, mit Kohlepapier zwischen den Seiten.

Dabei beginnt die Aufklärung des Verbrechens vielversprechend. Während die Kriminaltechniker, unterstützt von Experten für Gerichtsbiologie, Gerichtsmedizin und Trassologie der BDVP Frankfurt (Oder), am Mittwoch um acht Uhr ihre Arbeit am Tatort aufnehmen, schwärmen die Mitglieder der operativen Arbeitsgruppen der MUK aus. Das konzeptionelle Vorgehen ist Routine: Befragungen von Beziehungspersonen wie Eltern, Bekannte, Verwandte, Arbeitskollegen und Durchsuchung der Wohnung des Opfers, Personenbewegungen von und nach Altengrund, Nachforschungen im öffentlichen Nahverkehr bei Straßenbahnen, S-Bahnen, Taxis, Bussen, bei Wachpersonal in Betrieben und Einrichtungen, im Umfeld der möglichen Zu- und Abgangswege des Täters und Alibiüberprüfung einschlägig Vorbestrafter. In der Auswertungsgruppe, die Buchwalder leitet, laufen alle Informationen zusammen, von dort aus werden die nächsten Schritte festgelegt.

Martha Bangerer ist auch am nächsten Morgen kaum in der Lage, sich den Fragen der Kriminalisten zu stellen. Klaus, ihr zweiter Ehemann, wirkt gefasster. »Wenn einer Nicole ermordet hat, dann kann es nur Frank Weidner gewesen sein«, sagt er unter schluchzendem Nicken seiner Gattin. »Der wollte schon immer was von unserem Mädchen, hat nicht locker gelassen und ihr nachgestellt. Nicole hat ihn abblitzen lassen.« Der Polizist, der sich im Arbeitskollektiv von Nicole im VEB Elektroapparatewerk Treptow umgehört hat, bringt eine ähnliche Information mit. Auch dort ist der Name Weidner von einer befreundeten Kollegin spontan genannt worden, die zudem noch den Hinweis gegeben hat, dass Nicole nach der Spätschicht zwischen halb und dreiviertel zwölf in die S-Bahn Richtung Strausberg eingestiegen ist. Der Verdacht erhärtet sich, als sich herausstellt, dass auch Weidner Spätschicht als Schweißer im VEB Technische Gebäudeausrüstung Berlin hatte. Ihre Wege auf der Fahrt nach Berlin und zurück könnten sich gekreuzt haben.

Inzwischen liegen erste Ergebnisse der Arbeiten am Tat- und Fundort, der Leichenschau und der Spurenauswertung im Kriminalistischen Institut (KI) Berlin vor. Bei der Untersuchung der Toten am Fundort haben Ärzte des Gerichtsmedizinischen Dienstes des Bezirkes Frankfurt (Oder) und des KI nach dem Umdrehen des Körpers auf den Rücken an der Scheide ein kleines, acht Zentimeter langes und ein bis zwei Millimeter dünnes Stöckchen mit schleimartigen und noch feuchten Anhaftungen sichergestellt. Es wird an der Luft getrocknet und in ein Plastikröhrchen verpackt. Auch am Schlüpfer gibt es Antrocknungen, die von Sperma stammen könnten. Bei der Sektion der Leiche in der Pathologie des Kreiskrankenhauses Rüdersdorf diagnostizieren die Gerichtsmedizinerinnen massive Würgemale und Blutungen am und im Hals, im Mund, am Kehlkopf und an der Schilddrüse sowie monströse Stauungserscheinungen im Kopfbereich. Neben Würgen mit den Händen könnte der Täter sich auf Hals und Kopf gekniet, mit einem Fuß daraufgetreten oder mit einem Arm kräftig auf den Kehlkopf gedrückt haben. Kratzspuren an beiden Brüsten des Opfers, Hautverletzungen an den Vorder- und Innenseiten der Oberschenkel und die

Weichteilläsion am Mastdarm weisen nach Ansicht der Pathologen ebenso auf eine zuvor begangene Vergewaltigung hin wie die Lage der Leiche am Fundort. Bei der Sektion werden aus allen Körperöffnungen Abstriche für die Untersuchung im KI genommen. Am nächsten Tag bestätigen die Laboruntersuchungen: Am Schlüpfer des Opfers, am Stöckchen aus dem Bereich der Vagina und an vier Stellen in der Scheide wurde Sperma nachgewiesen. Der Produzent des Spermas ist der Täter, da sind sich die Kriminalisten sicher.

Am 26. Oktober wird Frank Weidner erstmals vernommen. Der 23 Jahre alte, gut aussehende Mann schildert gelassen seinen Tagesablauf am 22. Oktober 1984. Er sei an diesem Tag um 12.55 Uhr von zu Hause mit dem Fahrrad zum Bahnhof Altengrund und von dort um 13.10 Uhr mit der S-Bahn nach Berlin gefahren und in Friedrichsfelde Ost ausgestiegen. Nicole Raschke, so sagt er, habe er nicht gesehen. Auf Arbeit sei bis zur Pause um 17 Uhr nicht viel und nach der Vesper gar nichts mehr zu tun gewesen. Mit drei Arbeitskollegen hat Weidner danach eine kleine Flasche der Marke »Korn« bis zum letzten Tropfen »ausgetrocknet« und um 21.30 Uhr – eineinhalb Stunden vor Schichtschluss – mit Kollege Uwe Sprotte den Betrieb verlassen. Gemeinsam hätten sie in einer HO-Gaststätte, genannt »Schrotkrüger«, noch ein paar Bier und Schnäpse getrunken, dort den Plan geschmiedet, noch eine Bekannte in Berlin zu besuchen, und schließlich um 23.15 Uhr den »Schrotkrüger« verlassen. Das wisse er so genau, weil der Kellner schon die Stühle auf die Tische gestellt habe, um noch pünktlich seinen Bus zu bekommen.

»Unterwegs auf dem Weg zum S-Bahnhof Lichtenberg habe ich dann dem Sprotte erzählt, dass ich ein Mädchen kenne, das um diese Zeit mit der S-Bahn kommt und das wir überreden könnten, noch mitzukommen.« Tatsächlich hätte er beim Halt des Zuges in Lichtenberg kurz vor null Uhr im vorletzten Wagen das Mädchen Katrin erblickt, das er von einem Besuch auf der Galopprennbahn Hoppegarten her kenne. Katrin sei jedoch zu müde gewesen für eine Party nach Mitternacht.

»Da bin ich nach Altengrund durchgefahren, dort um 0.20 Uhr angekommen und mit dem Fahrrad nach Hause gefahren. Um halb eins war ich daheim, das hat mir meine Mutter am nächsten Tag gesagt.«

Nebulös bleiben die Angaben von Weidner zu Katrin von der Rennbahn. Im dortigen Logierhaus will er sie 1980 während der Armeezeit zum ersten Mal gesehen haben. Nähere Angaben könne er nicht machen. »Ich weiß nichts weiter über sie. Sie war mit einigen Typen da, die mir nicht bekannt sind. Letztmalig sah ich Katrin im Sommer 1984 auf der Rennbahn. Wir haben uns in keiner Weise unterhalten, nur Guten Tag zueinander gesagt. Ich glaube nicht, dass Bekannte von mir mich einmal mit der Katrin gesehen haben.«

Sein Verhältnis zu Nicole schildert Weidner als wenig aufregend. Dabei kennen sie sich schon eine Ewigkeit, sind quasi Gegenüber-Nachbarn, auch wenn beide Familien in unterschiedlichen Straßen wohnen.

»Früher haben wir zusammen gespielt. Es war ein freundschaftliches Verhältnis. Ich meine, Kumpel und Kumpeline.«

Die Frage nach ernsthaften Absichten mit Nicole, der Sandkasten- und Jugendfreundin, weist Weidner energisch zurück. »Nein, auf keinen Fall. Sie war nicht mein Typ. Hundertprozentig nicht. Ich war nicht hinter Nicole her.« Das verwundert, schließlich ist der junge Mann dem holden Weibe alles andere als abgeneigt, haben die Kriminalisten inzwischen erfahren. Die Begegnungen seien eher zufällig gewesen – wenn Nicole im elterlichen Garten schräg gegenüber in der Sonne lag, auf der Straße, auf dem Bahnhof an der Würstchenbude, wiegelt er ab. Gemeinsame Fahrten mit der S-Bahn zur Arbeit? »Nein, das weiß ich hundertprozentig. Höchstens einmal, da ist sie spät abends gekommen, aber da habe ich meine Eltern vom Bahnhof abgeholt. Es kann so zwischen 20 und 21 Uhr gewesen sein.« Als ebenso harmlos beschreibt Zeuge Weidner, dass er wenige Tage vor dem Verbrechen Nicole zum Polterabend eines Bekannten und kurz darauf zu einem Frühstück bei sich zu Hause eingeladen hatte. »Ob Sie es mir glauben oder nicht: Ich hatte keine Lust, allein zu frühstücken, fuhr bei ihr vorbei, fragte sie, ob sie Lust hätte, mit mir zu frühstücken, und, na ja, sie frühstückte mit mir. Meine Eltern waren an diesem Tag nicht da gewesen.« Man habe über Schallplatten gequatscht und darüber, ob er sich seine Scheiben mal bei ihr anhören könnte, weil er keinen Plattenspieler besitze.

Frank Weidner darf für diesen Tag gehen, muss aber schon 24 Stunden später wieder auf der Polizeiwache erscheinen, und dann am 8. November noch einmal. So harmlos, wie Weidner seine Beziehung darstellte, haben andere sie nicht empfunden. Von Desinteresse an Nicole von wegen »nicht mein Typ« war nichts zu hören. Weidner gibt an diesem Tag freiwillig eine Spermaprobe ab, die umgehend im Kriminalistischen Institut untersucht wird.

Während sich die Ermittler und Vernehmer vor allem mit Weidner befassen, geht im Umfeld des Tat- und des Fundortes die Spurensuche weiter. In der Basttasche der Toten finden die Kriminaltechniker vieles, was eine Frau bei sich haben muss, Wichtiges und weniger Wichtiges. Sie fördern eine gelbe Plastiktüte ebenso wie Personal- und Betriebsausweis, Frotteehandtücher, Nasenspray, Drahthaarbürste, Zartcreme, vier Zigaretten und eine aufgerissene Tüte Pfefferminz zu Tage. Was nach Angaben der Mutter fehlt, sind Brieftasche, Geldbörse, das lederne Zigarettenetui und ein Buch zum Lesen in der S-Bahn, ohne das Nicole nie aus dem Haus gegangen ist. Die VP-Hundertschaft aus Eisenhüttenstadt wird in Marsch gesetzt, um nach den Gegenständen zu suchen. Ein paar

Straßenzüge vom Tatort entfernt entdecken Bürger auf ihren Privatgrundstücken schließlich zunächst die Brieftasche und danach das Portemonnaie. Feuerzeug, Buch und Zigarettenetui bleiben jedoch verschwunden.

Noch in der Nacht nach der Zustellung des Spermas von Weidner übermittelt das KI seine Erkenntnisse. Zur Überraschung der MUK entlasten die Laboranalysen den Tatverdächtigen. Die Gutachter haben zwar dessen Blutgruppe A sowohl im Sperma aus der Scheide des Opfers als auch an dem Stöckchen festgestellt, das zwischen den Schamlippen geklemmt hatte, doch beim Abstrich aus der Scheide fehlten weitere Blutgruppenbestandteile, wie sie von einem Sekretor ausgeschieden werden. Da Weidner ein sogenannter Sekretor ist, also ein Mensch, in dessen Körperflüssigkeiten Blutgruppen-Antigene vorhanden sind, schließen ihn die Gerichtsmediziner des KI als Verursacher des Spermas in der Scheide des Opfers aus. Dafür komme nur ein Nichtsekretor in Frage. Nur im Sperma von dem Stöckchen konnten neben der passenden Blutgruppe auch die Merkmale eines Sekretors nachgewiesen werden. Während die meisten Leute Sekretoren sind, die in den Körperflüssigkeiten frei umher schwimmende Blutgruppen-Antigene aufweisen, weisen Nicht-Sekretoren, die nach Erkenntnissen der Wissenschaftler 15 bis 20 Prozent der Bevölkerung ausmachen, fast keine Blutgruppen-Antigene in Körperflüssigkeiten wie Speichel, Schleim oder Sperma auf.

»Wir erhielten daraufhin die Weisung: ›Die Vernehmung von Weidner ist abzubrechen‹«, hat Gerald Buchwalder als damaliger Chef der Auswertergruppe diese Wendung im Mordfall Nicole Raschke auch heute noch in unguter Erinnerung.

»Dieses Gutachten hat mich ein Jahr meines Lebens gekostet, denn vom abweichenden Ergebnis der Stöckchenanalyse mit Sperma von einem Sekretor-Verursacher war uns nichts bekannt.« Die Stimmung innerhalb der MUK sei auf den Tiefpunkt abgestürzt.

»Wir konnten ja nicht entgegen der uns vorliegenden Erkenntnisse Weidner weiter verfolgen. Das hätte uns an den Rand der Strafbarkeit geführt.« Sie hätten sich aber auch geschworen, nicht aufzugeben. »Wir haben wie verrückt weiter nach dem Täter gesucht.«

Trotz einer Vielzahl von Spuren am Tat- und dem Fundort bleibt das gesicherte Sperma in der Scheide des Opfers die Hauptrichtung der Tätersuche. Ein Massentest beginnt. Hunderte Männer aus Altengrund und aus den umliegenden Gemeinden, Fremde, die sich zur Tatzeit im Ort aufgehalten haben, und natürlich einschlägig Vorbestrafte werden im Laufe der folgenden Monate zur Polizei nach Altengrund vorgeladen. In Ausnahmefällen suchen Polizisten Probanden auch zu Hause auf. Buchwalder erzählt von einem vorbestraften Sexualstraftäter, der sich auf der Polizeitoilette lange, aber erfolglos bemüht hatte, seiner Männlichkeit die erwünschte Gabe zu entlocken.

»Wissen Se, ick kann nur morjens«, hatte er das Versagen entschuldigt.

»Da sind wir eben früh zu ihm hin und haben bekommen, was wir brauchten«, schmunzelt Ex-Kripo-Mann Buchwalder.

Für Polizisten wie Betroffene sind die Umstände, unter denen laut Buchwalder »der erste Massenspermatest in der Geschichte der DDR und wohl auch in der BRD« durchgezogen wird, überhaupt nicht lustig. Die Männer stehen Schlange, diesmal jedoch nicht in der Kaufhalle nach Apfelsinen oder Bananen, sondern vor der Toilette in der Polizeiwache mit einem leeren Glas in der Hand. Drinnen liegen ein paar Ausgaben des *Magazins,* das vor allem wegen der darin abgebildeten weiblichen Aktfotos »Bück-Dich-Ware« in der DDR ist. Ist das Geschäft vollbracht, nehmen Polizisten die Flüssigkeit in Empfang, übertragen sie auf gelochtes Speichelpapier, das ähnlich wie Löschpapier funktioniert, fädeln Bindfaden durch die Löcher und hängen die Streifen zum Trocknen in einem Raum zwischen den Gardinenstangen auf. Die ganze Prozedur ist hanebüchen.

»Was wir den Menschen zugemutet haben und uns selbst, war befremdlich«, räumt Pensionär Buchwalder aus heutiger Sicht ein. »Doch bei Mord haben wir alle Register gezogen, und es hat sich auch keiner verweigert.«

Wer aufgrund seines Spermas in den Kreis der Verdächtigen rückt, ist ein potenzieller Mörder und muss sich unangenehme Fragen über seinen Tagesablauf zwischen dem 22. und 23. Oktober 1984 gefallen lassen. Sämtliche Alibis müssen überprüft werden. Nach und nach sind es Tausende, die mit dem Mordfall Raschke in Berührung kommen.

Das Jahr 1984 ist längst Geschichte, das Frühjahr hat den Winter abgelöst, und die Kriminalisten der MUK sind dem Täter nicht ein Stückchen näher gekommen. Sie haben in den Wochen und Monaten mit wenig Schlaf auskommen, aber viel Arbeit bewältigen müssen. Die Menschen in Altengrund honorieren die Einsatzbereitschaft, spüren, dass die Kripo nicht lockerlässt. Anderenorts wächst die Ungeduld. Der Leiter der Kriminalpolizei der BDVP Frankfurt (Oder) lässt sich regelmäßig berichten und fordert, dass der Einsatzleiter ständig erreichbar ist und gefälligst neben dem Telefon zu schlafen hat. Nichts anderes werde schließlich von ihm erwartet. Ein Mord ist in der DDR nicht nur ein schreckliches Verbrechen, sondern ein Politikum, das Partei- und Staatsführung beschäftigt. Da hat es in der Arbeit keine Pausen zu geben.

Doch bei allem Frust, der sich im Kreis der Ermittler ob der Erfolglosigkeit breitmacht, hin und wieder gibt es Begegnungen, die einer gewissen Komik nicht entbehren. Sie erfahren von einem Mann, der überall erzählt, dass er in der fraglichen Nacht am Tatort war. Ihm sei die Kette vom Fahrrad gefallen, und dann habe er die Tote gesehen, die Kette in aller Eile aufgezogen und sei wie verrückt davongerast. Siegwart, wie der Mann heißt, wird als Tatverdächtiger vernommen. In allen Einzelheiten schildert er sein Missgeschick, durch das er nun bei der Polizei gelandet ist. Der wackere Geselle knabbert vor Aufregung an den Fingernägeln, doch er genießt die ihm entgegengebrachte Aufmerksamkeit. Endlich einmal steht er im Mittelpunkt und lebt nicht allein in der Welt seines schlichten Gemüts. Vertrauensvoll wendet er sich an seinen Vernehmer und flüstert ihm zu: »Wenn du mir sagst, wie ich es gemacht habe, gebe ich es zu.«

Es kommt die Zeit, da fühlen sich die Fahnder wie Hamster in Laufrädern, die rennen und rennen und doch nicht vorankommen. An einem Tag Ende Mai 1985 sitzen die Kriminalisten der Sonderkommission wieder einmal zusammen und grübeln über die nächsten Schritte. Jeder Gedanke, jeder Vorschlag soll ausgesprochen werden, und sei er noch so verrückt.

»Was hätten wir denn gemacht, wenn es das Gutachten über die Spermaprobe nicht gegeben hätte?«, fragt einer in die Runde, und gibt die Antwort gleich selbst: »Wir hätten uns den Weidner geschnappt.« Weidner, der Freund von Nicole Raschke aus Sandkastenspiel- und Jugendtagen, der Weiberheld, der angeblich so gar nichts Ernsthaftes von der adretten Nicole will, der sie schon Tage vor dem Mord nicht mehr gesehen haben will und der auch nicht zur Beerdigung seiner »Kumpeline« kam, wie die Observation der Trauerfeier gezeigt hat. Als Tatverdächtiger ist Weidner all die Zeit in den Hinterköpfen der Kriminalisten geblieben, trotz des Gutachtens und des Befehls, die Ermittlungen abzubrechen. Als Buchwalder, der inzwischen für seinen erkrankten Chef die MUK leitet, dem K-Leiter in der BDVP den Vorschlag unterbreitet, nochmals das Umfeld von Weidner abzuklopfen, lenkt der ein. »Na gut, aber nicht mehr als fünf Leute darauf ansetzen«, stimmt der oberste Frankfurter Kriminalist im Range eines Oberstleutnants zu.

Offiziell nehmen fünf Leute der noch immer bestehenden erweiterten MUK den Faden wieder auf, inoffiziell wird mit fast allen Leuten ermittelt. Nicole, das wird zweifelsfrei geklärt, hat den vorletzten Wagen der S-Bahn bestiegen, die pünktlich um 23.58 Uhr in Altengrund eintraf und nicht erst um null Uhr in Lichtenberg abfuhr. In Altengrund ist sie auch ausgestiegen, dafür gibt es eine Zeugin. Der Mörder dürfte ebenfalls mit diesem Zug gefahren sein, oder er hat sie am Bahnhof abgepasst. Nicole muss ihn gekannt haben. Es gibt keine Anzeichen dafür, dass sie vom Bahnhof aus gegen ihren Willen bis zum Sportplatz, dem Tatort, verschleppt wurde. Uwe Sprotte, Weidners Kollege, kann sich nicht mehr genau an die Abfahrtszeit des Zuges erinnern, in den er mit Weidner auf dem Bahnhof Lichtenberg eingestiegen ist, aber er weiß mit Sicherheit, dass Weidner die junge Frau im vorletzten Wagen getroffen hat, die er zum nächtlichen Ausflug mit ihnen überreden wollte. Weidner habe sich auch gleich zu ihr gesetzt und mit ihr geredet, er selbst sei an der Tür stehen geblieben. Sprottes Beschreibung der angeblichen Katrin trifft auf Nicole Raschke zu. Er sei in Berlin-Biesdorf ausgestiegen, nachdem ihm Weidner deren Ablehnung mitgeteilt hatte. Die Mutter von Weidner schließlich gibt zu, dass sie nicht wisse, wann ihr Sohn in der Tatnacht daheim war, und auch nicht mit ihm darüber geredet habe.

Am 18. Juni 1985, fast acht Monate nach der Ermordung von Nicole Raschke, ordnet der Leiter der Kriminalpolizei in Frankfurt (Oder) die vorläufige Festnahme des Arbeiters Frank Weidner wegen dringenden Mordverdachts an. Die Polizei fährt öffentlichkeitswirksam mit mehreren Streifenwagen und Blaulicht im Betrieb in Berlin vor und erklärt Weidner, dass er »zur Klärung eines Sachverhalts« mitkommen müsse. Sie wollen ihn mit dem Großaufgebot beeindrucken und deutlich machen, dass sie ihm dicht auf den Fersen sind. Auf der Fahrt nach Altengrund versucht Weidner, von seinen Begleitern zu erfahren, was man von ihm will. Die aber schweigen eisern.

»Guten Tag, Herr Weidner. Sie wurden am heutigen Tage von der Arbeitsstelle geholt, um zur Klärung weiterer aufgetretener Fragen im vorliegenden Tötungsverbrechen Nicole Raschke befragt zu werden. Es sind Probleme aufgetreten, die geklärt werden müssen, und es ist ja schon eine ganze Zeit vergangen, seit den Tagen, wo Sie bereits mehrfach zum vorliegenden Sachverhalt befragt worden sind. Ich mache Sie darauf aufmerksam, dass von Ihrer heutigen Vernehmung eine Schallaufzeichnung gefertigt wird.« So beginnt am gleichen Tag um 14.50 Uhr die Vernehmung von Frank Weidner in Altengrund. Er wird aufgefordert, noch einmal seinen Tagesablauf am Montag, dem 22. Oktober 1984, zu schildern. Das bringt ihn nicht aus der Ruhe. Gereizt reagiert er dagegen, als der Vernehmer im Verhör immer wieder auf die angebliche Katrin aus dem Logierhaus und der Rennbahn in Hoppegarten zurückkommt.

Schließlich platzt ihm der Kragen: »Was versteifen Sie sich immer auf die Katrin?«, fährt er aus der Haut. »Ich kenne noch andere Mädchen, zu denen ich fahren kann.« Er wird gefragt, wann er zu Hause war. »Meine Mutter sagte, um 0.30 Uhr.«

Der Vernehmer baut weiteren Druck auf. »Herr Weidner, Sie können sich sicher sein, dass wir zu einem späteren Zeitpunkt darauf zurückkommen, ganz sicher können Sie sich da sein«, sagt er. Schließlich rutscht dem Tatverdächtigen im weiteren Gespräch zu diesem Thema ein Satz heraus, den er nicht mehr zurückholen kann: »Ich bin mit der S-Bahn 23.58 Uhr von Lichtenberg aus in Altengrund angekommen. Mehr kann ich dazu nicht sagen.« Genau diese Zeitangabe aber hatte er in allen bisherigen Vernehmungen bestritten und behauptet, die Rückfahrt mit einem späteren Zug angetreten zu haben. Für den Heimweg mit dem Fahrrad benötigte Weidner höchstens zehn Minuten, haben die Kriminalisten in mehreren Versuchen ermittelt. Es klafft eine Lücke von gut 20 Minuten, wenn man seinen Zeitangaben glaubt. Und daran gibt es erhebliche Zweifel.

An dieser Stelle wird um 19 Uhr die Befragung unterbrochen. Weidner wird mit ein paar Wurstbroten, einer Tasse Tee und seinen Gedanken allein gelassen.

Nach einer halben Stunde Pause, zwei eindringlichen Ermahnungen, nach den vielen Lügen, die er bisher aufgetischt habe, endlich die Wahrheit zu sagen, und einer Zigarettenlänge des Nachdenkens gibt Weidner schließlich zu, dass er mit Nicole am Tattag mittags um 13.12 Uhr gemeinsam nach Berlin gefahren sei und sie sich die ganze Zeit unterhalten hätten. Der Vernehmer, ein Oberleutnant, lässt nun nicht mehr locker.

»Machen Sie weiter, Frank. Glauben Sie mir, Sie sind auf dem richtigen Weg. Es ist nicht einfach, aber Sie müssen da durch.« Der Verdächtige quält sich noch ein paar Minuten, dann hat er sich durchgerungen.

»Ich mache ein Geständnis, ich war es.« Um 21.50 Uhr wird ihm mitgeteilt, dass er gemäß Strafprozessordnung nunmehr vorläufig festgenommen ist und ab sofort als Beschuldigter weiter vernommen wird. Um 0.45 Uhr liegt Weidners Geständnis handschriftlich vor, und das Verhör wird beendet. Er bestätigt mit seiner Unterschrift, dass er das Protokoll seiner Befragung gelesen hat, dass es den von ihm gemachten Angaben entspricht, seine Worte darin richtig wiedergegeben sind, und bedankt sich bei dem Vernehmer mit der Erkenntnis: »Sie haben recht gehabt. Mir ist jetzt wesentlich leichter ums Herz.« Am gleichen Tag erlässt das Kreisgericht Strausberg Haftbefehl und weist wegen Fluchtgefahr die Unterbringung des Tatverdächtigen in die Untersuchungshaftanstalt an.

Nicole Raschke und Frank Weidner sitzen in der Tatnacht im gleichen Wagen der S-Bahn. Weidners Vorschlag, mit seinem Kollegen Sprotte noch zu einer Freundin zu fahren und zu feiern, lehnt Nicole rundweg ab. Das »Hab keine Lust« ist endgültig. Sie ahnt wohl, was der Sause am Ende folgen soll.

Um 23.58 Uhr steigen »Kumpel« Frank und »Kumpeline« Nicole in Altengrund aus und begeben sich gemeinsam auf den Heimweg. Nach wenigen Metern fasst Weidner den Entschluss, dass es endlich »ernst« werden müsse mit der Nicole. Dass sie sich bisher hartnäckig verweigerte, ihm, der doch jedes Mädchen und jede Frau haben kann, kratzt an seinem männlichen Ego. Weidner ist klar, dass er den Geschlechtsverkehr nur erzwingen kann. Dann, davon ist er überzeugt, werde es der Nicole schon gefallen. Unter dem Vorwand, sich an einer Autolackiererei nach den Öffnungszeiten erkundigen zu wollen, lockt er seine Begleiterin Richtung Sportplatz. Das ist ein kleiner Umweg, doch Nicole stimmt ohne Bedenken zu, froh darüber, dass sie nicht allein durch die Nacht laufen muss. Friedlich plaudernd geht das Paar über die Tartanbahn des Sportplatzes auf den Weg zu, der daran angrenzt. In Höhe der Böschung geschieht dann für Nicole völlig überraschend das Verbrechen. Sie muss ihre Vergewaltigung ertragen, arglistig vom Täter hintergangen und ihm völlig wehrlos ausgesetzt.

Als Weidner sich seine Hosen hochzieht, sagt sie zum Spielgefährten aus der Kindheit voller Wut und Ekel: »Du Schwein! Ich zeige dich an.« Der Vergewaltiger ist entsetzt und bettelt, dass Nicole nicht zur Polizei geht.

»Bitte Nicole, mach es nicht. Ich weiß auch nicht, wie das passieren konnte. Wir kennen uns doch schon so lange.«

Die Antwort seines Opfers raubt ihm den letzten Funken Verstand: »Doch, ich zeige dich an.«

Der Satz ist ihr Todesurteil. Weidner stürzt sich erneut auf die am Boden Liegende, umfasst mit der rechten Hand ihren Hals unter dem Kinn und drückt mit aller Kraft zu. Vergeblich bäumt sich Nicole auf, will sich dem erbarmungslosen Zugriff entziehen. Gegen den viel stärkeren und größeren Mann hat die zierliche Nicole keine Chance. Zwei bis drei Minuten dauert der ungleiche Kampf, dann erschlafft der Körper der Frau. Panisch vor Entsetzen über das, was er gerade getan hat, entschließt sich Weidner, alle Spuren zu beseitigen. An einem Arm schleift er die leblose Nicole durch das Geländer und das Pappelgebüsch in das Wäldchen und legt die Tote – er ist überzeugt, dass kein Leben mehr im Körper der Frau ist – an einem Baum auf dem Rücken ab. Sie soll möglichst spät entdeckt werden. Der Täter eilt zurück zur Böschung, hebt die Jacke auf, geht zum Fahrrad und holt die Basttasche, die am Lenker hängt. Er bemerkt ein Gasfeuerzeug und ein ledernes Zigarettenetui im Gras. Beides muss beim Wegwerfen des Rades aus der Tasche gefallen sein und wandert nun dorthin zurück. Weidner stellt die Tasche neben die Füße des Opfers und legt die Jacke neben den Kopf.

In diesem Moment läuft ihm ein eiskalter Schauer über den Rücken. Die vermeintlich Tote röchelt. Das Damoklesschwert einer Anzeige hängt erneut über Weidner. Mit dem rechten Fuß tritt er dem Opfer dreimal gegen den Hals und trifft dabei den Kehlkopf. Das Röcheln verstummt. Der Täter blickt sich um, ob jemand gesehen oder gehört haben könnte, was geschehen ist. Doch die Nacht ist in tiefe Stille versunken. Die Fingerabdrücke, schießt es ihm durch den Kopf. Vorsichtig und mit Zellstoff in den Händen greift er in die Basttasche und nimmt Feuerzeug, Zigarettenfutteral, Portemonnaie, Brieftasche und ein Buch an sich, das er in der S-Bahn einmal kurz in der Hand gehalten hatte. Weidner nimmt alles mit und geht zum Fahrrad. Den linken Schuh von Nicole, der noch am Tatort auf der Böschung liegt, wirft er in das Wäldchen Richtung Leiche. Unterwegs, an einer beleuchteten Kreuzung, untersucht der Täter Brieftasche und Geldbörse. Außer den 70 Mark, die darin stecken, interessiert ihn nichts. Beide Gegenstände schleudert er einige hundert Meter entfernt auf Grundstücke, die auf dem Heimweg liegen. Es ist ein Uhr nachts oder noch später, als er daheim eintrifft. Am nächsten Tag – Weidner ist wie immer zur Spätschicht gefahren – legt er Buch und Zigarettenetui im Umkleideraum des Betriebes ab. Die Gegenstände finden schnell neue Besitzer. Zu Hause kratzt er mit einem Küchenmesser die Schrift aus dem Gasfeuerzeug und steckt es in die Dachrinne der Fahrradaufbewahrung am Bahnhof Altengrund. Dort wird es nach seinen Angaben am 19. Juni 1985 gefunden.

Die Staatsanwaltschaft Frankfurt (Oder) klagt den bislang nicht vorbestraften Schweißer Frank Weidner an, dass er die »Entscheidungsfreiheit einer Frau angegriffen, das Leben eines Menschen vernichtet und persönliches Eigentum verletzt hat«.

Am 5., 6. und 8. Januar 1987 verhandelt der 1. Strafsenat des Bezirksgerichtes Frankfurt (Oder) gegen Frank Weidner.

Wer ist dieser junge Mann, der jetzt mit gesenktem Kopf zwischen seinen beiden Verteidigern auf der Anklagebank sitzt und sich mit 23 Jahren wegen Mordes, Vergewaltigung und Diebstahls verantworten muss?

Seine leiblichen Eltern hat Frank Weidner nie kennengelernt, und er erfährt auch später nichts über sie. Es interessiert ihn auch nicht. Die Pflegeeltern, die den Jungen im Alter von zwei Jahren bei sich aufnehmen, sind mit 42 und 50 Jahren nicht mehr die Jüngsten, doch umso liebevoller kümmern sie sich um das Kind. Für Frank sind sie von Beginn an Mutti und Vati.

»Eine bessere Mutter kann ich mir gar nicht wünschen«, sagt er vor Gericht. Sie sei streng und habe ihren eigenen Kopf, doch eingeengt habe sie ihn nie. Am Vater hängt der Junge sogar noch mehr. Er ist für ihn sein Ein und Alles, wohl auch deshalb, weil er manches erlaubt, was die Mutter verboten hat. Bei aller Fürsorge herrschen daheim strenge Regeln. Es gibt festgesetzte Zeiten, an denen er zu Hause zu sein hat, und Frank hält sich daran. Er ist lieber überpünktlich als zu spät, denn er weiß, dass die Mutter die Einhaltung ihrer Anordnungen kontrolliert. Das bringt ihm bei Altersgenossen den Ruf eines »Muttersöhnchens« ein.

Ab der fünften Klasse läuft es nicht mehr gut in der Schule. Fußball, Boxen und Volleyball interessieren den Heranwachsenden mehr als Mathe, Deutsch, Chemie oder Physik. Im Boxen wird er sogar regionaler Meister, doch mit seiner ersten Niederlage geht auch die Lust k. o. Von der neuen Klassenleiterin fühlt er sich an den Rand gedrängt, er glaubt, dass sie andere aus der Klasse vorzieht. Frank will Kfz-Schlosser werden, doch die Noten auf dem Abschlusszeugnis der zehnten Klasse reichen für den Traumberuf von Jungen in der DDR nicht aus. Er gibt der Lehrerin die Schuld, weil die ihn nicht hat »hochkommen« lassen.

Um doch noch »Autoschrauber« werden zu können, verpflichtet sich der 18-Jährige als Berufsunteroffizier für zehn Jahre zum Dienst in der Nationalen Volksarmee (NVA). Doch statt wie bei der Musterung versprochen in die Werkstatt für die motorisierte Technik abkommandiert und für diesen Beruf qualifiziert zu werden, wird er als »Kammerbulle« eingesetzt. Das ist bei der NVA durchaus ein begehrter Posten innerhalb der rückwärtigen Dienste. Schließlich ist man da für Bekleidung und Ausrüstung zuständig und kann sich mit der einen oder anderen Sonderzuwendung Freunde machen und Vergünstigungen erkaufen. Für Unteroffizier Weidner sind das gebrochene Versprechen und sein Einsatz in der Kleiderkammer jedoch eine Enttäuschung. In einer Beurteilung seiner NVA-Vorgesetzten ist später von »Unstimmigkeiten in den Lagerbeständen« die Rede. Weidner dagegen spricht von Unstimmigkeiten im Verhältnis zu seinen Vorgesetzten, weil »ich meinen Mund nicht halten konnte«.

Wie auch immer, Frank Weidner muss und darf seine Uniform schon nach drei Dienstjahren wieder ausziehen. Die Eltern sind darüber nicht glücklich. Zwar hatten sie seine Verpflichtung für die NVA nicht verstanden, dass ihr Junge aber so kläglich gescheitert ist, können sie nur schwer akzeptieren, zumal dieser wie immer nur andere verantwortlich macht, aber nie sich selbst.

Besser läuft es für Frank Weidner mit den Frauen. Die fliegen ihm förmlich zu, und er fängt sie gerne ein. Die einen liebt er und ist zärtlich zu ihnen, obwohl er es bei keiner der Freundinnen allzu lange aushält, bei anderen ist die sexuelle Befriedigung vorrangiges Marschrichtungsziel. Bei letzteren wendet er zuweilen Gewalt an, wenn auch nicht in den brutalen Ausmaßen, wie er es in Filmen gesehen und sich in unregelmäßigen Abständen in der Fantasie ausgemalt hat. Mit 23 Jahren mit drei verschiedenen Frauen drei Kinder gezeugt zu haben, spricht für seine Potenz, aber kaum für den Verstand. Sogar für ein viertes Kind soll er die Vaterschaft anerkennen, doch dieses »Kuckucksei« will er sich nicht ins Nest legen lassen.

Vor Gericht legt Weidner ein umfassendes Geständnis ab und gibt zu, dass die mehrfachen Widerrufe im Ermittlungsverfahren nur das Ziel hatten, einer Strafe zu entkommen. Allerdings bleibt er dabei, dass er sein Opfer auf den Rücken gelegt hat und nicht auf den Bauch, wie es gefunden wurde. Dieser Widerspruch kann auch vom Gericht nicht aufgeklärt werden. Die Gerichtsmediziner schließen jedoch nicht aus, dass der Täter die Leiche nach den Fußtritten, die offensichtlich noch in Rückenlage erfolgten, auf den Bauch gedreht hat, ohne sich daran zu erinnern. Spätestens nach den Tritten sei der Todeskampf des Opfers beendet und damit ein selbständiges Drehen des Körpers nicht mehr möglich gewesen.

Dass Weidner der Mörder ist, daran zweifelt das Gericht dennoch nicht, denn die Beweise sind eindeutig. So stimmen Textilfasern am Geländer und an einem Zweig mit dem Material der Kordhose des Angeklagten überein. Im Schambereich und an der Jacke des Opfers wurden zudem zwei Schamhaare sichergestellt, die in allen morphologischen Eigenschaften, in Form, Farbton, Länge, Dicke und Struktur mit Vergleichsproben von Weidner identisch sind. Zudem wurde an ihnen die Blutgruppe A des Angeklagten festgestellt. Die Blutgruppe A enthielt auch das Sperma in der Scheide der Toten. Im Gegensatz zu den Erkenntnissen der Spezialisten im Kriminalistischen Institut Berlin schließen Experten des Instituts für Gerichtliche Medizin und Kriminalistik der Karl-Marx-Universität Leipzig in einem Zweitgutachten vom Oktober 1986 Weidner als Verursacher des Spermas nicht allein deshalb aus, weil darin keine Blutgruppen-Antigene gefunden wurden, obwohl dieser Sekretor ist. Das Leipziger Institut ist in der DDR neben dem vom wohl bekanntesten Gerichtsmediziner, Prof. Dr. Otto Prokop, geleiteten Berliner Rechtsmedizinischen Institut führend auf dem Gebiet der forensischen Serologie. Dessen Direktor, Obermedizinalrat Prof. Dr. sc. med. Wolfgang Dürwald, stellt in seinem Gutachten fest:

»Bei der Spur 11.30 (Stöckchen, d.V.) handelt es sich nach meiner Auffassung zweifellos um Sperma, das aus der Scheide bzw. dem Scheidenvorhof bei Bauchlage der Leiche ausgeflossen und am Stöckchen entlanggelaufen ist. Dieses Sperma stimmt mit dem Sperma in der Scheide hinsichtlich der Blutgruppe überein – beides gehört zur Blutgruppe A –, die Spuren unterscheiden sich lediglich in ihrer Nachweisempfindlichkeit.«

Dürwald verweist darauf, dass durch das Herauslaufen nur noch eine geringe Menge Sperma in der Scheide war und dass sich dieser Rest mit Körpersekreten des Opfers so stark verdünnt hat, dass Blutgruppen-Antigene nicht mehr nachweisbar waren. Das Sperma am Stöckchen war hingegen weniger verdünnt, deshalb fand das KI darin Antigene. Bei richtiger Bewertung hätte man Weidner nicht als Täter ausschließen dürfen.

Das Bezirksgericht Frankfurt (Oder) verurteilt Frank Weidner auf Antrag der Staatsanwaltschaft zu einer lebenslangen Freiheitsstrafe, die einen Monat darauf durch das Oberste Gericht der DDR bestätigt wird.

Ein knappes halbes Jahr später kommt Weidner wie rund 40 000 andere Strafgefangene in der DDR in den Genuss einer Amnestie, die der Staatsrat der DDR völlig überraschend verkündet. Das Nachrichtenmagazin *Spiegel* verbreitet dazu die Auffassung, dass dieser Gnadenakt vor allem politisch begründet ist. Im Vorfeld des Honecker-Besuches im September 1987 in Bonn wolle die DDR Problemfälle aus der Welt schaffen und inhaftierte BRD-Bürger sowie verurteilte DDR-Republikflüchtlinge und politisch Aufsässige loswerden. Außerdem, so der *Spiegel*, wolle die DDR auf der KSZE-Folgekonferenz in Wien im Herbst verkünden, dass das Land frei sei von politischen Gefangenen. Weil es die offiziell ohnehin nicht gebe, sei eine allgemeine Amnestie erlassen worden.

Die Strafe von Weidner wird von lebenslänglich auf 15 Jahre herabgesetzt. Im Juli 1995 entlässt ihn die Justiz auf Bewährung aus dem Gefängnis. 16 Monate später sitzt er wegen Besitzes einer vollautomatischen Waffe und Betrugs in 21 Fällen erneut auf der Anklagebank. Gemeinsam mit Komplizen hatte er über Strohmänner Telefonkarten geordert und diese an Vietnamesen weiterverkauft. Telefongesellschaften entstanden dabei zwei Millionen Mark Schaden. Das Landgericht Potsdam verurteilt ihn zu einer Freiheitsstrafe von zwei Jahren, widerruft allerdings nicht die Bewährung aus dem außer Vollzug gesetzten Mordurteil. Die Richter rechnen ihm die mit dem neuen Verfahren verbundene neunmonatige Untersuchungshaft an, vor allem aber auch sein Geständnis, mit dem er aktiv zur Aufklärung der neuen Tat beigetragen und sich aus dem kriminellen Umfeld gelöst hat. Ende November 2000 wird ihm die Reststrafe aus dem Urteil wegen Mordes an Nicole Raschke erlassen.

Gnadenlos

Bei Schulzes steigt am 21. Februar 1973, einem Sonnabend, im Südring in Magdeburg ein zünftiger Männerfrühschoppen. Schulzes Sohn hat sich Freunde eingeladen, in der Parterrewohnung der Eltern wird Skat gespielt. Das eine oder andere Bier rinnt durch die Kehlen.

»Junge, geh doch mal auf den Boden, die Wanne für die Wäsche holen«, unterbricht die Mutter die Skatrunde. Kurt Schulze steigt auf den Dachboden. Gegenüber dem Trockenboden wohnen zwei junge Frauen. Die eine ist 17 Jahre alt, die andere 22 Jahre. Als Kurt Schulze den letzten Treppenabsatz erreicht, stutzt er. Die Wohnungstür der Frauen ist nur angelehnt. Er ruft, doch alles bleibt still. Bei einem kurzen Blick durch den Türspalt sieht er Möbel, die aussehen, als wären sie mit Marmelade beschmiert. Schulze kriegt es mit der Angst zu tun und rennt nach unten, um Verstärkung zu holen. Mit einem Freund wagt er sich nochmals nach oben. Der erkennt: Das ist keine Marmelade, das ist Blut. Von einer Telefonzelle aus wird die Polizei über den Notruf verständigt.

Als die Genossen der Morduntersuchungskommission der Kripo Magdeburg die Wohnung im zweiten Stock betreten, packt sie das Grauen. Blut, wohin man schaut, auf dem Fußboden, an Wänden, Türen und Möbeln. Im Wohnzimmer entdecken sie die Leichen von zwei jungen Frauen. Sie sind entsetzlich zugerichtet. Eine der Toten liegt zwischen Tisch und Ofen auf dem Fußboden, Arme und Beine ragen unter achtlos auf den Körper geworfenen Kleidungsstücken hervor. Die andere Tote ruht starr auf der Schlafcouch, der Kopf ist eingeschlagen, der Hals mit Stich- und Schnittverletzungen übersät. Auf dem Sessel entdecken sie die Bekleidung eines Mannes. In der Gesäßtasche der Hose steckt ein Personalausweis der DDR, ausgestellt auf den Namen Hans Liebermann.

Hat der Mörder seine Visitenkarte hinterlassen? Während einer der Polizisten mit dem Streifenwagen in die Dienststelle rast, um mehr über den Ausweisinhaber zu ermitteln, setzen seine Kollegen die Durchsuchung des Tatortes fort. Denn dass sich hier ein grausames Verbrechen abgespielt hat, daran gibt es vom ersten Moment an keinen Zweifel. Wenig später ist klar: Der Ausweisinhaber ist nicht der Mörder, sondern ein drittes Opfer. In der Schlafkammer zwischen Schrank und Kommode unter einem Berg von Decken finden die Polizisten den nackten Leichnam von Hans Liebermann. Bei den Frauen handelt es sich um die Mieterin der Dachgeschosswohnung, Sabine Reiser, und ihre Freundin, Brigitte Mante, die vor gut vier Wochen bei ihr untergekommen war.

Die Kriminalisten suchen nach Angehörigen der Opfer und erhalten vom Stiefvater von Sabine Reiser tatsächlich einen Hinweis auf einen ersten Verdächtigen. Gemeinsam hatte er mit einem jungen Mann tags zuvor einen Schrank in die Wohnung geschafft. Der Möbeltransport wurde danach gemeinsam gebührend gefeiert. Er kennt den Namen: Siegfried Elbacher. Dessen Wohnanschrift ist schnell ermittelt, der mutmaßliche Täter aber ist verschwunden. Die Bevölkerung wird über die Regionalzeitung *Magdeburger Volksstimme* um Mithilfe bei der Fahndung gebeten. In der Personenbeschreibung werden als besondere Kennzeichen die »unruhigen Augen« des Gesuchten hervorgehoben.

Elbacher, der sich bei Bekannten aufhält, wird der Boden zu heiß. Er will verschwinden, muss aber von zu Hause noch ein paar Sachen holen. Als er zwei Tage später daheim auftaucht, wird er von zwei Polizisten festgenommen, die ihn in seiner Wohnung erwartet haben.

Elbacher, zwei Wochen vor der Tat gerade 20 Jahre alt geworden, besitzt bereits umfangreiche Akten bei der staatlichen Jugendfürsorge und bei der Polizei. Sie geben Einblicke in ein bis dahin liebloses und verpfuschtes Dasein eines Jugendlichen, der nicht geben kann, was er selbst nicht erfahren hat: Zuneigung, Verständnis, Rücksichtnahme, Anerkennung und Achtung vor dem Leben.

Er ist das Produkt einer sexuellen Beziehung zwischen zwei Menschen, die für Liebe und Ehe nicht reichte. Seinen Erzeuger hat er nie kennengelernt, und die Mutter schiebt die Erziehung des Jungen seiner Großmutter zu. Die gibt sich zwar Mühe, kapituliert aber schon bald vor dem Kind, das sie nicht bändigen kann. Sie versucht es mit allen Mitteln, auch mit den untauglichsten. Sie stellt sich sogar tot, doch damit verschreckt, ja schockt sie den Enkel, statt ihn durch ihre »Auferstehung« für sich zu gewinnen. Über die Jugendfürsorge wird der Knabe als Zehnjähriger in ein Spezialkinderheim für Schwererziehbare eingewiesen und nach Abschluss der sechsten Klasse in die Obhut der Mutter entlassen. Der Junge ist zwar älter, aber nicht umgänglicher geworden in dem Heim, in dem Befehle und Gehorsam Alltag und Erziehung diktieren und nicht Liebe, Geborgenheit, Wärme und Fürsorge. Die nun geforderte Mutter ist sofort wieder überfordert. Was folgt sind Lernfaulheit, Schulbummelei, Klauerei mit gleichgesinnten Kindern und die erneute Unterbringung in einem Heim. Dort schafft der Heranwachsende immerhin den Abschluss der achten Klasse. Belohnt wird er mit der Rückkehr in die mütterlichen Arme. Die halten aber lieber den viel jüngeren Mann fest, den sie inzwischen geheiratet hat, als das Kind, das ihr Herz nicht rührt. Zu dem ihm vorgesetzten Stiefvater findet der Ziehsohn keine Nähe. Streit und Handgreiflichkeiten mit Mitschülern münden schließlich im Verweis von der Schule und der Einweisung in einen Jugendwerkhof. In diesen Umerziehungsstätten für 14- bis 18-Jährige, die weit entfernt sind von heranwachsenden sozialistischen Persönlichkeiten, sollen die Widerspenstigen und Gesetzesverletzer zu verantwortungsvollen Bürgern der Deutschen Demokratischen Republik gedrillt werden. Das Gegenteil ist oft das Resultat. Auch bei Siegfried. Der bricht im Juli 1969 aus dem Jugendwerkhof aus, weil sich seine Entlassung verzögert, und landet wegen diverser Diebstähle fünf Monate später im Jugendhaus, wie der Jugendstrafvollzug in der DDR genannt wird. Jetzt allerdings kriegt er die Kurve, es scheint aufwärts zu gehen mit ihm. Er schafft den Teilabschluss der zehnten Klasse mit der Note »gut« und qualifiziert sich zum angesehenen Beruf des E-Schweißers.

Der Staat erleichtert dem jungen Mann die Wiedereingliederung in die Gesellschaft durch die Bereitstellung einer Wohnung, auf die andere Bürger lange warten müssen. Die Mutter hilft mit dem nötigsten Mobiliar und sorgt für die Verpflegung. Im Schwermaschinenbaukombinat »Ernst Thälmann«, wo ihm Arbeit angewiesen wird, soll ein sozialistisches Kollektiv den Nachwuchs-Kollegen in den Griff bekommen. Siegfried lernt mit der damals 16-jährigen Brigitte Mante etwas kennen, was für ihn völlig neu ist: Er erfährt Liebe und beginnt, Verantwortung für einen anderen Menschen zu spüren. Brigitte hält auch zu ihm, als ihr Freund im Mai 1972 vom Bezirksgericht Magdeburg wegen schwerer Körperverletzung zu einer Freiheitsstrafe von 18 Monaten verurteilt wird. Es ist die strafrechtliche Quittung für eine Auseinandersetzung, bei der der junge Mann seinem Stiefvater ein Messer in den Unterbauch gerammt und ihn dabei lebensgefährlich verletzt hatte. Von der Strafe muss der Verurteilte in der Justizvollzugsanstalt Schwarze Pumpe vor den Kulissen des großen Kohleveredlungskombinates nur sieben Monate absitzen. Er kommt in den Genuss einer Amnestie, die der Staatsratsvorsitzende Walter Ulbricht aus Anlass des 23. Jahrestages der Gründung der DDR verkündet.

Brigitte hält während der Haft zu ihrem Siegfried, doch ihm

ganz treu zu sein, das schafft sie nicht. Die Lust auf sexuelle Erfüllung treibt sie für kurze Zeit ins Bett ihres Arbeitskollegen Hans Liebermann.

Sie gesteht Siegfried den Seitensprung, und der verzeiht. Es läuft gut zwischen den beiden Verliebten, zumal Siegfried auch auf seiner neuen Arbeitsstelle, dem VEB Armaturenwerk »Karl Marx«, gut klarzukommen scheint. Er arbeitet zunächst in der Transportabteilung und später als Brenner und erfüllt die Jobs pünktlich und fleißig. Doch nur für kurze Zeit. Nach ausgiebigen Gaststättenbesuchen und reichlichem Alkoholgenuss im Kreise labiler und falscher Freunde siegt früh beim Klingeln des Weckers immer häufiger die Bier- und Schnapsschwere des Kopfes über den Willen zum Aufstehen. Siegfried bricht in Verkaufsstellen und Gaststätten ein, um sich zu nehmen, was er aufgrund des fehlenden Lohnes wegen Arbeitsbummelei nicht kaufen kann. Als die Polizei Freundin Brigitte vorlädt und als Zeugin vernimmt, gibt sie dem Freund den Laufpass. Sie will mit den Diebstählen nichts zu tun haben und zieht zu ihrer Freundin Sabine Reiser in deren Wohnung im Südring in Magdeburg. Das einstige Liebespaar bleibt dennoch freundschaftlich verbunden. Und so kommt es zu besagtem Möbeltransport am 23. Februar 1973 und der Feier nach der bewältigten Schrankschlepperei.

Einen Kasten Bier mit 30 Flaschen und einen halben Liter Weinbrand leeren Siegfried und Ex-Freundin Brigitte sowie der Stiefvater von Sabine Reiser, die selbst nichts trinkt.

Im Laufe des Abends telefoniert Brigitte Mante zweimal nach Hans Liebermann, der als Kraftfahrer arbeitet. Als der Ex-Geliebte aus der Zeit, als Siegfried in Haft war, gemeinsam mit seinem Beifahrer gegen 22 Uhr an der Tür der Dachgeschosswohnung klingelt, dauert es nicht lange, bis die Zuneigung zwischen Hans und Brigitte innig und inniger wird. Die anderen Männer fühlen sich angesichts der Knutscherei der beiden und der verlangenden körperlichen Berührungen als Störenfriede. Bei Siegfried wächst die Eifersucht, zumal Liebermann keinen Zweifel daran lässt, dass er gedenkt, die Nacht unter der Bettdecke von Brigitte zu verbringen. Es ist kurz nach Mitternacht, als die Männer nach unten gehen. Sie verabschieden sich. Beim Weggehen bemerkt Siegfried Elbacher beim Blick über die Schulter, dass Widersacher Liebermann erneut im Haus am Südring verschwunden sein muss. Es rumort in dem jungen Mann, der sich von seiner ersten großen Liebe vorgeführt und gedemütigt fühlt. Nach einer kurzen Busfahrt zu Hause angekommen, läuft er unruhig durch die Wohnung. Das Bild vor seinem inneren Auge, das Hans in den Armen seiner Brigitte zeigt, nimmt immer grässlichere Züge an. Kurz vor ein Uhr hält es Elbacher nicht mehr aus. Er muss zurück in den Südring und sich Gewissheit verschaffen, ob etwas zwischen den beiden läuft. Sein Fahrtenmesser baumelt wie immer in der Lederscheide am Hosengürtel.

Die gute halbe Stunde Fußweg bis zum Südring kühlt sein Gemüt nicht ab. Zwar ist Brigitte vor einem Monat bei ihm ausgezogen, doch er glaubt, sie weiter besitzen zu können.

Die Haustür ist verschlossen. Im Erdgeschoss aber steht ein Fenster offen. Der ungebetene nächtliche Besucher quält sich durch die enge Öffnung, hastet hinauf in den zweiten Stock und klingelt Sturm. »Was willst du denn hier?«, fragt Hans Liebermann durch die spaltbreit geöffnete Tür. Elbacher reißt die nach außen zu öffnende Tür auf und sieht den Rivalen nackt vor sich stehen. Nun gibt es für ihn keinen Zweifel mehr: Liebermann hat mit Brigitte geschlafen. »Du Schwein!«, brüllt er ihn an und dringt in die Wohnung ein. Einen Schlag mit der Faust kann Liebermann abwehren, auch noch einen zweiten mit einer Flasche. Dem Messer, das Elbacher aus dem Etui gezogen hat, ist in dem Handgemenge nicht mehr zu entkommen. Die Gerichtsmediziner stellen später erhebliche Schnittverletzungen an den Händen fest, die die Abwehrversuche des Überfallenen belegen. Elbacher verfolgt Liebermann, der sich lauthals schreiend in Sicherheit bringen will, um ihn zu töten. Er fürchtet, dass der Nebenbuhler ihn später verraten wird und er wieder für lange Zeit ins Gefängnis muss. Elbacher sticht auf den am Boden liegenden Mann ein, bis der sich nicht mehr rührt. 65 Stichverletzungen zählen die Ärzte bei der Obduktion. Davon sind 14 in die Brust- und zwei in die Bauchhöhle gedrungen. Mehrere Stiche haben das Herz getroffen. Liebermann verblutet.

Der Täter schließt die noch offenstehende Tür, um nicht von Nachbarn überrascht zu werden. Er legt das Messer auf den Tisch und zieht sich die blutverschmierte Jacke aus. Aufgeschreckt durch den Krach und die Schreie kommt Brigitte Mante aus der Schlafkammer. Als sie Liebermann schlimm zugerichtet auf dem Boden sieht, schreit sie auf.

»Halt die Klappe!«, fordert Elbacher und geht mit dem Messer in der Hand auf die Ex-Freundin los. Sein kalter Blick steigert bei der jungen Frau Angst und Schrecken. Sie fleht ihn an, hofft, dass er innehält. Vergebens. Der Täter lässt mehrmals den Messerknauf auf den Kopf seiner Ex-Freundin sausen. Brigitte Mante wehrt sich mit aller Kraft. Die aber reicht nicht aus, um sich zu retten. Vier schwere Kopfverletzungen haben sie benommen gemacht, 79 Stich- und Schnittverletzungen kurz darauf ihr Leben ausgelöscht. Selbst als Brigitte Mante schon tot ist, rammt der ehemalige Freund und Vertraute ihr das Messer immer wieder in den Körper.

Und Sabine Reiser? Sie liegt noch auf der Couch, als Elbacher ins Wohnzimmer kommt.

»Warum hat denn Brigitte so gebrüllt?«, fragt sie schlaftrunken. Dann sieht sie das Messer in der Hand des Eindringlings, ruft wahnsinnig vor Angst nach den Hausbewohnern und fleht um Hilfe. Wie bei Brigitte Mante benutzt der Mörder den Messergriff als Totschläger und sticht dann die Klinge mehrfach in den Körper der Frau, bevor diese überhaupt vom Sofa aufstehen kann. Zwölf Stich- und Schnittverletzungen werden bei der Leichenschau festgestellt, drei Schnitte haben die linke Halsschlagader aufgeschlitzt. Binnen weniger Minuten ist das dritte Opfer verblutet.

Umgeben von drei Toten und Menschenblut hält sich Siegfried Elbacher noch bis zum Morgen in der Wohnung auf. Er schafft die Leiche von Brigitte Mante ins Wohnzimmer, legt sie vor den Ofen und wirft ein paar Kleidungsstücke auf sie. Hans Liebermann zerrt er in die Schlafkammer und verhüllt den Leichnam mit Decken. Er entledigt sich seiner blutbesudelten Hose, zieht sein verschmiertes Hemd aus und stattdessen Hose, Pulli und Lederjacke des Getöteten an, die auf dem Sessel liegen. Aus dessen Brieftasche wandern 100 Mark in sein Portemonnaie, Armbanduhr und Gasfeuerzeug in die Hosentasche. Brigitte Mante zieht er einen Ring vom Finger und nimmt auch diesen an sich. Elbacher packt sein Messer und seine Sachen zusammen und verlässt kurz nach sieben Uhr morgens die Wohnung. Bevor er die Tür ins Schloss zieht, steckt er von innen ein Taschentuch in das Schlüsselloch, damit niemand von außen hineinblicken kann. Dass die Tür nicht ganz schließt, bemerkt er gar nicht.

Bei seiner Verhaftung leistet Siegfried Elbacher keinen Widerstand. Als er der Polizei die grausigen Taten schildert, bemerken die Vernehmer nicht das geringste Anzeichen von Reue. Die unsteten Augen bleiben ausdruckslos. Er macht mehrfach umfangreiche Aussagen, wie er nacheinander drei Menschen aus Eifersucht, Wut und Angst, dass sie ihn verraten könnten, ermordet hat. Er weist den Kriminalisten den Weg zu seiner Bekleidung, die er weit weg vom Tatort in eine Mülltonne gesteckt hat. Das Messer will er über die Mauer eines Friedhofes geworfen haben. Tagelang suchen Polizisten mit Metalldetektoren nach der Tatwaffe. Vergebens.

Das Bezirksgericht Magdeburg verhandelt auf den Monat genau ein Jahr später, am 5., 6. und 11. Februar 1974, gegen Siegfried Elbacher. In der Beweisaufnahme gibt er den vorsätzlichen Mord an Sabine Reiser zu, um die vorangegangenen Verbrechen zu vertuschen. An die Tötung von Brigitte Mante und Hans Liebermann will er sich im Gegensatz zu Aussagen bei der Kripo und beim psychiatrischen Sachverständigen nicht erinnern können.

Die Richter des 3. Strafsenats glauben ihm nicht. Kriminaltechnische Untersuchungsprotokolle, daktyloskopische und biologische Expertisen, Tatortbilder, Obduktionsergebnisse, Zeugenaussagen und Gutachten von Sachverständigen sprechen eine eindeutige Sprache.

Elbachers Verteidiger will das Schlimmste abwenden und plädiert auf verminderte Schuldfähigkeit durch eine hochgradige Erregung, die seinen Mandanten wie von Sinnen handeln lassen hätte. Im psychiatrischen Gutachten wird eine solche Erregung zwar eingeräumt, doch der Beschuldigte habe zu jeder Zeit gewusst, was er tat.

Das Gericht stellt in der Urteilsbegründung fest, dass der Angeklagte ohne jeden Skrupel in intensiver und brutaler Weise und mit einer unfassbaren Gemütsrohheit nacheinander drei Menschen getötet habe. Der erst zwanzigjährige Siegfried Elbacher wird zum Tode verurteilt.

Mit seiner Berufung gegen das Urteil scheitert der Mörder vor dem Obersten Gericht der DDR. Der Vorsitzende des Staatsrates der DDR – inzwischen ist das Erich Honecker – lässt jedoch Gnade walten. Ob der Wunsch nach internationaler Anerkennung der DDR und die angestrebte Aufnahme in die Vereinten Nationen das Motiv war, das Todesurteil nicht vollstrecken zu lassen, darüber kann nur spekuliert werden. Öffentlich wurden dieser Gnadenakt und die Umwandlung der Todes- in eine lebenslange Strafe jedenfalls nicht.

Elbacher verbüßt seine Strafe in der Justizvollzugsanstalt in Brandenburg an der Havel. Er arbeitet in der Küche und im Elektromotorenwerk. Im Gefängnis ist er ein Einzelgänger. Kontakte mit Mithäftlingen entstehen nur, wenn es Zoff gibt. Dann dauert es nicht lange, und der Dreifachmörder schlägt zu. Verbindungen zur Außenwelt gibt es nicht. Er ist weitgehend isoliert.

18 Jahre und 2 Monate nach seiner Festnahme am 26. Februar 1973 wird Siegfried Elbacher auf Beschluss des Kreisgerichtes Brandenburg aus der Haft entlassen. Nach dem Strafgesetzbuch der Bundesrepublik hätte er als Heranwachsender höchstens zu einer Freiheitsstrafe von zehn Jahren verurteilt werden können. Deshalb, so die Richter der Strafvollstreckungskammer, gelte die lebenslange Freiheitsstrafe als vollstreckt. Einen Tag nach dem Urteil wird Elbacher am 26. April 1991, ohne Auflagen und ohne auf die neue Lebenssituation vorbereitet zu sein, in die Freiheit entlassen. Das Sozialamt der Stadt Brandenburg weist ihm zunächst einen Platz im städtischen Obdachlosenheim zu. Im Oktober desselben Jahres bezieht er eine Zwei-Zimmer-Wohnung in der Havelstadt.

Vier Jahre später.

Siegfried Elbacher hat nie richtig in das neue, ihm unbekannte Leben gefunden. Er bezieht Sozialhilfe, verdient sich als Aushilfskoch ein paar Mark dazu, wird zum Berufskraftfahrer umgeschult und versucht, als Verkaufsfahrer Tiefkühlkost an Frau und Mann zu bringen. Doch er übersteht die Probezeit nicht und wird Kunde beim Arbeitsamt. Das vermittelt ihn Anfang 1994 als Verkäufer an einen Möbelabholmarkt nach Potsdam. Nach sieben Monaten schmeißt er den Job hin, die Bezahlung ist zu schlecht.

Elbacher heuert als »Hausmeister« bei einem Bekannten in einem Bordell in Brandenburg an. Als mehrere Prostituierte aus osteuropäischen Staaten einen Einkaufsausflug mit dem

»Hausmeister« zur Flucht nutzen, geht für ihn das Licht auch im Rotlichtmilieu aus. Er wird gefeuert. Die Arbeitslosenunterstützung von monatlich 800 Mark reicht hinten und vorn nicht. Wie sollte sie auch, wenn Spielautomaten eine magische Anziehungskraft entwickeln und dem labilen Mann zwischen 300 und 500 Mark im Monat aus der Tasche ziehen. Eine russische Autoschieberbande hat es leicht, Elbacher für ihre Zwecke zu nutzen. Im Auftrag der Kriminellen mietet er Nobelkarossen an, kutschiert damit über die Grenze und übergibt die Fahrzeuge an russische Kontaktleute. In Deutschland meldet er die Fahrzeuge als gestohlen. Für seine »Lieferung« kassiert er je nach Klasse der Autos zwischen 500 und 4000 D-Mark. Betrug nennt das Strafgesetzbuch solche Geschäfte.

Wenn überhaupt, dann hat Elbacher aus seinem verpfuschten Leben nur eine Lehre gezogen: Er meidet in der Regel Alkohol, weil der ihn in Stresssituationen aggressiv macht. Die kleine Bar und ein Bistro sind in Brandenburg seine bevorzugten Gaststätten. In ihnen trinkt er Kaffee und genießt die Anerkennung des viel jüngeren Publikums, vor allem die der Mädchen. Hin und wieder nimmt er den einen oder anderen Teenager mit nach Hause und erzählt vom Knast. Dass er wegen dreifachen Mordes hinter Gittern gesessen hat, erfährt niemand. Es bleibt bei Gesprächen mit den Mädchen, von intimen Beziehungen wird jedenfalls nichts bekannt. Elbacher fühlt sich in der Nähe von Frauen unbeholfen und ist gehemmt. Für seine Lustbefriedigung zieht er die Dienste von Blondinen in Bordellen in Berlin und Brandenburg vor.

Am 20. März 1995 macht der inzwischen 42 Jahre alte Siegfried Elbacher die Bekanntschaft der 16 Jahre alten Schülerin Madleen Jancker. Ein paar Tage zuvor hatte er das lebenslustige Mädchen im Auto eines Bekannten gesehen, und als er ihr jetzt begegnet, lädt er Madleen zu einem Kaffee ein. Das Mädchen hat den typischen Stress Heranwachsender mit den Eltern und sucht eine Übernachtungsmöglichkeit. Die Neuntklässlerin nimmt Elbachers Übernachtungsangebot an. Der bereitet ihr bei sich in der Wohnung einen kleinen Mitternachtsimbiss, dann legt sich das ungleiche Paar mit einem Altersunterschied von 26 Jahren auf der Couch im Wohnzimmer schlafen. Ein Gute-Nacht-Küsschen – mehr passiert nicht.

Am nächsten Morgen meldet sich in der Schule ein »Herr Müller« und entschuldigt das Fernbleiben der Schülerin Madleen wegen Krankheit. Auch die Großmutter wird beruhigt. »Madleen ist bei mir, sie fühlt sich nicht gut«, teilt »Herr Müller« der alten Dame mit.

Das Mädchen hat an diesem Tag, dem 21. März 1995, weder Bock auf Schule noch auf Eltern oder Oma. Der Tag mit Kumpel Siggi, wie sie ihn nennt, verspricht viel aufregender zu werden. Der muss am Nachmittag zu einer Vernehmung wegen der Autoschieberei zur Polizei nach Potsdam. Mit dem Opel Kadett treffen Elbacher und Neufreundin Madleen gegen 13 Uhr im Polizeipräsidium in Potsdam ein. Die Vernehmung dauert lange, und Elbacher bittet den Polizeibeamten, das Mädchen in den Diensträumen des 3. Kommissariats warten zu lassen. Madleen erklärt dem Polizisten, dass sie »Siggi« schon länger kenne und er nur ein Kumpel sei, nicht mehr. Das ist nicht gelogen. Madleen ist zum ersten Mal richtig verliebt in ihren Ronny, den sie in ein paar Stunden treffen will. Der 21-Jährige dient bei der Bundeswehr und hat an diesem Abend Ausgang. Als seine Freundin mit Siggi vor dem Kasernentor aufkreuzt, ist Ronny alles andere als begeistert, denn er hatte sich auf Zweisamkeit mit seinem Mädchen gefreut. Nun sitzt er mit ihr und »Siggi« in dessen kleiner Stammbar, und es wird belangloses Zeug geredet. Wenigstens bezahlt Madleens neuer Kumpel die Zeche und bringt ihn mit dem Auto zur Kaserne zurück. Das junge Paar verabredet sich für den nächsten Abend.

Doch Madleen kommt nicht.

Ronny ist sauer und besorgt zugleich. Erst recht, als er von Madleens Mutter, Barbara Jancker, erfährt, dass diese schon den ganzen Tag nach ihrer Tochter sucht. Beide forschen in der Bar nach dem Verbleib des Mädchens. Zeugen haben sie zuletzt in Begleitung von Elbacher gesehen. Auf telefonische Nachfrage teilt der mit, dass Madleen am Morgen zu einem Kumpel nach Berlin gefahren sei.

Am zweiten Tag nach dem Verschwinden der Tochter, es ist Donnerstag, der 23. März, treibt die Angst Barbara Jancker gegen 21 Uhr in die Wohnung von Elbacher. Zur Sicherheit nimmt sie eine Bekannte mit. Nun erklärt der Mann, Madleen sei zu einer Freundin nach Berlin gefahren und er habe ihr für die Reisekosten zwanzig Mark geschenkt. Barbara Jancker beschleicht ein merkwürdiges Gefühl, das sich verstärkt, als sie ihrem Gegenüber in die Augen schaut. Sie ist irritiert von dessen unstetem, emotionslosem Blick. Tapfer bittet sie um die Besichtigung der Wohnung. Vielleicht versteckt sich Madleen vor ihr. Küche, Wohn- und Schlafzimmer machen auf die Frau einen ungewöhnlich aufgeräumten Eindruck. Die Betten sind mit weißer Bettwäsche frisch bezogen, alles ist penibel sauber. Nichts steht herum, kein Staubkörnchen ist zu finden.

»Alles machte so einen sterilen Eindruck«, sagt sie später zu ihrer Begleiterin.

Barbara Jancker lässt die Begegnung mit Elbacher und dessen klinisch sauberer Wohnung keine Ruhe. Sie sucht bei einem nebenberuflich aktiven Privatdetektiv Rat und Hilfe. Doch auch der erfährt in einem Vier-Augen-Gespräch mit Elbacher nicht mehr als die Frauen selbst. Am Morgen des 24. März 1995 meldet Barbara Jancker ihre Tochter bei der Polizeiwache in Brandenburg (Havel) als vermisst. Die Routinearbeit beginnt, ohne dass der Polizeiapparat gleich auf Hochtouren läuft. Dass eine 16-Jährige vorübergehend von zu Hause ausbüchst, ist nicht außergewöhnlich, weiß man aus Erfahrung. Auch der Hinweis auf Elbacher ändert daran nichts. Seine mörderische Vergangenheit ist in Potsdam nicht bekannt.

Privatdetektiv Laubinger lässt nicht locker. Erneut stellt er Elbacher zur Rede, macht ihm Vorhaltungen, fordert ihn auf, endlich zu sagen, wo Madleen ist. Vergeblich.

Doch nun überschlagen sich die Ereignisse. Elbacher fährt am Sonntag, dem 26. März, mit seinem Pkw nach Berlin und verkauft dort in der Nacht zum Montag seinen Opel Kadett für eintausend Mark. Der ihm unbekannte Käufer zahlt zunächst sechshundert Mark und verspricht, in zwei Tagen den Rest vorbeizubringen. Am 27. März um 0.38 Uhr klingelt bei der Polizeiwache in Brandenburg das Telefon. Ein anonymer Anrufer, der Stimme nach ein Mann, sagt: »Das Mädchen, das hier in Brandenburg vermisst wird, ist tot. Es war Siegfried Elbacher.«

Auch Detektiv Laubinger erhält am Montagmorgen einen Tipp. Elbacher treffe um 7.30 Uhr mit dem Intercity aus Berlin in Brandenburg ein. Der Privatermittler passt ihn in der Nähe des Bahnhofes ab, fährt mit ihm auf den Parkplatz der Polizeiwache.

»Geh zur Polizei, sag endlich, wo Madleen ist. Nur du kannst das wissen.« Seine Überzeugungsversuche scheitern.

»Ich weiß nichts, und überhaupt sage ich nur noch etwas im Beisein eines Anwalts«, schneidet Elbacher jede weitere Diskussion ab. Tatsächlich ruft er gegen Mittag bei seinem Rechtsanwalt an und bekommt für 18 Uhr einen Termin. Am Nachmittag tauchen drei Polizeibeamte bei Elbacher auf. Sie gehen dem nächtlichen anonymen Hinweis nach. Einen gerichtlichen Durchsuchungsbefehl haben sie nicht.

»Sind Sie im Zusammenhang mit der Vermisstensache Madleen Jancker damit einverstanden, dass wir Ihre Wohnung besichtigen?«, fragen sie. Hinweise auf ein Verbrechen finden sie nicht. Später wird Elbacher von 16.30 bis 17.45 Uhr auf der

Wache als Zeuge vernommen. Dabei bestreitet er jegliche Kenntnis über den Verbleib der Gesuchten.

Pünktlich um 18 Uhr steht er beim Rechtsanwalt vor der Tür. Fünfzig Minuten später stellt er sich in dessen Beisein der Polizei und gibt zu: »Die Madleen ist tot.« Er führt die Kriminalbeamten zum Versteck der Leiche nach Plaue, einem Stadtteil von Brandenburg.

Plaue ist ein idyllisches Fleckchen Erde zwischen Plauer See und Wendsee. Wasser-, Wander- und Reittouristen finden hier Entspannung und Erholung. Der Ort, zu dem Elbacher der Kripo den Weg weist, ist 1995 von dieser Idylle weit entfernt. Es ist ein heruntergekommenes ehemaliges Kinderferienlager der Nationalen Volksarmee. Im hinteren Bereich des Geländes ragt ein Kohlebunker aus dem Unkraut heraus. Elbacher zeigt auf eine Anhäufung von Dreck und Müll in der linken Ecke des Bunkers. Darunter liegt Madleen, verpackt in einen schwarzen, mit bunten Streifen verzierten Bettbezug, einfach weggeworfen. In einem dazu passenden Kopfkissenbezug stecken Kleidungsstücke der Toten, ein blutbefleckter rosa Kissenbezug und ein blutgetränktes weißes Bettlaken.

Siegfried Elbacher gibt zu, dass er die 16-jährige Schülerin getötet hat. Nach seinen Angaben ist er am Abend des 21. März 1995 mit Madleen in seine Wohnung zurückgekehrt, nachdem sie Freund Ronny zur Bundeswehrkaserne gebracht hatten. Das Mädchen habe sich gewünscht, dass er ihr Tattoo auf dem linken Oberarm, ein Kruzifix, verbessert. Sie hätten sich zuvor im Tattoo-Laden ein anderes Bild besorgt, allerdings habe er daheim keinen Kopierstift gefunden. Gegen Mitternacht hätten sie dann beschlossen, sich einen gemütlichen Abend zu machen, und zunächst eine von zwei Flaschen Sekt und etwas Sambuca getrunken, einen weißen Likör mit 38 bis 42 Prozent Alkohol, den man gemeinhin als »Absacker« nach dem Essen trinkt. Später sei Madleen auf Cola umgestiegen, er habe eine halbe Flasche Whisky der Marke Jim Beam konsumiert und dazu zwei große Sambuca. Madleen habe von ihren schulischen und privaten Problemen erzählt, er über den Strafvollzug, über das Sexualleben der Strafgefangenen und ihre täglichen Probleme berichtet.

»Es ist dann immer lustiger geworden«, beschreibt er die Stimmung.

»Du bist schwer in Ordnung«, habe ihm Madleen gesagt, ihn auf den Mund geküsst und seine nackten Oberschenkel berührt. Er habe ihre Zärtlichkeiten erwidert.

»Früh um fünf Uhr wollte Madleen dann mit mir schlafen«, gibt er zu Protokoll. Sie hätten sich entkleidet, geküsst und gestreichelt. Sein bestes Stück habe jedoch beim Geschlechtsverkehr vorzeitig schlappgemacht. »Zum Samenerguss ist es nicht gekommen.«

Was so hoffnungsvoll begonnen hatte, habe im Streit geendet, fasst Elbacher die Zeit nach dem männlichen Versagen zusammen. Madleen sei immer wütender geworden, habe ihn lauthals als »Schlappschwanz« und »Versager« beschimpft und wütend gerufen: »Du bist ja nicht in der Lage, ein Mädchen zu befriedigen. Du kannst es wohl nur mit Männern«, und dabei auch noch lauthals gelacht.

»Madleen sollte schweigen. Ich habe sie mit der rechten Hand am Kinn gefasst und bin dabei zum Hals abgerutscht und habe kurz zugedrückt«, schildert er die Eskalation der Situation. Dann will er sich nur noch an die Flasche Jim Beam erinnern können, an sonst nichts.

»Ich muss wohl mit der Flasche auf Madleen eingeschlagen haben«, räumt Elbacher ein. Als er wieder zu sich kam, habe Madleen mit blutigem Kopf auf der Wohnzimmercouch auf einem Kissen gelegen. »Ich habe ihren Puls gefühlt, eine Mund-zu-Mund-Beatmung versucht.« Elbacher spricht von Selbstmordabsicht, die jedoch an fehlenden Rasierklingen zum

Aufschneiden der Pulsadern scheiterte. Dann will er den Rest des Whiskys getrunken und bis zum Mittag geschlafen haben.

Die weiteren Schilderungen sind geprägt von Selbstmitleid. Demnach ist Elbacher durch die Stadt geirrt, hat Rasierklingen gekauft, um sich nun doch noch die Pulsadern aufzuschlitzen. Er wollte mit dem Auto frontal gegen einen Baum fahren, sich mehrmals der Polizei stellen.

»Mir hat der Mut gefehlt«, begründet er, warum er nichts davon verwirklichte. Schließlich habe er am Abend des 23. März die Tote in einen Bettbezug verpackt und in den Kofferraum des Autos gelegt. Auf dem Weg zur Polizeiwache habe er sich an das NVA-Gelände in Plaue erinnert und schließlich die Leiche und die blutigen Kleider, Bezüge und Decken dort versteckt. Spuren in der Wohnung und am Fundort, die Obduktionsergebnisse der Gerichtsmediziner, gerichtsbiologische Tatsachen, Weg-Zeit-Diagramme, Tatrekonstruktion, Zeugenaussagen und Lebenserfahrung entlarven diese Darstellungen als Schutzbehauptungen, um vor Gericht möglichst glimpflich davonzukommen.

Hat Madleen den Täter so massiv beleidigt, weil er mit ihr nicht den Geschlechtsverkehr durchführen, »ein Mädchen nicht befriedigen« konnte? Für das Gericht ist diese Darstellung lebensfremd. Madleen hatte kaum enthemmenden Alkohol getrunken, beim Test des Venenblutes wurden 0,03 Promille festgestellt. Bei der Vernehmung durch die Polizei in Potsdam am 21. März hatte sie Elbacher gegenüber dem Polizeibeamten als Kumpel vorgestellt, den sie ganz nett findet, mit dem sie jedoch keine intime Beziehung hat, weil der »viel zu alt« für sie ist. Auch gegenüber ihrem Freund hatte sie nur von einem Kumpel gesprochen und ihrer Mutter mehrfach versichert, dass sie nur mit Ronny schläft, ihn liebt und ihm treu ist. Freund Ronny berichtet, dass er sich bis zum ersten Liebesakt längere Zeit gedulden musste, Elbacher will es sofort geschafft haben.

Bei der ersten Vernehmung durch die Polizei hat Elbacher einen Samenerguss ausgeschlossen, weil er keinen »hochbekommen« habe. Bei der Untersuchung von Abstrichen bei der Toten wurde im Scheidengewölbe, Scheideneingang und After jedoch Sperma gefunden. Die Gerichtsbiologin Dr. Annerose Pieper vom brandenburgischen Landeskriminalamt hat Abstriche vom Opfer mit Blutproben des Täters verglichen. Mit modernster Technik und nach wissenschaftlichen Analysemethoden arbeitend, hat sie festgestellt, dass die DNA des Spermas zu 99,999999999999997 Prozent von Elbacher stammt.

Nicht glaubhaft ist auch die Aussage des Täters, dass er erst am Abend des 23. März nach seinen intensiven Selbstmordgedanken die Tote nach Plaue geschafft habe. Mutter Barbara Jancker hatte an diesem Abend um 21 Uhr in dessen blitzsauberer Wohnung nach ihrer Tochter gesucht und keine Spur von ihr entdeckt. Das von der Kripo nach den Angaben des Beschuldigten angefertigte Weg-Zeit-Diagramm, wonach er um 20 Uhr losgefahren ist und noch einige Zeit vor der Polizeiwache verbracht hat, sowie die Spuren am Fundort lassen dafür keinen Spielraum. Plaue liegt etwa zwölf Kilometer außerhalb von Brandenburg und ist nur über eine Landstraße erreichbar. Hinfahrt, die Suche nach einem geeigneten Versteck auf dem NVA-Gelände, das Zusammentragen von Müllsäcken und Unrat zum Abdecken der Leiche und die Rückfahrt waren in einer Stunde objektiv nicht zu schaffen, haben die Experimente der Kripo ergeben.

Überhaupt passen die von Elbacher angegebenen Zeitabläufe nicht in das Tatgeschehen und die anschließenden Ereignisse. So will er nach der Tat erst am Mittag des 22. März aufgewacht und dann durch die Stadt geirrt sein. Allerdings war er an jenem Tag bereits um 14.20 Uhr auf dem Polizeipräsidium in Potsdam, wo er bis 16.15 Uhr erneut wegen eines Betrugsverdachts vernommen worden war.

Auch die Verwirrung, das angebliche Handeln im Affekt, hervorgerufen durch die Beleidigungen durch das Opfer, alkoholbedingter Gedächtnisverlust und die Selbstmordgedanken widersprechen den Zeugenaussagen und den Feststellungen der Kriminaltechniker und Ärzte. Selbst die hellhörigsten Hausbewohner haben in der Tatnacht keine Schreie und Beleidigungen des Mädchens gehört. Die akribische Spurenbeseitigung spricht eher für das Vertuschen der Tat als für Selbstmordabsichten. So muss Elbacher sein Opfer sehr schnell vom Wohn- ins Schlafzimmer transportiert haben, denn auf der Couch finden die Kriminaltechniker nur einen kleinen Blutfleck, einen ungleich größeren dagegen auf einer Matratze im Bett. Eine Flasche Sambuca, aus der er getrunken haben will, oder eine zweite Flasche Sekt finden sich weder im Haushalt noch im Müll.

Die bei Madleen festgestellten Verletzungen passen ebenfalls nicht in die Darstellungen des Täters. Bei der Tatrekonstruktion hatte Elbacher das Demonstrationsmodell mit der rechten Hand gewürgt und mit der Whisky-Flasche in der linken Hand der Puppe von vorn zweimal auf den Kopf geschlagen. Madleen Jancker ist nach Überzeugung des Gerichtsmediziners mit großer Wahrscheinlichkeit an einer Hirnprellung und einem Schädelbruch gestorben. Die Jim-Beam-Flasche passt laut Gutachten genau in die Schädelwunde des Opfers, aber nur dann, wenn der Schlag schräg von hinten und mit großer Wucht gegen den Kopf des Opfers niedergesaust ist, als das Mädchen auf der Couch lag oder darauf gesessen hat.

Diesen Ungereimtheiten zum Trotz zweifelt das Gericht nicht daran, dass Elbacher am Tod von Madleen schuldig ist, und verurteilt ihn nach fünftägiger Verhandlung am 21. Dezember 1995 wegen Totschlags zu einer Freiheitsstrafe von dreizehn Jahren. Ein Vertuschungsmord an Madleen Jancker, um eine Anzeige wegen zuvor begangener Vergewaltigung zu verhindern, ist ihm nicht nachzuweisen. In der Urteilsbegründung machen die Richter aus ihrem unguten Gefühl jedoch keinen Hehl. Das Sperma in der Scheide des Opfers weise ohne Zweifel auf einen vollendeten Geschlechtsverkehr hin.

»Die Kammer hat aber erhebliche Zweifel, dass die Geschädigte freiwillig mit dem Angeklagten geschlechtlich verkehrt hat«, heißt es in der Urteilsbegründung. Allerdings gab es für einen gewaltsam erzwungenen Geschlechtsverkehr keine Beweise, keine Kampfspuren an Täter oder Opfer, auch keine Verletzungen des Mädchens im Genitalbereich.

Für Totschlag sieht das Gesetz eine Strafe zwischen fünf und fünfzehn Jahren vor. Die Richter mildern die Höchststrafe um zwei Jahre mit der Begründung, dass der Angeklagte aus schwierigen Verhältnissen stammt, dass er sich dem Verfahren gestellt und die Kripo zum Ablageort der Leiche geführt hat. Außerdem habe er eine Haftstrafe von achtzehn Jahren und zwei Monaten für drei Morde verbüßt, die er als Jugendlicher begangen hatte. Nach dem Jugendstrafrecht der Bundesrepublik wäre er zu höchstens zehn Jahren verurteilt worden. Zudem, so die Richter, habe er seine Haftstrafe unter den harten Bedingungen des DDR-Strafvollzuges verbüßt.

Siegfried Elbacher sitzt seine Strafe von dreizehn Jahren bis zum letzten Tag ab. Einen Antrag auf vorzeitige Entlassung auf Bewährung hat er nicht gestellt. Er wird im Jahr 2008 entlassen und soll jetzt in Süddeutschland leben. Die gerichtliche Anordnung von Sicherungsverwahrung nach Verbüßung der Haftstrafe war 1995 in den neuen Bundesländern noch nicht möglich.

Aufgespießt

Der Weg von Hans-Jakob Nadler aus dem behüteten Mutterleib ans Licht der Welt im April 1961 ist ein schwieriger. Mühsam quält sich das Baby durch den Geburtskanal, und als es endlich seinen Begrüßungsschrei von sich gibt, ahnen die Eltern nicht, wie schwer es ihrem Jungen fallen wird, in dieser Welt zu bestehen. Hans-Jakob ist das zweite Kind des Traktoristen Klaus-Josef Nadler (38) und seiner Ehefrau Hiltrud (36), die in einer Gärtnerei arbeitet. Der große Bruder ist ein Jahr älter als Hans-Jakob. Im Laufe der Jahre gibt es noch fünf Mal Nachwuchs. Die Großfamilie mit sechs Jungen und einem Mädchen lebt in einem Dorf in der Nähe von Eisenhüttenstadt im heutigen Land Brandenburg.

Was im Kindergarten noch nicht so auffällig ist, wird in der Schule deutlich: Der Junge bleibt deutlich in seiner Entwicklung zurück. Er ist nicht nur körperlich schwächlich, sondern auch geistig. Nach der ersten Klasse in der Polytechnischen Oberschule, dem Grundschultyp in der DDR, wird Hans-Jakob in eine Sonderschule eingegliedert, in der geistig und körperlich behinderte Schüler durch besondere Fördermaßnahmen auf ein selbständiges Leben im Erwachsenenalter vorbereitet werden. Die Mädchen und Jungen in den Hilfsschulen, wie diese Sonderschulen im Volksmund genannt werden, haben es nicht nur schwer im Rechnen, Lesen und Schreiben. Sie müssen auch Hänseleien von Gleichaltrigen ertragen und bleiben oft isoliert unter sich.

Hans-Jakob fällt das Lernen besonders schwer. Die Sonderschule schafft er nur mit dem Abschluss der siebenten Klasse, die Ausbildung zum Schweinezüchter schmeißt er nach einem Jahr hin. Dass er die Teillehre in diesem Beruf schafft, ist schon ein Erfolg.

Großfamilie Nadler – die Eltern sind 1960 aus der Bundesrepublik in die DDR übergesiedelt – ist nicht besonders gut angesehen im Dorf. Anfangs ist es die Distanz der Einheimischen gegen die Neuen, später verzapfen die Kinder manchen Unsinn, und Nadlers selbst unternehmen wenig, um ihren Ruf aufzupolieren.

Hans-Jakob hat große Mühe, Worte und Begriffe in Sätze zu kleiden. Und obendrein kann er sie nur stotternd aussprechen. Die Sticheleien der Kinder im Dorf schmerzen seelisch. Der Junge leidet sehr unter den Demütigungen.

Der Weg mit dem Fahrrad von zu Hause zum Schweinestall am Rande des Ortes und zurück ist für den inzwischen 18 Jahre alten Jungen mit dem geistigen Horizont und der körperlichen Entwicklung eines 13- oder höchstens 14-Jährigen, dem, wie es im Volksmund heißt, Bart-, Brust- und Schamhaare noch nach innen wachsen, wie ein Spießrutenlauf. Beschimpfungen aus Kindermündern wie »ihr doofen Nadlers« oder »Da kommt ja schon wieder der Stinker aus dem Schweinestall« sind seine ständigen Begleiter.

Am 12. Juli 1979 begegnet Hans-Jakob morgens um acht Uhr nach dem Ende seiner ersten Teilschicht im Stall auf dem Heimweg dem Mädchen Inka. Inka ist 13 Jahre alt. Erst am Vortag ist Hans-Jakob wieder beleidigt worden, und die Erregung darüber ist noch längst nicht abgeklungen. Nadler springt vom Rad und knöpft sich die Kleine mit der großen Klappe vor. »Warum bist du immer so frech zu mir?«, fragt er und fasst das Kind am Arm.

»Ich war ja gar nicht frech«, verteidigt sich Inka. Für Hans-Jakob ist das eine glatte Lüge, und daheim gibt es Prügel, wenn er schwindelt. Da liegt es auf der Hand, dass Inka sich eine Backpfeife einfängt und grob in den Straßengraben gestoßen wird. Sie wehrt sich und kassiert dafür eine Tracht Dresche. Hans-Jakob fühlt sich in diesem Moment stark, ein Gefühl, das er sonst nicht kennt.

Was dann passiert, ist nur schwer erklärbar. Nadler zieht dem Mädchen Rock und Strumpfhose samt Schlüpfer herunter.

»Ich hatte noch nie das Geschlechtsteil von einem Mädchen gesehen. Das wollte ich mir mal angucken«, erklärt er später sein Handeln. Auf die ihm eigene Art fährt er fort: »Dabei wurde meine Pfeife steif. Ich habe meine Hose ausgezogen und mich auf das Mädchen draufgelegt. Ich bin etwa eine Minute auf dem Mädchen liegen geblieben und dann wieder aufgestanden.« Das deckt sich weitgehend mit Inkas Aussage.

»Er hat seinen Puller auf meinen Puller gelegt. Dann habe ich gesagt, dass ich austreten muss. Da ist er aufgestanden.« Schreiend läuft das Kind hinaus auf das angrenzende Getreidefeld. Hans-Jakob verfolgt sie – nicht.

»Du musst nicht so schreien, ich fahr ja schon los«, ruft er ihr nach und verschwindet.

Verstört rennt Inka nach Hause. Die Mutter sieht den eingerissenen Rock und die beschmutzte Jacke. Beim Ausziehen des Kindes bemerkt sie den verschmutzten Po. Es dauert geraume Zeit, bis Inka sich soweit beruhigt hat, dass sie schluchzend über das Schreckliche reden kann.

Eine Frauenärztin in Eisenhüttenstadt, die Inka auf Bitten der Mutter am Nachmittag untersucht, stellt zwar die körperliche Unversehrtheit des Mädchens fest, rät aber trotzdem zu einer Anzeige bei der Polizei. Um 18 Uhr ist das VPKA allerdings verschlossen. Die Nachtklingel findet die Frau in der Aufregung nicht. So kommt es erst am nächsten Tag zur Anzeige.

»Ich kenne den Mann. Es war einer der Jungs von Nadlers«, legt sich Inka bei der Polizei fest. »Er ist etwa 15 Jahre alt, 160 Zentimeter groß, schlank und hat Haare so wie ich«, beschreibt sie den Täter und zeigt dabei auf ihre dunkelbraunen langen Haare. »Er hat einen Sprachfehler, er stottert ein bisschen«, gibt sie einen weiteren Hinweis. Hans-Jakob Nadler wird festgenommen und gesteht.

Erstmals in seinem Leben wird der Heranwachsende in der Nervenklinik des Bezirkskrankenhauses Frankfurt (Oder) psychiatrisch untersucht. Hans-Jakob ist bei der Exploration aufgeregt und ängstlich, er kann Hände und Füße kaum ruhig halten. Alles an dem feingliedrig wirkenden Kerlchen, das eher Kind als Jugendlicher ist, wirkt steif und ungelenk. Fragen beantwortet er zögernd und stockend. Wenn er sie überhaupt beantworten kann. Auf sexuellem Gebiet ist der 18-Jährige unbedarft, weiß nicht mehr, als dass es Jungs und Mädchen, Frauen und Männer gibt. Seine Schwestern oder die Mutter hat er noch nie nackt gesehen. Daheim ist das Thema tabu, und vom Sexualkundeunterricht in der Schule ist nichts hängen geblieben. Wie überhaupt das Schul- und Lebenswissen sehr dürftig ausfällt. Wie viele Tage das Jahr hat, weiß er nicht, wie viele Tage zu einem Monat gehören, ist ihm bekannt. Erdteile, europäische Länder, die Hauptstadt der DDR, Meere und große Flüsse kennt er nicht.

»Das habe ich alles wieder vergessen«, stottert der Patient.

Über praktische Dinge aus dem Umfeld weiß Hans-Jakob etwas mehr. Butter entsteht aus Milch, Mehl aus Getreide, Brot wird aus Mehl gemacht. Häuser haben schräge Dächer, damit der Regen abläuft. Zucker wird aus Rüben gewonnen, das glaubt er aber auch von Vanillezucker. Wolle kommt vom Schaf, mit Baumwolle kann er nichts anfangen. Ein Pfund ist ein halbes Kilogramm. Ein Meter hat 100 Zentimeter, was ein Kilometer ist, weiß Hans-Jakob wieder nicht. Gerichte sind dafür da, »wenn man was gemacht hat«.

Weil er was »Schlimmes gemacht hat«, steht er im September 1979 vor dem Kreisgericht Eisenhüttenstadt. Wegen sexuellen Missbrauchs eines Kindes verurteilt der Richter Hans-Jakob zu acht Monaten Gefängnis, setzt aber den Vollzug der Strafe zur Bewährung aus.

Das Gericht folgt damit einer Empfehlung des psychiatrischen Sachverständigen. Dessen Diagnose ist eindeutig: Bei Hans-Jakob Nadler liegt eine Debilität mittleren Grades vor.

Eigentlich hat der Angeklagte einen guten Charakter, schätzt der Gutachter vor Gericht ein. Menschen mit solchen schweren Störungen neigen bei erlebtem Unrecht zu Überreaktionen, weil sie aufgrund des Schwachsinns nicht in der Lage sind, sich mit geistig Überlegenen verbal auseinanderzusetzen. Das sei bei Hans-Jakob im konkreten Fall so gewesen. Die »Dresche« für das Mädchen war Ausdruck für seine Unfähigkeit, den Konflikt friedlich zu lösen. Die nachfolgende sexuelle Handlung spielte für ihn eine untergeordnete Rolle, die spontan der Neugier auf ein Mädchen entsprang. Schwachsinnige, die charakterlich gutartig sind und sich in der Gesellschaft geordnet benehmen, werden nicht selten durch herzloses und rohes Verhalten der Umwelt herausgefordert, weil sie gehänselt und geneckt werden. Wegen ihres Schwachsinns können sie sich dagegen nicht wehren. Dann, so der Gutachter, kann es passieren, dass sie aggressiv reagieren und sich strafbar machen.

Hans-Jakob Nadler verlässt das Gericht in Eisenhüttenstadt als freier Mann. So empfindet er das jedenfalls. Schließlich muss er nicht ins Gefängnis. Das mit der Bewährung hat er nicht verstanden, und auch nicht das Gerede von den erteilten Auflagen, zum Beispiel, dass er einen Umzug dem Gericht melden muss. Schließlich will er ja gar nicht weg. Wo soll er auch hin? Er wohnt bei den Eltern und arbeitet weiter in den Schweineställen der Landwirtschaftlichen Produktionsgenossenschaft (LPG) Tierproduktion, wenn auch nicht regelmäßig. Manchmal hat er einfach keine Lust, früh um vier im Stall zu stehen, die Boxen der Sauen und Ferkel auszumisten, die Gänge auszuspritzen und die Tiere zu füttern. Die LPG hält viele Schweine, Sauen und Ferkel, 3000 Stück in fünf Ställen. Die Arbeit ist schwer und überfordert den schmalschultrigen Hilfsarbeiter. Es kommt auch vor, dass er sich tagelang nicht blicken lässt, weil seine Brigadierin, Ulrike Pastor, wieder mal mit ihm geschimpft hat. Sogar geohrfeigt hat die 30 Jahre alte Chefin ihn, weil er ihr angeblich frech gekommen ist. Dabei ist sie es, die ihn immer ärgert und nie in Ruhe lässt. Schließlich kann man ja nicht immer nur schuften, sondern muss sich auch mal ausruhen. Tadel beleidigt ihn, Negatives setzt sich in seinem Gehirn fest. Dabei kann die Frau auch richtig nett sein. Sie kümmert sich beispielsweise darum, dass er regelmäßig sein Essen aus der LPG-Küche bekommt. Gelobt vor anderen hat sie ihn auch schon. Aber sein Eindruck: Meistens meckert sie rum.

Das letzte halbe Jahr war richtig schön. Da war die Pastor nicht da, weil sie ein Kind bekommen hat und deswegen im Urlaub war. Das Baby, ein Mädchen, ist jetzt vier Monate alt.

Seit vier Wochen ist sie nun wieder auf Arbeit, und schon gibt es neuen Ärger. Andauernd sagt sie: »Mach dies, mach das, sitze nicht faul rum, ich ziehe dir Geld vom Lohn ab …«

In Hans-Jakob reift ein furchtbarer Plan. Er will sie umbringen, wenn sie ihn weiter wegen seiner Arbeit beschimpft und er immer all das machen muss, wovor sich andere drücken.

Der 11. Februar 1980 ist ein Tag, an dem die Arbeit Hans-Jakob über den Kopf wächst. Kaum hat er sich morgens um halb sechs Uhr im Stall eins umgezogen, geht die Kommandiererei der Chefin los. Die ist sauer, weil ihr Hilfsarbeiter erst eineinhalb Stunden nach Schichtbeginn zur Arbeit erscheint, gleichzeitig aber auch froh, dass er überhaupt gekommen ist. Personal ist nämlich an diesem Montag knapp.

»Du musst die Ställe vier und fünf saubermachen und die Sauen und Ferkel füttern. Und beeil dich, wir haben noch mehr zu tun.« Der junge Hilfsarbeiter steht alleine da, einige Viehpfleger sind aus verschiedensten Gründen am Morgen nicht zur Arbeit gekommen. Den Mist aus den Ställen zu räumen ist Knochenarbeit, und beim Schleppen der Futtereimer zu den

Fressträgen werden die Arme immer länger. Nach zwei Stunden ist er fertig – im wahrsten Sinne des Wortes. Das alles hat das Leichtgewicht von nur 55 Kilogramm Körpermasse Kraft und Nerven gekostet. Hilfsschweinezüchter Nadler braucht eine Pause nach dieser Plackerei. Außerdem hat er bald Feierabend. Die Leiterin der Schweineproduktion, Ulrike Pastor, hat dazu eine ganz andere Meinung. Im Stall drei sei auch noch nichts gemacht, da solle er sich gefälligst hinscheren, befiehlt sie.

»Du hast ja auch später angefangen.«

Hans-Jakob mault: »Das mache ich nicht. Ich habe schon zwei Ställe allein ausgemistet und gefüttert.«

Die Antwort, die er erhält, bringt ihn in Rage: »Dann ziehe ich dir die Stunden, die du rumsitzt, vom Lohn ab.« 500 Mark verdient er im Monat, bekommt das Geld bar auf die Hand.

Und davon will mir die noch etwas wegnehmen, rumort es in seinem Kopf. Nur widerwillig fügt er sich in sein Schicksal.

Im Stall drei werkelt seine Chefin bereits mit dem Wasserschlauch, spült die Fäkalien aus den Boxen in die Ablaufkanäle für die Gülle.

Wenigstens hilft sie mit, denkt Hans-Jakob. Seine Erregung klingt fürs Erste ab, doch die mörderischen Gedanken bleiben. Wenn ich sie umbringe, habe ich Ruhe, hat sich sein Entschluss im kranken Hirn festgehakt. Er beginnt, diesen mit erstaunlicher Zielstrebigkeit umzusetzen. Die Zuversicht, dass ihn die Chefin bald nicht mehr ärgern kann, verleiht ihm neue Kräfte. Er weiß, dass erst alle Tiere mit Futter versorgt sein müssen, sonst verursachen sie einen Riesenlärm. Herrscht in den Ställen Ruhe, könnte es sein, dass die anderen Viehpfleger die Anlage bis zur zweiten Hälfte der Schicht, die am Nachmittag beginnt, gar nicht betreten. Schließlich wartet auf die Bauern zu Hause auch jede Menge Arbeit mit dem eigenen Vieh und auf dem individuellen Acker, den ein jeder noch hat.

Es ist gegen zehn Uhr, als Hans-Jakob in die Futterküche im Stall drei geht. Er weiß, dass dort ein Hammer liegt, der etwa 500 Gramm schwer ist. Den steckt er sich in die Hosentasche. Dann schleicht er sich von hinten an Ulrike Pastor heran, die noch immer dabei ist, den Mittelgang des Stalls mit dem Wasserschlauch zu reinigen. Die Viehpflegerin bemerkt Nadler, der sich bis auf dreißig Zentimeter an sie herangepirscht hat, zu spät in ihrem Rücken. Der Hammer in der Hand des Täters saust mit großer Wucht auf ihren Kopf und trifft ihn in Scheitelhöhe. Ulrike Pastor stürzt zu Boden. Hans-Jakob schlägt noch zweimal auf den Schädel der Frau ein, die ihm zu Füßen liegt. Beim Verlassen des Stalls schleudert er den Hammer in die Nähe einer Scheune, in der Stroh lagert.

Nadler will sicher sein, dass sein Opfer tot ist. Deshalb geht er in die Futterküche zurück, ergreift eine Schaufel und schlägt mit der Rückseite des Schaufelblattes erneut auf den Kopf der regungslosen Frau ein. Und zwar so heftig, dass der Schaufelstiel abbricht. Beides wirft er ebenfalls aus dem Stall. Doch damit nicht genug. In der Futterküche steht noch eine Mistgabel. Mit der Forke sticht der Hilfsarbeiter auf die Brigadierin wie von Sinnen ein, stößt die vier spitzen Zinken nacheinander in Kopf, Schulter und rechten Oberarm, spießt sie regelrecht auf. Erst jetzt ist er vom Tod seines Opfers überzeugt. Hans-Jakob dreht das Wasser ab, damit die Gullys nicht überlaufen und seine Tat dadurch vorzeitig entdeckt wird, und schließt den Riegel am zweiflügeligen Stalltor mit dem Vorhängeschloss ab. Mistgabel und Schlüssel wirft er auf einen Steinhaufen neben dem Stall. Dann fährt er mit dem Fahrrad nach Hause. Zur zweiten Halbschicht um 14 Uhr tritt Hans-Jakob nicht mehr an.

Alarmiert durch das Grunzen und Quicken der hungrigen Tiere in Stall drei, der noch immer abgeschlossen ist, und das spurlose Verschwinden von Ulrike Pastor, bricht LPG-Vorsitzender Max Schulze das Tor auf. Er sieht die Leiterin der LPG-

Schweineproduktion blutüberströmt und mit zertrümmertem Schädel auf dem Stallboden liegen. Polizisten des VPKA Eisenhüttenstadt sperren die Schweinezuchtanlage weiträumig ab. Der Tatverdacht fällt sofort auf Hans-Jakob Nadler. Der wird vorläufig festgenommen, zum Rat der Gemeinde gebracht und dort bewacht. Um 23 Uhr beginnen zeitgleich die Ermittlungen der Morduntersuchungskommission aus Frankfurt (Oder) und die Vernehmung des Tatverdächtigen. Der gibt das Verbrechen sofort zu.

»Ich habe die Frau Pastor im Schweinestall totgeschlagen. Sie hat mich wegen der Arbeit gereizt, und dann habe ich es eben gemacht. Sie sollte totgehen, damit sie nicht mehr über mich meckern kann«, schildert er sein Motiv.

Gerald Buchwalder von der Frankfurter MUK fasst seinen Eindruck in Erinnerung an den Mord in einem Satz zusammen: »Irgendwann war er der Schimpferei seiner Chefin nicht mehr gewachsen.«

Nadler wird am nächsten Morgen zum Tatort gebracht. Bereitwillig zeigt er den Kriminalisten die Stellen, an denen der Stallschlüssel, die Schaufel samt abgebrochenem Stil und die Forke liegen. Nur beim Hammer, mit dem er die tödlichen Schläge ausgeführt hat, führt Hans-Jakob die Kriminalisten in die Irre. Der Tatverdächtige weist auf eine Öffnung in der Jauchegrube am Rande des Stalls hin.

»Dort habe ich ihn reingesteckt.«

Mit einem Spezialfahrzeug wird die Jauche abgepumpt. Der Kriminaltechniker, der mit Atemmaske in die Grube steigt, findet die Tatwaffe nicht. Erst jetzt zeigt Hans-Jakob in Richtung Scheune: »Dort liegt der Hammer.«

Ein Geständnis ist ein zentraler Baustein bei der Aufklärung eines Verbrechens. Es darf die Sicherung objektiver Beweise für den tatsächlichen Tathergang aber nicht ersetzen. Am Dienstagmittag rücken die Kriminalisten mit einem richterlichen Durchsuchungsbeschluss für Haus und Grundstück bei Familie Nadler an. Hiltrud, die mit vier Kindern zu Hause ist, wehrt sich lautstark.

»In meiner Wohnung wird nichts durchsucht, das wäre ja noch schöner. Was wollt ihr überhaupt?«, schreit sie so laut, dass es jeder in der Nachbarschaft auch durch das geschlossene Küchenfenster hören kann.

»Wären wir doch vor 20 Jahren nur nicht in die beschissene DDR gekommen«, giftet sie und schmeißt vor Wut Kochlöffel und Töpfe durch die Gegend. Unterleutnant Flesch, der vom MUK-Chef mit der Hausdurchsuchung beauftragt ist, versucht gemeinsam mit dem Abschnittsbevollmächtigten der Polizei für die Gemeinde und zwei Zeugen aus dem Ort die erboste Frau zu besänftigen. Die weigert sich, an der Durchsuchung teilzunehmen, ja, sie will oder kann vielleicht nicht mal den Durchsuchungsbefehl lesen, der ihr entgegengehalten wird. Als Unterleutnant Flesch ihn vorträgt, erntet er nur höhnisches Gelächter.

»Geh du mit«, weist sie schließlich einen ihrer Söhne an, die Herren auf den Boden und in Hans-Jakobs Zimmer zu begleiten. Beschlagnahmt werden die Sachen, die der Tatverdächtige am Vortag getragen hat.

»Die stinken ja erbärmlich«, zetert Hiltrud, die den Polizisten nun doch gefolgt ist. »Haut endlich ab«, fordert sie und will dem MUK-Offizier die Kleidungsstücke entreißen.

Die aggressive Stimmung verschärft sich, als Ehemann Klaus-Josef hinzukommt. Der brüllt beim Anblick der Polizisten und der beiden Zeugen aus dem Dorf lauthals los. »Immer wird Familie Nadler beschuldigt, wenn etwas passiert ist. Macht euch davon. Am liebsten würde ich einen Ausreiseantrag stellen. Hier wird meine Familie ja doch nur traktiert.«

Es bedarf aller Überredungskunst, bevor der Hausherr voller Verachtung seinen Namen unter das Beschlagnahmeprotokoll kritzelt. Später werden an den Arbeitssachen von Hans-Jakob im Kriminalistischen Institut Berlin zahlreiche Flecken entdeckt und analysiert. Das Blut stammt eindeutig von der Getöteten.

Eine Woche nach dem Mord an Ulrike Pastor, als alle in der Genossenschaft und auch die Bewohner des Dorfes noch unter Schock stehen, flattert ein Brief von Familie Nadler ins LPG-Büro. Aufgelistet sind drei Forderungen an den LPG-Vorstand. Erstens soll »sofort« der Ausweis für die Sozialversicherung ausgefüllt werden. Zweitens verlangt die Familie die Aushändigung des ausstehenden Lohnes von Hans-Jakob und drittens die Bezahlung der noch offenen Urlaubstage des Sohnes aus dem Jahr 1979.

»Bitte sofort eine schriftliche Antwort. Bekommen wir keine Antwort darauf, machen wir Ihnen Schwierigkeiten, denn Sie haben nicht Hans-Jakob vor sich, mit dem Sie so umspringen konnten«, trumpfen die Nadlers auf.

Der 19 Jahre alte Hans-Jakob Nadler wird im Juli 1980 vom Bezirksgericht Frankfurt (Oder) wegen Mordes an Ulrike Pastor zu 15 Jahren Freiheitsentzug verurteilt. Das Gericht billigt ihm bei der Tat aufgrund seiner Debilität verminderte Schuldfähigkeit zu. Ohne diese Geisteskrankheit wäre gegen Nadler aufgrund der Brutalität und der Arglist bei der Ausführung des Mordes eine lebenslange Haftstrafe verhängt worden, lässt der 1. Strafsenat in der Urteilsbegründung durchblicken.

Der Angeklagte wird neben der Haftstrafe zu knapp 3100 Mark Schadenersatz gegenüber der LPG, dem Vater des Opfers und der Staatlichen Versicherung in Eisenhüttenstadt verurteilt. Allein die LPG bekommt knapp 1400 Mark zugesprochen, die sie für die würdige Ausgestaltung der Trauerfeier geltend gemacht hat. Schließlich sei Ulrike Pastor ein wichtiges Leitungsmitglied der Genossenschaft gewesen, deshalb hätte man schon einen größeren Aufwand betreiben müssen, lautet die Begründung für üppige Kränze, Blumengebinde, Lohnausfall der Kollegen, die an der Bestattung teilnehmen, und die Beköstigung der Trauergäste.

Das Oberste Gericht der DDR weist die von der Verteidigung eingereichte Berufung zurück. Nadlers Rechtsanwalt wollte eine geringere Freiheitsstrafe erreichen, die nicht wesentlich über der Mindeststrafe von zehn Jahren liegen sollte.

Hans-Jakob Nadler sitzt seine Strafe in der Justizvollzugsanstalt in Brandenburg an der Havel ab. Dort ist er ein ruhiger, in sich gekehrter Häftling, der nicht auffällt und alle ihm aufgetragenen Arbeiten ohne große Beanstandungen erledigt. Dass er zu Recht im Gefängnis ist, hat er im Strafvollzug begriffen. Doch er bleibt all die Jahre dabei, dass Ulrike Pastor selbst schuld ist an ihrem Tod. »Die hätte mir nicht immer ärgern dürfen«, schreibt er in einem Brief an die Eltern.

1991 wird Hans-Jakob Nadler auf Beschluss des Landgerichtes Potsdam ohne Bewährungsauflagen entlassen. Er hat nach Auffassung der Richter elf Monate und 22 Tage zu Unrecht im Gefängnis verbracht. Hans-Jakob, der beim Mord an Ulrike Pastor 19 Jahre alt war, hätte nach dem milderen Jugendstrafrecht der BRD, das laut Einigungsvertrag rückwirkend anzuwenden ist, höchstens zu zehn Jahren Gefängnis verurteilt werden dürfen.

Der Tote auf dem Gartenklo

Die Kleingartenanlage am Umfluter-Fließ am Rande der Spreewaldstadt Lübbenau liegt Anfang Januar 1978 in tiefem Winterschlaf. Nur hin und wieder kommt tagsüber einer der Datschenbesitzer vorbei, um nach dem Rechten zu sehen. Später, in der Dunkelheit, ist eher die Zeit der unliebsamen Gäste, die Lauben aufbrechen, nach Wertvollem suchen, das sich in Bargeld umrubeln lässt, nach Ess- und Trinkbarem stöbern oder auch nur ein warmes Schlafplätzchen in kalten Frostnächten finden wollen.

Rudi Kasper ist einer, der gern durch verlassene Gärten stromert und dabei möglichst nicht gesehen werden will. Der 7. Januar 1978 ist nicht sonderlich kalt. Es herrschen Temperaturen um den Gefrierpunkt. Der Schnee ist matschig und dringt Kasper durch sein abgetragenes Schuhwerk. Die Nässe kriecht von den Füßen langsam aufwärts. Das ist unangenehm. Und dann drückt auch noch die Blase. Da kommt das Plumpsklo, das Kasper im nächsten Garten links von der Laube sieht, gerade recht. Nach einem Sprung über den Zaun strebt Kasper zielgerichtet dem stillen Örtchen entgegen. Die Tür ist nicht verschlossen und hängt ein wenig schief in den Scharnieren. Kasper greift in den Türspalt, zieht die Tür auf und fällt fast in Ohnmacht. Auf dem Gartenklo sitzt ein Mann mit heruntergelassener Hose und verrichtet in aller Seelenruhe sein Geschäft. Es scheint Kasper so, als wäre er darüber eingeschlafen.

»Tschuldigung, wusste nicht, dass jemand drauf ist«, murmelt er und drückt das schief hängende Türblatt wieder an das Schließblech. Das Örtchen ist so klein, dass die Beine des Mannes auf dem Donnerbalken gegen das Holz stoßen. Er hält sie deshalb irgendwie komisch verschränkt.

Kasper wendet sich um und geht den Weg zurück Richtung Gartentürchen, als er stutzt. Der Mann dort auf dem kalten Klo hat keinen Mucks von sich gegeben und sich nicht gerührt.

Dabei muss der doch genauso erschrocken gewesen sein wie ich, schießt es ihm durch den Kopf. Na, mir soll's egal sein, denkt er sich, doch schließlich siegt die Neugier. Zögernd kehrt Kasper um. Es kostet ihn Überwindung, die Tür erneut zu öffnen. Der Mann sitzt noch immer unbeweglich auf dem Loch, das in den Holzsitz geschnitten ist.

»Hallo, fehlt ihnen etwas?«, fragt Kasper. Dann stupst er mit dem Zeigefinger auf einen der entblößten Oberschenkel. Das Fleisch ist starr und kalt. Der Mann auf dem Gartenklo ist tot. Jetzt nimmt Rudi Kasper wirklich die Beine in die Hand und flüchtet von dem grausigen Ort.

Drei Tage später, am 10. Januar 1978, erstattet Elfriede Bohner Anzeige bei der Polizei. Kurz vor Silvester, so berichtet sie, habe sich ihr 16 Jahre alter Sohn, Hermann Bohner, das letzte Mal bei ihr gemeldet. Seitdem hat sie nichts mehr von ihm gehört. Hermann arbeite bei der Reichsbahn und wohne im Lehrlingswohnheim in Lübbenau. Weil er viel unterwegs sei, habe sie sich zunächst nicht über seine Abwesenheit gewundert, nun mache sie sich aber doch Sorgen. Ihr Sohn habe zwar eine Dauerkarte der Reichsbahn für kostenlose Fahrten in einem Umkreis von 50 Kilometern und nutze diese weidlich für Besuche von Bekannten aus, doch die 20 Mark Bargeld, die er in der Tasche hatte, müssten längst ausgegeben sein. Und spätestens bei Geldknappheit sei ihr Junge immer bei ihr aufgetaucht, so die Mutter.

Hermann Bohner wird polizeiintern zur Fahndung ausgeschrieben. Es ist einer der Vermisstenfälle, die routinemäßig bearbeitet werden. Streifenpolizisten tragen die Personenbeschreibung samt Foto in ihren Umhängetaschen, die Bestandteil der Polizeiausrüstung sind. Meldungen der zurückliegenden Tage von Polizei und Feuerwehr werden nach besonderen Vorkommnissen überprüft. Im Lehrbetrieb ist nicht viel zu erfahren, weil Ausbildungspause ist. Kurz vor Weihnachten habe Hermann Bohner an zwei Tagen bei der Arbeit gebummelt, ist das einzige Auffällige am ansonsten unauffälligen Lehrling, der wegen seiner schlaksigen Gestalt und in Anlehnung an seinen Namen nur »Bohne« genannt wird. Ein junger Mann auf Abwegen ist kein Grund für intensive Suchmaßnahmen.

Eine Woche ist seit Rudi Kaspers Flucht vor dem Toten auf dem Gartenklo vergangen. Für Kasper waren es furchtbare sieben Tage. Sein Kopf wollte zerspringen vom vielen Nachdenken darüber, was denn nun zu tun sei. Zur Polizei kann er nicht gehen, das steht für ihn fest.

Die denken doch sofort, dass ich es war, redet er sich ein. Der Abschnittsbevollmächtigte hat sowieso ein Auge auf ihn, weil er ihm Einbrüche in Kleingärten anhängen will, hat Kasper bemerkt. So ganz unberechtigt ist der Verdacht nicht, gibt er insgeheim zu. Der Mensch muss schließlich von etwas leben, rechtfertigt er den Mundraub in Datschen vor sich selbst. Kasper findet in seiner bescheidenen Gedankenwelt nur einen Ausweg: Der Tote muss runter vom Klo und rein in den Umfluter, der nur ein paar hundert Meter entfernt vorbeifließt und auch nicht zugefroren ist. Dann taucht der Tote irgendwo im Spreewald auf, und keiner könne ihm, Rudi Kasper, etwas nachweisen.

Gedacht ist aber noch lange nicht getan. Kasper entschließt sich, Trinkkumpan Dietrich Netzke einzuweihen. Es ist Freitag, der 13. Januar, als Netzke endlich mal wieder bei ihm auftaucht. Blöd nur, dass der noch einen Kumpel mitgebracht hat. Kasper aber kann nicht mehr warten. »Netzke, du musst mir helfen«, beginnt er nach ein paar hochprozentigen Mutmachern mit seiner Beichte. Als er sie abgelegt und auch seinen Plan, den Toten im Umfluter abtauchen zu lassen, geschildert hat, nimmt Netzke an, dass sein Gegenüber gänzlich den Verstand verloren hat. So ein paar Aussetzer im Kopf ist er von Kasper gewohnt, aber einen Mann, der im Winter auf dem Örtchen sitzt und auch noch tot ist – das glaube, wer will.

»Ich spinne nicht, guck es dir doch selber an«, bettelt Rudi und findet Gehör. »Los, zeig ihn mir«, befiehlt Netzke. Das Trio zieht hinaus ins Dunkel der Nacht hin zur Gartenanlage am Umfluter-Fließ zu der ominösen Laube mit dem besetzten Abort. Kasper und Netzke steigen über den Zaun, Kabunke, der Dritte im Bunde, steht Schmiere. Die Tür des Herzhäuschens quietscht beängstigend im Nachtwind. Im Schein von Kaspers Taschenlampe sieht nun auch Netzke den Toten. »Man, das ist ja Bohne«, fährt nun auch ihm der Schreck in die Glieder. Noch kurz vor Jahreswechsel hatte er Bohne in der »Turbine« gesehen, einer Gaststätte, die ob ihres Publikums nicht den besten Ruf hat. Dort hatte Bohne mit zwei anderen Männern gezecht und gemeinsam mit ihnen die Kneipe verlassen. Und nun sitzt er auf dem einsamen Örtchen mit hochgeschobenem Pullover, heruntergelassener Hose und entblößter Männlichkeit. Netzke tritt an den Toten heran, zieht die Unterhose ein Stück nach oben über das Geschlecht, versucht, Bohnes Kopf zu bewegen und ein Auge zu öffnen. Dabei gibt es überhaupt keinen Zweifel, dass in dem jungen Mann schon vor längerer Zeit alles Leben erloschen ist. Das Trio – Kabunke hat es auf seinem Horchposten nicht mehr ausgehalten – besichtigt die angrenzende Laube. Durch die hintere Tür, die nur angelehnt ist, kommen sie ins Innere des Gartenhäuschens. In dem einzigen Raum sieht es wüst aus. Bier- und Schnapsflaschen stehen herum, es stinkt nach abgestandenem Zigarettenqualm und nach Urin. Alles macht den Eindruck, als hätte ein wildes Saufgelage stattgefunden.

Dietrich Netzke hat genug gesehen. Den Toten im Umfluter zu versenken, kommt für ihn nicht in Frage. Er schickt Kabunke und Kasper, der mit seinen Nerven völlig am Ende ist, nach Hause und meldet am 14. Januar morgens um 3.50 Uhr bei der Polizeiwache in Lübbenau, dass ein junger Mann, den er als Bohne kennt, tot auf einem Gartenklo sitzt. Netzke gibt der Polizei gleichzeitig den Tipp, wo sie nach Bohnes Mörder suchen müssen, nämlich in der »Turbine«-Kneipe.

Es ist nicht übermäßig viel kriminalistischer Spürsinn nötig, um Karl Unstet, 24 Jahre alt, und den 18-jährigen Klaus Dawadaz als die »Turbine«-Bekannten von Hermann »Bohne« Bohner zu ermitteln, der von der Mutter als der Tote aus der Gartenanlage identifiziert worden ist. Auch die Todesursache ist inzwischen bekannt. Gerichtsmediziner haben bei der Obduktion am Hals kräftige Male wie nach einer Strangulation festgestellt. Bohner wurde erdrosselt. Zuvor muss er kräftig verprügelt worden sein. Darauf weisen handtellergroße Unterblutungen im linken Schläfenbereich und der Stirn, Hautabschürfungen am Nasenrücken und der linken Wange sowie Unterblutungen von Ober- und Unterlippe hin.

Unstet und Dawadaz werden am 15. Januar 1978 festgenommen. Haftgründe liefern die beiden Männer genug: Sie gehen schon seit längerer Zeit keiner geregelten Arbeit mehr nach. Das ist asoziales Verhalten und in der DDR eine Straftat. Im Paragraph 249 des Strafgesetzbuches der DDR heißt es dazu: »Wer das gesellschaftliche Zusammenleben der Bürger oder die öffentliche Ordnung dadurch gefährdet, dass er sich aus Arbeitsscheu einer geregelten Arbeit hartnäckig entzieht, obwohl er arbeitsfähig ist, oder wer der Prostitution nachgeht oder wer sich auf andere unlautere Weise Mittel zum Unterhalt verschafft, wird mit Verurteilung auf Bewährung oder mit Haftstrafe, Arbeitserziehung oder mit Freiheitsstrafe bis zu zwei Jahren bestraft. Zusätzlich kann auf Aufenthaltsbeschränkung und auf staatliche Kontroll- und Erziehungsaufsicht erkannt werden.« Später wird der Begriff Arbeitserziehung aus dem Gesetzestext gestrichen. Zu nahe war der DDR-Führung der Zusammenhang zu den Arbeitserziehungslagern der Nazis. Zum Tatbestand des »Asi-Paragraphen«, wie er in einschlägigen Kreisen genannt wird, kommt, dass sie bei einem Einbruch in eine Sportler-Gaststätte in Cottbus Anfang des Jahres 1978 auf frischer Tat gestellt wurden und der Einbruch in eine Kaufhalle in Lübbenau kurz vor dem Jahreswechsel ebenfalls auf ihr Konto geht. Das Kreisgericht Calau erlässt am 16. Januar 1978 gegen beide entsprechende Haftbefehle.

Als sich Karl Unstet und Klaus Dawadaz Mitte Dezember 1977 in Lübbenau kennenlernen, haben sie bei aller Unterschiedlichkeit ihrer Lebensläufe zwei Dinge gemeinsam: Sie haben keine Lust zu arbeiten und beide kein Dach über dem Kopf. Unstet ist von seiner Verlobten wegen seiner ständigen Sauferei und den damit verbundenen Wutausbrüchen an die Luft gesetzt worden. Dabei war er nüchtern ein aufmerksamer Partner für seine Lebensgefährtin, die ihn deshalb trotz allem liebte, und ein guter Vater für seine Tochter.

»Leider war er nur sehr selten nüchtern«, beschreibt die Verlobte die Ausnahme von der Regel.

Unstet wird, kaum 18 Jahre alt, aus der Bahn geworfen. Der Vater verlässt 1971 illegal die DDR Richtung Westen, die Mutter stirbt im gleichen Jahr und die Großeltern sind bereits tot. Einen Beruf erlernt der Abgänger der achten Klasse der Polytechnischen Oberschule nicht. Er arbeitet in unterschiedlichen Branchen, ist mal Hilfs-Polsterer, mal Anstreicher in einer Malerfirma, dann Schlossergehilfe oder Beifahrer auf Lieferwagen verschiedenster Betriebe. Lange hält er es nirgends aus. Hilfen lehnt er ab, fühlt sich dadurch in seiner Freiheit beschnitten. Dass er zweifacher Titelträger als Mitglied eines »Kollektivs der sozialistischen Arbeit« ist, ist ein Kuriosum seines flatterhaften Arbeitslebens. Zweimal versucht seine Verlobte, ihn aus dem Alkoholsumpf zu ziehen, beide Male scheitert sie, weil Karl sich gar nicht herausziehen lassen will. Statt Unterstützung bekommt sie von ihrem Lebensgefährten Prügel von Kopf bis Fuß, manchmal bis der Arzt kommen muss.

Unstet prahlt bei Kneipengesprächen gern mit seiner Knasterfahrung, die er wegen Diebstahls gesammelt haben will. Im Strafregisterauszug ist davon allerdings nichts zu lesen. Ein Nervenfacharzt, der Unstet während der Untersuchungshaft aufsucht, spricht nach der Begutachtung von einem Mann, der gewandt und verbindlich wirkt. »Die früher mehrfach erfolgten fristlosen Entlassungen wegen Alkoholexzessen usw. traut man ihm auf den ersten Blick nicht zu.«

Klaus Dawadaz wird vom Vater rausgeschmissen, weil er die Familie belogen und betrogen hat, als eigene Ersparnisse innerhalb kürzester Zeit vornehmlich als Flüssignahrung durch seine Kehle und die Kehlen anderer Zecher geflossen sind. 250 Mark sind an manchen Tagen übliche Ausgaben für den Heranwachsenden, dessen Stärke noch nie im Rechnen lag. Als er pleite ist, stiehlt er dem Vater aus der Brieftasche Schecks der Sparkasse, fälscht dessen Unterschrift und schmälert das Familienkonto um 1000 Mark. Für einen Arbeiterhaushalt in der DDR ist das viel Geld.

Während Karl Unstet im Denken und Schreiben flott ist, hat Klaus Dawadaz damit beträchtliche Schwierigkeiten. »Klaus vergisst schnell und ist nicht in der Lage, einfache Denkaufgaben zu lösen«, schätzt der Vater ein. »Manchmal habe ich den Eindruck, dass es bei ihm ›aussetzt‹.«

Der Obdachlose Karl Unstet verbringt seine Nächte, wenn es gut geht, bei schnellen Mädchenbekanntschaften oder bei Kumpels, wenn es schlecht läuft auf Bahnhöfen oder Parkbänken. Dawadaz hat sich unrechtmäßig eine Gartenlaube angeeignet, in der er durch ein eingeschlagenes Fenster ein- und ausgeht. Im Winter fühlt er sich hier sicher, erst recht, als der ältere und »lebenserfahrene« Karl mit in »seine« Laube zieht.

Bier- und schnapsselig träumen sie von einem ungebundenen Leben als Tramper. Für den 18-jährigen Klaus ist der sechs Jahre ältere Karl ein Vorbild, ihm schließt er sich bedingungslos an.

Und »Bohne« Bohner? Auch der hat gerade die ersten Bummelschichten verzapft und ist wohl ebenso wie der nur wenig ältere Klaus begeistert von Karls Schwärmerei über die Sinnhaftigkeit des ungebundenen Lebens ohne Grenzen und Gesetze, als er die beiden am 29. Dezember 1977 in der »Turbine« trifft. Im Moment ist bei allen Ebbe in den Geldbörsen, so dass der Kneipenbesuch diesmal kurz und alkoholarm ausfällt. Unstet und Dawadaz haben längst beschlossen, dem Mangel an Ess- und Trinkbarem abzuhelfen. Am liebsten würden sie die Nahrungs- und Genussmittel-Beschaffung allein erledigen, doch Bohne lässt sich nicht abschütteln. Unstet gibt das Ziel vor: eine Verkaufsstelle in der Nähe des Bahnhofs. Dort angekommen, stellen sich Unstet und Bohner mit dem Rücken zum Ladeneingang. Zwei kurze Tritte mit den Absätzen der Schuhe gegen die verglaste Tür, und schon darf geklaut werden. Dawadaz, der als einziger Lederhandschuhe trägt, fungiert als Einkäufer ohne Bezahlung. In eine Reisetasche und ein Netz wandern 30 Schachteln Zigaretten, von der teuren »Club« für vier Mark die Schachtel bis zur billigen Karo für 1,60 Mark. Pfefferkuchen, Schokoladenkeks, eine Salami, zwei Päckchen Rondo-Bohnenkaffee, eine Flasche Himbeergeist, eine Flasche »Cherry Brandy«, je zwei Flaschen »Kirsch-Whisky« und Kakaolikör mit Nuss und je eine Flasche Getreidekümmel, Wodka und süßer Wein der Marke »Tokajer Furmint« rafft er zusammen für das Gelage, das kurz nach Mitternacht in der von Dawadaz okkupierten Laube am Umfluter-Fließ beginnt. Die Männer machen es sich auf der Liege bequem, die hinter dem jetzt reich gedeckten Tisch steht. Bohne hat sich die Halbstiefel ausgezogen und hockt mit angezogenen Beinen am Kopfende der Liege mit dem Rücken an die Wand gelehnt. In der Mitte lümmelt Dawadaz, am Fußende thront Unstet. Mit schon schwerer Zunge platzt Bohne plötzlich mit der Mitteilung heraus, dass er den Einbruch bei der Polizei melden wird. »Dann werde ich wenigstens nicht bestraft«, brummelt er. Unstet und Dawadaz sind wie vom Blitz getroffen.

»Mensch Bohne, mach keinen Scheiß. Wir sitzen alle im gleichen Boot. Wenn du nichts sagst, kommen die Bullen doch nie auf uns«, versucht Klaus den Jugendlichen zu besänftigen.

Der aber bleibt dabei: »Ich zeige das an.«

Unstet verliert die Geduld. Wütend schubst er Dawadaz von der Liege und prügelt auf Hermann Bohner mit dem sogenannten »Son-My«-Kanten ein. Der ist besonders schmerzhaft, weil die auf dem Kopf auftreffende Faust mit den Handknöcheln über das Gesicht nach unten abgezogen wird. Jeder Schlag ist mit der immer gleichen Frage verbunden: »Willst du uns immer noch anzeigen?« Benommen von den Schlägen, durch deren Wucht sein Schädel gegen die Wand geschleudert wird, und dem Alkohol schüttelt Bohner verneinend den Kopf.

Eine knappe halbe Stunde lang herrscht Ruhe, dann teilt Bohner den Diebes- und Zechbrüdern gegen drei Uhr morgens erneut mit: »Ich gehe zur Polizei.« Der Entschluss von Unstet ist in diesem Moment unumstößlich: »Wegen dem wandern wir nicht in den Knast. Den machen wir jetzt kalt«, teilt er Dawadaz mit und fährt dabei mit der Handkante an seinem Hals entlang.

Der versucht, Karl, sein großes Vorbild, von der Idee abzubringen, Bohne aufzuhängen. »Lass uns mit Bohne in Ruhe darüber reden, wenn der wieder nüchtern ist.«

Unstet stimmt der zaghafte Beschwichtigungsversuch nicht um.

»Wenn der wieder mal besoffen ist, singt er dann doch. Hol mir mal die Hundehalskette aus meiner Jackentasche.« Dawadaz gehorcht ohne Widerspruch. Für Bohnes Hals ist die Kette zu kurz, stellt Unstet fest, als er die Kettenglieder prüfend durch die Finger gleiten lässt.

»Such was anderes, was Längeres. Wird ja wohl was geben in diesem Sauladen«, treibt er seinen Komplizen an. In der nur schwach mit Kerzen ausgeleuchteten Laube findet Dawadaz ein UKW-Kabel, von dem er ein etwa 70 Zentimeter langes Stück abschneidet. Unstet schiebt Bohner, der völlig regungslos auf dem Sofa liegt, das Kabel unter den Nacken und legt die Enden auf der Brust überkreuz. Beide ziehen, jeder an einem Ende, gleichzeitig und synchron am Kabel. Hermann Bohner bäumt sich auf, wehrt sich mit Händen und Füßen. Das glatte Kabel gleitet den Tätern fast aus den Händen, doch sie greifen sofort nach und halten fest, bis der Körper auf der Liege erschlafft. Während Unstet dem Opfer mehrfach den Puls fühlt, um sicher zu sein, dass »Bohne« nicht mehr lebt, durchwühlt Dawadaz die Taschen des Toten. Die 28 Pfennig, die er darin findet, steckt er ein. Er knöpft Bohner die Hose auf und zieht sie herunter. Die Jeanshose sieht gut aus, die will Dawadaz für sich haben. Im Schritt ist sie allerdings nass.

»Iiiih, der hat sich ja eingeseecht«, stellt er lauthals fest und verliert das Interesse an dem Kleidungsstück. Er probiert Bohners Schuhe an. Die passen wie angegossen, er lässt sie gleich an den Füßen. Unstet nimmt sich die Kutte des Toten.

Dawadaz und Unstet haben nicht die Absicht, die Laube als Tramper-Quartier aufzugeben. Der Tote muss deshalb weg.

»Es ist doch eklig, mit dem in einem Raum zu pennen«, findet Unstet. Sie öffnen das Fenster und lassen den Leichnam an der Außenwand herabgleiten. Dann tragen sie ihn die fünf Meter zum Gartenklo hinüber. Bis zum 2. Januar bleiben sie noch in der Laube und hoffen, dass der Besitzer sich nicht blicken lässt.

»Wenn der kommt, müssen wir ihm eine vor den Kopf braten«, hat Unstet für einen solchen Notfall bereits das nächste Verbrechen im Visier. Nicht oft, aber manchmal unterhalten sie sich über den Mord an Hermann Bohner und überlegen, ob sie die Leiche verschwinden lassen sollten. Weil ihnen dazu nichts einfällt, belassen sie den Toten in dem »Kackhäuschen«. Ansonsten lassen es sich die beiden kriminellen Obdachlosen mit den geklauten Waren aus der Kaufhalle gutgehen. Langsam dämmert ihnen aber, in welches Dilemma sie sich gebracht haben.

»Auf Mord steht LL (lebenslänglich, d.V.). Das wird ein ganz schöner Schuh werden, wenn es rauskommt«, stellt Unstet in einem solchen Gespräch fest. Er zeigt sich großzügig: »Ich nehme den Mord auf mich und du die Einbrüche, falls uns die Bullen erwischen.« Um dem zu entgehen, beschließen sie, in Cottbus unterzutauchen. Nach dem Einbruch in eine Sportler-Gaststätte kommen sie nach eindringlicher Belehrung durch die Polizei wieder frei. Unstet findet abwechselnd Unterschlupf bei zwei Damen und einem Freund, Dawadaz verbringt die Nächte überwiegend im Freien.

Schon kurz nach der Festnahme von Unstet und Dawadaz am 15. Januar 1978 bricht der Plan von der geteilten Schuld wie ein Kartenhaus zusammen. Als der Vernehmer Klaus Dawadaz ein Foto von Hermann Bohner vorlegt, bekommt der 18-Jährige einen Weinkrampf. Unter heftigem Schluchzen schiebt er alle Schuld auf Unstet. »Er hat ihn gewürgt. Ich habe ihm gesagt, dass er Bohne in Ruhe lassen soll.« Nur unter Druck habe er das Kabel gesucht und es zurechtgeschnitten.

»Ich hatte vor Unstet Angst. Nur deshalb habe ich mitgeholfen, den Toten wegzutragen«, sagt er im Verhör.

Unstet streitet zunächst alles ab, will Bohner nicht einmal gekannt haben. Mit Aussagen und Beweisen konfrontiert, die ihn als Lügner demaskieren, gibt er die Tat zu, spricht aber von einem »Schock«, den sie dem Verräter verpassen wollten, um ihn von dem Unsinn mit der Anzeige abzubringen. »Töten wollten wir ihn nicht. Es war ein Unfall.«

Drei Tage später gesteht er die Tötungsabsicht. Er nimmt den Mord allerdings nicht allein auf seine Kappe, wie das mit Dawadaz abgesprochen war: »Bohner wollte uns bei der Polizei melden. Das Reden von Dawadaz und mein Schlagen haben ihn nicht umgestimmt. Die einzige Möglichkeit, ihn zum Schweigen zu bringen, war, ihn zu töten. Das habe ich dann auch dem Dawadaz gesagt, und wir haben beide das um den Hals gelegte Kabel zugezogen«, sagt er bei der Kripo aus. Das deckt sich mit den Erkenntnissen der Gerichtsmediziner und den am Tatort und am Kabel gefundenen Spuren. Klaus Dawadaz räumt unter dem Druck der Beweise und des Geständnisses von Unstet ein: »Wir haben beiden gemeinsam am Kabel, jeweils am anderen Ende, gezogen. Wir wollten ihn erwürgen, weil wir beide nicht wegen des Einbruchs drei Jahre in den Knast gehen wollten.« Und resigniert stellt er fest: »Wenn man einen Mittäter hat, ist alles Scheiße.«

Die ursprünglich wegen asozialen Verhaltens und Diebstahls ausgestellten Haftbefehle werden im Laufe der Ermittlungen auf Mord und später auf gemeinschaftlichen Mord erweitert.

Die Staatsanwaltschaft Cottbus klagt Karl Unstet und Klaus Dawadaz Anfang Mai 1978 an, dass sie »gemeinschaftlich handelnd, vorsätzlich das Leben eines Menschen vernichtet und durch vollendeten und versuchten Diebstahl das sozialistische Eigentum angegriffen« haben. Der Prozess vor dem Bezirksgericht, der drei Wochen später beginnt, platzt nach dem Verlesen der Anklageschrift schon am ersten Tag. Die Verteidiger beantragen die Hinzuziehung eines psychiatrischen Sachverständigen. Sie gehen davon aus, dass ihre Mandanten durch erheblichen Alkoholgenuss nicht zurechnungsfähig und dadurch nicht schuldfähig oder nur eingeschränkt schuldfähig waren.

In der Medizinischen Akademie »Carl Gustav Carus« Dresden untersucht der Direktor der Nervenklinik, Prof. Dr. sc. med. Ehrig Lange, die Beschuldigten. Das Ergebnis seiner Begutachtung: Geisteskrank sind weder Unstet noch Dawadaz, sie haben den Mord auch nicht im Alkoholrausch begangen. Bier, Schnaps und Wein hätten bei Unstet jedoch jede Hemmung ertränkt und bei Dawadaz dessen Antriebs- und Willensschwäche verstärkt. Dass Unstet nach Alkoholgenuss unbeherrscht, kaltblütig und brutal handelt, ist nach Überzeugung des gerichtlichen Sachverständigen nicht krankhaft, zumal Unstet weiß, dass er betrunken aggressiv reagiert. Eine verminderte Zurechnungsfähigkeit aufgrund des Alkohols gesteht Professor Lange den beiden Tatverdächtigen jedoch zu.

Gutachterlich beraten, verhandelt der 1. Strafsenat des Bezirksgerichtes Cottbus an drei Tagen Mitte Oktober 1978 den Mord an Hermann Bohner. Die Angeklagten gestehen die Tat und schildern sie dem Gericht, soweit sie sich erinnern können, in allen Einzelheiten. Die Richter verurteilen Karl Unstet wegen gemeinschaftlich begangenen Mordes. Obwohl sie dem Gutachter folgen und ihm bei der Tat alkoholisch bedingte verminderte Zurechnungsfähigkeit zugestehen, verhängen sie gegen ihn eine lebenslange Freiheitsstrafe. Klaus Dawadaz kommt mit der höchsten zeitlich begrenzten Freiheitsstrafe von 15 Jahren Gefängnis davon. Das Gericht entspricht damit den Anträgen der Staatsanwaltschaft. Die Straftat war durch Rohheit, Kaltblütigkeit und Brutalität gekennzeichnet, heißt es in der Urteilsbegründung. Unstet war bei dem Mord von Anfang an die treibende Kraft. Er hat Dawadaz zwar nicht zum Mitmachen gezwungen, wusste aber, dass der ihm widerspruchslos folgen würde. »Selbständig wäre Dawadaz nicht zu einem Tötungsentschluss gekommen.« Deshalb, so das Gericht, sei die Strafe für die Angeklagten unterschiedlich hoch ausgefallen. Daran ändert auch die Berufung von Karl Unstet nichts, die er beim Obersten Gericht der DDR einlegt. Er will nicht härter bestraft werden als sein Komplize. Die Berufung wird abgewiesen. Dawadaz wird 1989 wenige Tage vor Weihnachten, Unstet ein Jahr später auf Bewährung aus dem Gefängnis entlassen.

Die Rache des Gehörnten

Heinz Schulze konzentriert sich in den Morgenstunden des 1. Juni 1974 voll auf seine Arbeit auf dem Bagger 1414. Die Schaufeln des schweren Geräts graben sich tief in das Kohleflöz des Tagebaus Slatko. Über ein Band und durch einen Brecher fällt das »Schwarze Gold«, wie die Braunkohle als wichtigster Rohstoff für die Energieversorgung der DDR gepriesen wird, in den Zug, der unter dem Kommandostand von Heinz Schulze zur Beladung bereitsteht. Zu drei Vierteln sind die Waggons schon voll. Die Grube im Lausitzer Revier zwischen Senftenberg und Hoyerswerda, die zum Braunkohlekombinat »Glückauf« Knappenrode gehört, versorgt vor allem die Brikettfabrik von Lansdorf, aber auch Kraftwerke der Umgebung.

Noch drei Güterwagen der Kohlebahn sind zu befüllen, dann ist für ihn Feierabend. Es war eine ruhige und störungsfreie Nachtschicht, trotzdem sind die Augenlider jetzt, kurz vor fünf Uhr morgens, etwas schwer, als unmittelbar vor seinem Bagger plötzlich Norbert Battke auftaucht. Schulze wischt sich über die Augen und schüttelt verwundert den Kopf: Was will denn der schon hier, und wieso kommt er zu Fuß? Und dazu noch am Sonnabend, wo der doch frei hat?

Die Männer kennen sich gut. Battke, obwohl erst 23 Jahre alt, ist als Zentralschmierer eingesetzt und damit verantwortlich dafür, dass die mechanischen Teile der Technik im Tagebau eben »wie geschmiert« funktionieren. Ein paar Minuten später steht Battke im Führerhaus des Baggers. Was er erzählt, klingt verwirrt. Er wolle zum Pressefest der *LR* nach Cottbus. Die *Lausitzer Rundschau* ist die regionale Tageszeitung der SED für den Bezirk Cottbus und feiert alljährlich mit ihren etwa 300 000 Abonnenten ein dreitägiges Kultur- und Sportfest inklusive Bier, Schnaps, Bratwurst und Schaschlik.

»Was machste denn da auf meinem Bagger?«, fragt Schulze verdutzt.

»Hab gestern gefeiert und mich im Wald verirrt«, erklärt Battke. »Gib mir mal 'ne Zigarette«, bittet er Kumpel Schulze und lässt seine Alkoholfahne hinüberwehen. Inzwischen ist der letzte Kohlewagen fast gefüllt.

»Mach's gut, Heinz, muss mal pinkeln«, verabschiedet sich Norbert Battke.

Kurze Zeit später durchbricht die Alarmhupe das Klappern des Baggers. Klappenschläger Voigt vorn auf dem Gerät fuchtelt wie wild mit den Armen und brüllt: »Halt an, Heinz, halt an! Da liegt was Weißes auf dem Band.«

Das »Weiße« ist ein Mensch. Schulze reagiert schnell, stoppt den Bagger und rennt hinaus. Auf dem Band liegt Norbert Battke. Der Körper ist in sich verdreht, aus dem Kopf sickert Blut. Der 23 Jahre junge Mann hat sich vom Bagger gestürzt. Durch das umsichtige Handeln seiner Kollegen wird Battkes Selbstmordversuch vereitelt. Im Kreiskrankenhaus Hoyerswerda diagnostizieren die Ärzte eine Schädelfraktur, Quetschungen der Brustwirbelsäule und des Beckens sowie Hämatome und Schürfwunden am ganzen Körper.

Baggerfahrer Schulze und Klappenschläger Voigt ahnen, dass die allseits bekannten Probleme in Battkes Ehe Auslöser für den Suizidversuch gewesen sein dürften, das Ausmaß der Tragödie indes können sie nicht erfassen. Die Polizei, die sofort die Ermittlungen aufgenommen hat, muss sich gedulden. Erst sechs Tage nach dem versuchten Todessprung von Norbert Battke im Tagebau Slatko vom Kohlebagger 1414 in den Brecher geben die Ärzte »grünes Licht« für eine Vernehmung. Den Ausgang der Ereignisse, die zum Suizidversuch führten, kennt die Kripo bereits. Von Norbert Battke hören sie seine

Geschichte, die von Liebe, Glück, Misstrauen, Eifersucht, Wut und Hass erzählt.

Sie beginnt in der Industriegemeinde in Lansdorf. Der Ort im Kreis Hoyerswerda bündelt wie ein Brennglas die Entwicklung der Kohle- und Energiewirtschaft der ganzen Region. Einst als Arbeiterkolonie der Ilse Bergbau AG gegründet, erhält er 1940 seinen Namen Lansdorf von dem sorbischen Dorf, das die Abraum- und Kohlebagger von der Lausitzer Landkarte tilgten, weil darunter Millionen Tonnen von Braunkohle lagerten. In der Brikettfabrik wird sie veredelt, zu Hitlers Zeiten nicht anders als später in der DDR. 1945 nach dem verlorenen Krieg demontiert, wird die Fabrik schon zwei Jahre später wieder aufgebaut, und bald spucken die Pressen wieder Briketts aus und die Schlote der Fabrik Ruß und Qualm. Die Fabrik ist Keimzelle für ein Braunkohlewerk, zu dem mehrere Tagebaue gehören. Generationen, vom Großvater bis zum Enkel, gibt der Betrieb, der den Namen des Bergmannsgrußes »Glück auf« trägt, Lohn und Brot.

Auch Norbert Battke und Sabrina arbeiten in der Kohle. Beide begegnen sich im April 1972 im Kulturhaus, das seit jeher zum Werk gehört. Sabrina, 19 Jahre alt, ist mit Battkes bestem Freund Jochen liiert. Der muss Freund und Freundin eher verlassen, weil die Nachtschicht im Tagebau nach ihm verlangt. Norbert nimmt an jenem Abend Jochens Stelle als Begleiter auf dem nächtlichen Heimweg ein und eine Woche später auch dessen Platz in Sabrinas Bett, das in einer Dachkammer in einem der typischen Werkshäuser steht. Allerdings noch nicht als alleiniger Liebhaber. Die junge, lebenslustige Frau kann zu jener Zeit zwei Männer noch gut vertragen. Schließlich fällt sie eine Entscheidung: Norbert. Im Sommer 1972 verlobt sich das Paar, und es ist noch kein Jahr vergangen seit dem ersten Kuss, da wird geheiratet. Norbert adoptiert die kleine Melanie, die seine junge Frau aus einer früheren Beziehung mit in die Ehe bringt. Im Oktober 1973 bekommen die Battkes eine Wohnung in einem Vierfamilienhaus. Liebe und Glück sind nun unter einem Dach vereint, zumal sich auch das Verhältnis von Norbert zu seinen Eltern wieder verbessert hat. Die waren wegen ihres Rufes als »flatterhaftes Mädchen« gegen die Heirat mit Sabrina. Doch in der auch sexuell sehr lebhaften Beziehung der jungen Battkes knirscht es von Beginn an. Erst hat Sabrina neben ihrem Norbert noch den Jochen, dann, als Verlobte, zieht es sie zwischendurch zurück zum Vater ihrer Tochter. Der aber besteht den Test auf Partnertauglichkeit nicht, und Sabrina kehrt zu Norbert zurück, als hätte es den Seitensprung nie gegeben. Der ist froh über die Heimkehr seiner Frau, die seine erste richtige Intimpartnerin ist. Zunehmend aber nagt Eifersucht an ihm, eine Eigenschaft, der auch Sabrina unterliegt. Was sie für sich in Anspruch nimmt, kann und will sie Norbert nicht zugestehen. Dabei steht dem gar nicht der Sinn nach einem anderen Mädchen, er ist mit der Frau, die ihn täglich und manchmal sogar mehrmals fordert, völlig ausgelastet. Eifersucht und Misstrauen entladen sich in Auseinandersetzungen, in lautstarken verbalen Attacken, in fliegenden Weckern, Blumenvasen und Kaffeetassen, in Kratzen, Schlagen und Beißen. Freundinnen erzählt Sabrina, dass ihr Norberts Gewalt Angst einjagt, er selbst betrachtet sich eher als die einsteckende als die austeilende Streitpartei.

Eine Woche vor dem gescheiterten Selbstmord von Norbert Battke lernt Sabrina auf dem Polterabend eines Kollegen Uwe Degen kennen. An dem frisch geschiedenen, gut aussehenden Mann kommt sie einfach nicht vorbei, erst recht nicht nach dem Krach, den es wieder einmal im Hause Battke gegeben hat. Zu vorgerückter Stunde hakt sie sich bei Degen einfach unter, und der kann ihr nicht lange widerstehen, obwohl es eigentlich nicht in sein christliches Weltbild passt, in eine durch Gott geschlossene Ehe einzudringen.

Sabrina hat Norbert Battke wieder Hörner aufgesetzt, und als ihm zugetragen wird, wer der Nebenbuhler ist, gibt es für ihn kein Halten mehr. Er stürmt in Degens Wohnung und sieht dort – seine Ehefrau gemütlich im Sessel sitzend.

»Komm mit«, verlangt er von Sabrina, und von Degen fordert er, dass er die Finger von seiner Gattin lässt. Der stellt Sabrina die Entscheidung frei, und die bleibt bei ihm. »Es hat keinen Zweck mehr mit uns«, schickt sie Ehemann Norbert nach Hause.

Am nächsten Tag steht Sabrina wieder vor der Tür, als sei nichts gewesen. Die Ehe aber ist zerbrochen. Fast täglich trifft sie sich mit Uwe Degen. Ist sie abends zu Hause, zeigt sie Norbert die kalte Schulter. Der droht mit der Trennung, will die gemeinsame Wohnung verlassen und ein Zimmer in der betrieblichen Arbeiterwohnunterkunft beziehen. Am 28. Mai beantragt das Paar beim Kreisgericht in Hoyerswerda die Scheidung.

»Sag dem Gericht nichts von Uwe Degen, der soll wegen seines christlichen Glaubens nicht mit reingerissen werden. Behaupte einfach, dass du sexuell mit mir nicht zufrieden bist«, fordert Sabrina von Norbert. Er gehorcht.

Am Abend des 31. Mai 1974 gehen Sabrina und Norbert Battke wie üblich an Freitagabenden zur Nachbarsfamilie zum Fernsehen. In der DDR hat zu dieser Zeit noch längst nicht jeder Haushalt eine eigene Flimmerkiste. Ohne ein Wort der Begründung oder des Abschieds steht Sabrina mitten im Fernsehfilm auf und verlässt die Gastgeber. Norbert trinkt in Ruhe sein Bier und den doppelten Weinbrand aus und geht nach dem Ende des Films hinüber in die eheliche Wohnung. Die kleine Melanie schläft in ihrem Bettchen. Von Sabrina fehlt jede Spur. Norbert spürt die Hörner, die ihm die untreue Ehefrau auch an diesem Abend wieder aufsetzt. Er ertränkt Ärger und Kränkung in zehn Glas Bier und vier doppelten Weinbrand in

Gesellschaft zweier ehemaliger Arbeitskollegen, die ihre Wehrpflicht erfüllen und auf Wochenend-Urlaub in Lansdorf sind, in der Gaststätte des Kulturhauses. Trinkfest, wie er ist, fühlt er sich auf dem Heimweg angetrunken, aber nicht betrunken. Zwanzig Meter vor dem Wohnhaus überholt ihn ein Moped. Fahrer und Sozius steigen vor dem Hauseingang ab und reden, eng umschlungen, miteinander. Norbert verschwindet am Straßenrand hinter Sträuchern in der Dunkelheit der Nacht. Was er auf seinem Lauschposten hört, steigert seine Wut über den wieder einmal verdorbenen Abend. Sabrina und der Mopedlenker, der kein anderer ist als ihr Geliebter Uwe, verabreden sich für den nächsten Morgen um neun Uhr. Da Norbert mit einem Kumpel zum Pressefest der *LR* nach Cottbus fahren will, plant das Liebespaar, den Sonnabend ganz für sich zu verbringen. Minuten später kommt es in der Wohnung zur Auseinandersetzung zwischen den Noch-Eheleuten.

»Warum treibst du es immer noch mit diesem Degen? Wie oft warst du schon mit ihm im Bett?«, faucht Norbert seine Frau an, die im Wohnzimmer gemütlich vor ihm auf der Couch sitzt und statt zu antworten nur lacht, was ihn noch wütender macht. »Du wirst dir von Degen noch ein Kind andrehen lassen, bevor die Ehe geschieden ist. Denn noch sind wir verheiratet«, poltert er weiter.

»Na und, du bist doch gar nicht in der Lage, mir eins zu machen«, antwortet sie schnippisch. Battke dreht sich um und geht aus dem Wohnzimmer den Flur entlang Richtung Küche. Der soll sie nicht bekommen, der nicht! Dann bringe ich sie lieber um, rumort es in seinem Schädel. Auf dem Küchentisch liegt ein Brotmesser. Die zwanzig Zentimeter lange und zwei Zentimeter breite Stahlklinge verschwindet vorn im Hosenbund, über den zehn Zentimeter langen Griff, der herausragt, deckt er den Pullover.

»Ich bringe sie um, der Degen kriegt sie nicht. Dann begehe

ich Selbstmord. Meine Mutti wird unsere Melanie bei sich aufnehmen«, sind seine Gedanken, als er sich neben seine Frau setzt, die ihn nicht beachtet, sondern nur, so sieht er es, vor sich hinlächelt und sicher wieder an den Geliebten denkt. Battke greift nach dem Messer und stößt ihr die Klinge bis zum Schaft links in Höhe der Niere in den Rücken. Nur mit Mühe kann er das Messer herausziehen, um ein weiteres Mal zuzustechen. Diesmal wehrt sich Sabrina, versucht mit beiden Händen, den Stich abzuwehren. Vergeblich. Sie rutscht unter Stöhnen seitlich vom Sofa und liegt dem Täter zwischen Tisch und Couch zu Füßen. Die Farbe weicht aus dem Gesicht, es wird aschfahl. Der Kopf knickt zur Seite. Sabrina stöhnt und jammert vor Schmerzen. Battke reißt der Frau die Bluse und den BH auf, um zu prüfen, ob die Messerklinge den Körper vollständig durchbohrt hat. Vorn ist nichts zu sehen, doch am Rücken färben sich Kleidung und Teppichboden blutrot.

»Wenn du tot bist, bringe ich mich auch um«, sagt er zu der am Boden liegenden Frau.

»Das darfst du nicht«, stammelt Sabrina. »Denk doch an Melanie, an unsere Kleine. Du musst bei ihr bleiben. Bitte Noby, rufe einen Arzt.« Diese Worte hört Norbert noch, was Sabrina weiter artikulieren will, ist nicht mehr verständlich. Statt Hilfe zu holen, versteckt Battke das Messer unter der Tischdecke, rennt aus der Wohnung und irrt auf dem Hof und in der Nähe des Hauses herum. Ihn beherrschen immer wieder die gleichen Gedanken: »Sabrina muss sterben, damit sie Degen nicht bekommt. Wenn sie tot ist, nehme ich mir das Leben.« Nach gut einer Stunde kehrt er zurück. Seine Frau liegt leblos auf dem Teppich vor dem Sofa. Norbert Battke setzt sich auf das Sofa, weint und betrauert seine Frau und vor allem sich selbst. Erschöpft schläft er auf der Liege ein.

Es ist 4.30 Uhr morgens, als Norbert Battke von seiner Mutter wachgerüttelt wird.

»Junge, was hast du getan?« Er schreckt hoch und sieht nur noch den großen Blutfleck vor dem Sofa. »Wo ist Melanie? Gib mir das Kind. Es kann nicht hierbleiben«, fordert die Mutter. Norbert Battke rennt hinaus, bemerkt im Flur das Nachbarehepaar Lünemann, fragt, ob seine Frau noch lebt, und verlässt das Haus. Sein Ziel ist der Tagebau Slatko, der Kohlebagger, der Kohlebrecher, in den er sich stürzen will, um sein nun nutzloses Leben zu beenden.

Der von Lünemanns alarmierte Arzt, der nach vier Uhr eintrifft, kann der Toten nur noch die Augen zudrücken. Es ist zu spät für jegliche Hilfe. Die Cottbuser Morduntersuchungskommission nimmt ihre Tatortarbeit auf. Das Treppenhaus ist voller Blut. Die rote Schleifspur führt in die Wohnung der Battkes. Unter dem Tischtuch finden die Kriminaltechniker das Messer. Die kräftige Stahlklinge ist verbogen. Die Fingerabdrücke auf dem Griff stammen eindeutig von Norbert Battke, ergibt die kriminaltechnische Auswertung.

Während die Arbeit am Tatort noch in vollem Gange ist und die Mieter im Haus als erste Zeugen gehört werden, erfahren die Ermittler vom Selbstmordversuch Battkes im Tagebau Slatko.

Sabrina Battkes Leiche wird noch am gleichen Tag obduziert. Todesursache sind innere Blutungen in Kombination mit Luftansammlungen in der linken Brusthöhle. Ursachen dafür sind Stichverletzungen in der linken Niere, der Milz und im Zwerchfell. Die Stiche sind durch Bluse und Unterrock in den Körper eingedrungen und haben die 11. Rippe durchbohrt. Sie müssen mit großer Wucht gesetzt worden sein, wobei die Klinge dem Opfer in voller Länge in den Leib getrieben wurde. Die Gerichtsmediziner aus Dresden stellen aber auch fest: Wäre der Notarzt eine Stunde früher benachrichtigt worden, könnte Sabrina Battke noch leben.

Das Bezirksgericht Cottbus, vor dem die Staatsanwaltschaft

Norbert Battke wegen Mordes angeklagt hat, benötigt nur zwei Tage für die Beweisaufnahme, die Plädoyers der Staatsanwaltschaft sowie der Verteidigung und für das Urteil. In der Hauptverhandlung schwächt Battke seine Aussagen aus dem Ermittlungsverfahren bei der Polizei ab. Ihn belastende Sätze im Protokoll hätten die Vernehmer formuliert, und er habe sie einfach unterschrieben. Er will ziellos und ohne Überlegung auf seine Frau eingestochen und keine Hilfe geholt haben, weil er von ihrem sofortigen Tod überzeugt war.

Der 2. Strafsenat verurteilt Norbert Battke zu einer lebenslangen Freiheitsstrafe. Die Verteidigung legt gegen das aus ihrer Sicht unangemessene Urteil Berufung beim Obersten Gericht der DDR ein. Ihre Begründung: Das Gericht hätte zu einer zeitlich begrenzten Strafe kommen müssen, wenn es die physische und psychische Erschöpfung des Angeklagten ausreichend berücksichtigt und vor allem dessen aufrichtige Reue gewürdigt hätte.

Die obersten Richter überzeugt das nicht. Sie bestätigen das Cottbuser Urteil. Battkes Mutter wendet sich an den Präsidenten des Obersten Gerichts. Sie bittet um ein »günstigeres Urteil«. Die Antwort ist für sie wie für ihren Sohn niederschmetternd. »Wir verstehen Ihre Verzweiflung als Mutter. Die Differenzen in der Ehe können aber die Schwere des Verbrechens nicht mindern.«

Im September 1975 kommt Battke wie tausende andere Strafgefangene in den Genuss einer Amnestie des Staatsrates der DDR. Seine Strafe wird auf 15 Jahre herabgesetzt. Norbert Battke wird 1989, 15 Jahre nach dem Mord an seiner Ehefrau Sabrina, aus dem Gefängnis entlassen.

Sadist im Arztkittel

Am 7. März 1986 gegen zwölf Uhr mittags meldet sich der 29-jährige Jörg Glasig beim Volkspolizei-Kreisamt in Bielstett. Glasig ist Arzt am städtischen Bezirkskrankenhaus. Er wird begleitet von seinem guten Bekannten, dem Diplom-Psychologen Bernd Bloch. Glasig möchte einen Offizier der Kriminalpolizei sprechen. Seine Nervosität ist offensichtlich. Sie wird in der kurzen Zeit, in der er beim Wachhabenden warten muss, bis man ihn abholt, von Minute zu Minute stärker. Auf Oberleutnant Hanske vom Kriminal-Dauerdienst des VPKA, zu dem er gebracht wird, macht er einen sehr verstörten Eindruck. Leise, aber dennoch klar und deutlich sagt Glasig: »Ich habe meine Vorgesetzte, Frau Oberärztin Dr. Regina Katzstätter, am 6. März in ihrer Wohnung getötet.« Zum Motiv äußert er sich nicht. »Warum ich sie getötet habe, kann ich nicht sagen«, erklärt er dem verblüfft dreinblickenden Kripo-Offizier. Er habe heute Morgen seiner Ehefrau Marion und seinem Bekannten Bernd Bloch von der Tat berichtet, Bloch habe ihn auf seine Bitte zur Polizei begleitet.

Oberleutnant Hanske begibt sich mit weiteren Polizisten umgehend zur angegebenen Wohnung. Sie befindet sich im Parterre eines fünfgeschossigen Wohnhauses inmitten des Bielstetter Neubaugebietes. Die Wohnungstür ist verschlossen. Auf das Klingeln reagiert niemand. Hanske sieht, dass die Balkontür nur angelehnt ist. Mit einer Leiter, die er sich bei einem Mieter borgt, steigt er über die Brüstung auf den Balkon und betritt vorsichtig die Wohnung. Vom Balkon aus hat er Zugang zum Wohnzimmer. Drinnen brennt eine Stehlampe. Das etwa 25 Quadratmeter große Zimmer ist hochwertig ausgestattet, der Boden ist mit einem beigefarbenen Teppich ausgelegt. Eine große, siebenteilige Eckcouch mit einem Couchtisch davor sowie eine Schrankwand dominieren das Ambiente. Auf dem Tisch stehen zwei Kognakschwenker und zwei Trinkgläser. Aus den Gläsern ist offensichtlich vor nicht allzu langer Zeit getrunken worden. Neben der Eckcouch liegen eine leere Flasche Orangentrunk und eine ebenfalls geleerte Flasche Schnaps der Marke »Wilthens Dry Gin«.

Die Wohnzimmertür steht sperrangelweit offen. Vorsichtig, um keine unnötigen Spuren zu hinterlassen, durchquert Oberleutnant Hanske das Wohnzimmer. Die Diele, die er betritt, ist mit naturfarbenen Reisstrohmatten ausgelegt. Deutlich ist auf einer davon ein großer, stark durchnässter Fleck zu erkennen. Vom Wohnzimmer aus gesehen auf der rechten Seite befinden sich Schlafzimmer und Arbeitszimmer, neben der Eingangstür links die Küche und rechts das Bad. An der Flurgarderobe hängen ein roter Damenanorak, daneben ein zweiter, mit Webpelz gefütterter blauer Baumwollanorak sowie an weiteren Haken mehrere, ordentlich auf Kleiderbügel aufgehängte Kleidungsstücke für Damen, darunter mehrere Schals. Zur Einrichtung gehören außerdem ein zweitüriger Kleiderschrank mit Aufsatz, eine Kommode, über der ein Spiegel in einem braunen Rahmen angebracht ist, und ein Schuhschrank. Vor dem Schuhschrank stehen fünf paar Damenstiefel mit halbhohem und hohem Schaft. Im Schloss der Eingangstür steckt von innen ein Schlüssel. Die Tür zum Treppenhaus ist abgeschlossen.

Die Badezimmertür ist leicht angelehnt. Als Hanske sie aufschiebt, entdeckt er die Tote. Sie ist nackt. Es muss sich um die 35 Jahre alte Wohnungsinhaberin Regina Katzstätter handeln. Deren Handtasche steht im Flur auf einem Hocker. Darin steckt der Personalausweis, der auf ihren Namen ausgestellt ist. Das Foto passt zur Leiche in der Badewanne. Sie liegt auf ihrer rechten Seite auf dem Boden der Wanne, in der sich kein Wasser befindet. Ihr Gesicht zeigt zur Tür. Augen und Mund sind geschlossen, vor Mund und Nase hat sich ein weißer Schaumpilz gebildet. Zerbrochenes Glas in der Wanne, Scherben auf dem Wannenrand und andere Indizien sprechen dafür, dass im Bad ein Kampf stattgefunden hat.

Oberleutnant Hanske verlässt, so wie er gekommen ist, über den Balkon die Wohnung. Die Polizei in Bielstett informiert die Morduntersuchungskommission in Potsdam über das Tötungsverbrechen. Um 14.30 Uhr beginnen die Kriminaltechniker mit der Spurensuche und -sicherung. Nach zwei Tagen intensiver Arbeit sind rund sechzig sehr aussagekräftige biologische, daktyloskopische, trassologische und textile Spuren aus der Wohnung für die forensische Auswertung aufbereitet.

Noch am gleichen Tag wird die Leiche in der Pathologie des Bezirkskrankenhauses Bielstett obduziert. Es gehört zur Ironie dieses Verbrechens, dass Dr. Regina Katzstätter jetzt leblos auf einem jener kalten Edelstahltische liegt, an dem sie noch einen Tag zuvor als Oberärztin selbst seziert und als anerkannte Pathologin vor allem nach tödlichen Krankheiten bei Kindern geforscht hat. Nun wird an und in ihrem Körper von Kollegen des Institutes für Gerichtliche Medizin Potsdam nach den Ursachen ihres Todes und nach Hinweisen gesucht, unter welchen Umständen ihr Leben beendet wurde. Ausgelöscht offensichtlich von Assistenzarzt Jörg Glasig, dessen Vorgesetzte sie war und den sie als Mentorin bei seiner bevorstehenden Promotion unterstützte.

Das Obduktionsergebnis ist eindeutig. Massive Blutstauungen im Kopfbereich mit Punktblutungen in der Kopfschwarte, in der Gesichtshaut, in den Augenbindehäuten, im Kehlkopfbereich sowie Würge- und Drosselmale am Hals sprechen für massive Gewalteinwirkung. Gestorben ist das Opfer daran nicht. Die Gerichtsmediziner finden bei der Obduktion Wasser in der Lunge. Dr. Regina Katzstätter ist in der Badewanne ertränkt worden. Schnittverletzungen am Gesäß, an den Oberschenkeln und auf dem Rücken, hervorgerufen durch zersplittertes Glas, werten die Gerichtsmediziner als Beweis, dass sich das Opfer mit aller Kraft und über eine längere Zeit gewehrt haben muss. Auf der Rückenhaut ist deutlich das Muster der Bastmatten aus dem Korridor eingeprägt.

Während die Kriminaltechniker am Tatort ihre Arbeit verrichten, muss sich Jörg Glasig einem Verhörmarathon stellen. Er beginnt am 7. März um 15.45 Uhr und endet am nächsten Tag um 11 Uhr. Unterbrochen wird die Vernehmung von vier Pausen, die zwischen 30 und 45 Minuten lang sind. Zwischen 5 Uhr und 10 Uhr kann Glasig in der Polizeizelle schlafen. Nach Ende des Verhörs wird er dem Haftrichter am Kreisgericht Bielstett vorgeführt, der ihm am 8. März um 12.25 Uhr den Haftbefehl wegen Tötung und Diebstahl verkündet.

Der eigentliche Tathergang bleibt auch nach den vielen Verhörstunden unscharf. Immer wieder weicht Glasig konkreten Fragen nach dem Tatablauf aus.

»Das kann ich nicht sagen.«

»Daran habe ich visuell keine Erinnerung, das habe ich nicht gesehen.«

»Ich habe das nicht registriert.«

»Das ist mir nicht bewusst.«

Die Ausflüchte, die der Beschuldigte sucht, sind stereotyp. Wer sich an nichts erinnert, kann bei der Tat nicht voll zurechnungsfähig gewesen sein, ist sein Kalkül. Dass er, der Arzt, der sich dem Eid des Hippokrates verpflichtet fühlt, wonach er stets zum Nutzen der Menschen wirken werde, und zwar »frei von jedem bewussten Unrecht und jeder Übeltat, besonders von jedem geschlechtlichen Missbrauch an Frauen und Männern«, einen anderen Menschen umgebracht hat, das bestreitet er zu keinem Zeitpunkt.

Hauptmann Kutscher von der Potsdamer Morduntersuchungskommission fasst sechs Tage später seine Eindrücke in einem Aktenvermerk zusammen: »Der Beschuldigte war während der gesamten Vernehmung bemüht, den Sachverhalt so unkonkret wie nur möglich darzustellen.« Er bestreitet, dass er sich bewusst zur Tötung der Oberärztin entschlossen habe, und beruft sich darauf, »im Affekt« gehandelt zu haben.

Der 6. März 1986 ist zunächst ein ganz gewöhnlicher Tag. Bei Frühaufsteher Glasig klingelt um sechs Uhr der Wecker. Das Rasieren und Waschen ist schnell erledigt. Das Frühstück besteht aus einer halben Marmeladenstulle und einer Tasse Bohnenkaffee. Ehefrau Birgit kümmert sich um den fünf Jahre alten Sohn Sebastian und macht ihn für den Kindergarten fertig. Zum Glück schläft die drei Monate alte Nadine noch. Das Ehepaar verabschiedet sich mit einem Küsschen. Vater Jörg bringt den Kleinen in die nahe gelegene Kindertagesstätte und ist pünktlich um 7.30 Uhr am Arbeitsplatz. Am Vormittag steht er zwei Stunden lang am Seziertisch. Das Mittagessen besteht aus zwei Würstchen mit Brötchen und einem Kaffee. Um 16 Uhr verabschiedet er sich von seiner Chefin, Oberärztin Dr. Regina Katzstätter.

»Mach's gut, bis später«, ruft er ihr zu. Die beiden Ärzte verstehen sich gut. Man duzt sich. Er schätzt an der 35-Jährigen die Fachkompetenz und weiß, dass er in ihr für die angestrebte Promotion auf dem Gebiet der Pathologie eine sachkundige Mentorin an seiner Seite hat. Frau Oberärztin fördert den strebsamen jungen Mediziner nach Kräften, der seine Arbeit ernst nimmt, gewissenhaft und einsatzbereit ist, aber dennoch nicht vordergründig und unter Einsatz der Ellenbogen nach einer Chefkarriere drängt. Es ist ein kollegiales Verhältnis, das frei ist von sexueller Absicht und Begehrlichkeit. Der gut aussehende Arzt schätzt das Feminine am anderen Geschlecht, zarte Gesichtszüge, lange Haare, gute Proportionen, frauliche Kleidung. Birgit, die er bereits zehn Jahre kennt und mit der er jetzt fast sechs Jahre verheiratet ist, bietet all das. Einen Seitensprung könnte er sich höchstens mit einer Chefsekretärin aus dem Krankenhaus vorstellen, die ebenfalls seinem Idealbild entspricht. Bisher aber hat er die Finger von ihr gelassen, um möglichen Konflikten aus dem Weg zu gehen. Regina Katzstätter ist eher das Gegenteil von dem, was Glasig sexuell anzieht. Sie ist von burschikoser Ausstrahlung, hat kurzes, blondes Haar, und von Kleidern und Röcken hält sie nicht viel, sondern trägt meistens Hosen und Pullover.

Katzstätter und Glasig haben sich für den Abend bei ihr daheim verabredet. Der Arzt hat Schallplatten, aber keinen Plattenspieler, bei der Oberärztin ist es genau umgekehrt. Sie wollen Gerät und Scheiben vereinen und die Musik auf Kassetten überspielen. Glasig packt zu Hause das Kassettendeck nebst Kabeln, drei Tonbandkassetten und dazu noch die Schallplatte »Falco« zusammen, drei andere Platten hatte er seiner Kollegin bereits am Vortag auf Arbeit überlassen.

»Ich bin bei Regina Katzstätter, wir wollen Platten überspielen. Um 22 Uhr komme ich zurück, wenn die Handballweltmeisterschaft im Fernsehen übertragen wird«, ruft er seiner Frau zu, dann klappt die Wohnungstür. Ausgestattet mit der Technik und einer Flasche Weißwein »Vin de France«, die er auf dem Weg zu Regina Katzstätter in der Kaufhalle gekauft hat, trifft er kurz vor 18 Uhr bei ihr ein.

Sie stellt den Wein in den Kühlschrank und bietet dem Gast eine Flasche Bier der Marke »Schlossbräu« an. Sie selbst genehmigt sich einen Gin mit Orangensaft. Später kommt eine angebrochene Flasche Weinbrand hinzu. Beide prosten sich auf einen gemütlichen Abend zu und, wie es so ist unter Kollegen, tratschen über die Arbeit, über die täglichen Kaffeerunden im Schwesternzimmer beispielsweise, die die Frau Oberärztin am liebsten abschaffen würde. Das kann sie allerdings nicht, weil der Chefarzt die gut findet. Nach einem weiteren Weinbrand und Gin mit Orangensaft wandert die Unterhaltung in die Gerüchteküche. Da wird in der Ärzteschaft vor allem bei Tagungen abends und nachts in den Hotelbars manches Süppchen gekocht. Jetzt geht es zwischen den beiden ans Eingemachte. Glasig vermutet, dass seine Chefin ihm bei einer Fortbildungsveranstaltung in Magdeburg ein Verhältnis mit der attraktiven Chefsekretärin angedichtet hat. Sie weist das entschieden zurück und ist enttäuscht, dass ihr eine derartige Arglist unterstellt wird.

Als Glasig dann auch noch wissen will, ob der Buschfunk richtig informiert ist, dass die Katzstätter homosexuell sei, braucht Frau Doktor frische Luft. Ohne auf die anzügliche Anspielung zu antworten, geht sie vom Wohnzimmer auf den Balkon hinaus. Ihr Assistenzarzt folgt ihr, will aus dem Fettnäpfchen heraus, in das er mit seiner Frage getapst ist.

»Entschuldige, das war nicht so gemeint, und das glaube ich auch nicht«, umsäuselt er die beleidigte Frau und legt fürsorglich einen Arm um ihre Schulter.

»Ich habe sie am Kopf und am Hals gestreichelt, was sie sich ohne weiteres gefallen ließ«, erinnert sich Glasig an den Beginn der danach folgenden intimen Annäherung. Eng umschlungen und vom Alkohol beschwipst gehen sie durchs Wohnzimmer in die Diele und von dort ins Schlafzimmer. Im Vorbeigehen greift sich Glasig im Korridor von der Garderobe einen dunklen, weichen Wollschal. Gegenseitig reißen sie sich Kleidungsstücke vom Leib, die Erregung und das Einverständnis ist bei beiden gleich. Dass Regina Katzstätter gar nicht sein Typ ist, stört Glasig an diesem Abend nicht. Durch die Schwangerschaft seiner Frau und die Geburt von Töchterchen Nadine ist seit Monaten nicht mehr viel los im ehelichen Bett. Dabei ist ihm eher öfter nach Sex als seltener. Er liebt nicht nur zärtliche Berührungen, sondern will im Bett Macht ausüben. Das verschafft ihm Lust und Befriedigung. Das Paar für eine Nacht legt sich auf die Liege, streichelt und berührt sich an den intimsten Stellen. Völlig unerwartet für die sexuell wenig erfahrene Frau greift Glasig nach dem Schal, schlingt ihn um ihren Hals und zieht sofort fest zu. Bei Regina Katzstätter rebelliert in diesem Augenblick nicht nur der Verstand, sondern auch der Magen. Sie reißt sich los, rennt ins Bad und erbricht sich über dem Toilettenbecken. Mit einem Schlag ist auch Jörg Glasig wieder Herr seiner Sinne und betroffen über das, was sich gerade abgespielt hat. Er folgt Regina ins Bad und will sich bei ihr entschuldigen.

Die aber ist außer sich, rennt an ihm vorbei in den Korridor und schreit: »Du bist verrückt. Zieh dich an und verschwinde. Morgen zeige ich dich an, und deiner Frau erzähle ich auch alles.«

Von seinen Bitten lässt sie sich nicht erweichen. Glasig sieht in diesem Moment das Ende seiner Karriere als Arzt drohen, das Einstürzen seiner Existenz, hört und spürt Schimpf und Schande, die ihn erwarten.

Regina steht im Korridor vor dem Spiegel, der über der Kommode hängt, und betrachtet die Spuren, die der Angriff von Glasig bei ihr hinterlassen hat. Der Pullover, den sie als einziges Kleidungsstück noch trägt, ist beschmutzt von Erbrochenem.

Sie ist gerade dabei, sich des Pullovers zu entledigen, als sie im Spiegelbild Glasig sieht, der den Schal noch immer in der Hand hält. Bevor sie reagieren kann, liegt der Stoff wieder um ihren Hals. Der Täter zieht ihn über Kreuz zu. Verzweifelt wehrt sich Regina Katzstätter, gräbt die Fingernägel tief in die Hände des Mannes, der mit verzerrtem Gesicht wie von Sinnen handelt. Doch seine Fäuste halten den Schal unbarmherzig fest. Ihr Gesicht verfärbt sich blau, und sie sinkt zu Boden. Das Muster der Bastmatten prägt sich in die Haut.

Es muss wie ein Unfall aussehen, schießt es Glasig durch

den Kopf. Er geht ins Bad und will die Wanne mit Wasser füllen, doch der Wannenverschluss fehlt. Der hängt, für ihn unsichtbar, zwischen Wannenrand und Wand. Wütend reißt er stattdessen den Pfropfen vom Waschbecken ab, der an einer feingliedrigen Aluminiumkette hängt, steckt ihn in den Abfluss, legt den Brauseschlauch in die Wanne und dreht das kalte Wasser auf.

In der Diele wacht Regina Katzstätter aus der Bewusstlosigkeit auf, als der Täter sie ins Bad schleppen will. Der greift wieder nach dem Schal am Hals seines Opfers und zieht ihn zu. Als er die nackte Frau in die mit wenig Wasser gefüllte Wanne transportiert, empfindet er sexuelle Lust und Erregung. Die Kälte des Wassers bringt Regina Katzstätter erneut zur Besinnung. Sie versucht, sich mit den Beinen abzustützen. Der Täter reißt ihre Füße mit einer Hand nach oben, drückt mit der anderen Hand auf den Hals und kniet sich mit dem linken Bein auf die Brust des Opfers. Das Wasser schlägt über Reginas Kopf zusammen und dringt in ihre Lunge. Sie stirbt einen qualvollen Tod. Jörg Glasig ist in höchstem Maße sexuell erregt. Er schlüpft in den Bademantel der Getöteten, legt sich im Schlafzimmer auf die Liege und onaniert bis zum Samenerguss.

Wieder bei Verstand, wird ihm nach und nach klar, was er angerichtet hat. Der Mörder handelt mechanisch und ohne logische Zusammenhänge. Er lässt das Wasser aus der Wanne, spült der Toten notdürftig und unvollständig den Schaumpilz vom Munde, sammelt die Flasche mit Badezusatz, die beim Kampf zu Bruch gegangen ist, aus der Wanne und legt die Scherben auf den Wannenrand. Aus dem Schrank in der Diele schnappt sich Glasig einen Koffer und zwei Beutel, in die er 76 Bücher im Wert von 600 Mark, einen Büstenhalter, einen Slip sowie zwei lange Damenhosen packt. Die Behältnisse stellt er vor der Haustür ab, geht zurück in die Wohnung, schließt von innen ab und verlässt sie dann über den Balkon.

Statt wie geplant um 22 Uhr ist Jörg Glasig erst um zwei Uhr nachts daheim. Er weckt seine Ehefrau und gesteht ihr, dass er Regina Katzstätter getötet hat. Dann legt er sich schlafen.

Am nächsten Tag steht der Pathologe im Krankenhaus wieder am Edelstahltisch und seziert eine Leiche. Er geht kurz vor Mittag zu seinem Freund Bernd Bloch, der ihm rät, sich zu stellen. Der Psychologe glaubt, dass Glasig im Zustand verminderter Zurechnungsfähigkeit gehandelt hat. Das sagt er ihm jedenfalls. Der Ehemann und Vater verabschiedet sich von Gattin Birgit und Tochter Nadine und sitzt wenig später im VPKA Bielstett Oberleutnant Hanske von der Kriminalpolizei gegenüber.

Jörg Glasig hat nicht in geistiger Umnachtung einen Menschen getötet, sondern er ist ein Sadist. Ein Sadist im Arztkittel, der wusste, welche Gefahr von seiner Neigung ausgeht, wenn er Alkohol trinkt. Dann beherrscht er seinen Sadismus nicht mehr und kann ihn nicht auf ungefährliche Weise abreagieren. Zu diesem Schluss kommt Prof. Dr. Dr. sc. med. Hans Szewczyk, Inhaber des Lehrstuhls für Psychiatrie (forensische Psychiatrie) an der Berliner Charité, in zwei Gutachten zur Schuldfähigkeit von Jörg Glasig.

Szewczyk, der 1994 verstarb, war eine Kapazität auf seinem Gebiet und international anerkannt. Er war es, der Anfang der siebziger Jahre erstmals in Deutschland bei den Kindermorden in Eberswalde die Methode des Profilings einsetzte und ein Täterprofil erstellte (siehe »Der Schlächter von Eberswalde« in »Mord ohne Mörder«, Verlag Das Neue Berlin).

Das ganze Ausmaß der sadistischen Fantasien kann aber auch Szewczyk erst erfassen, als sich Glasigs Ehefrau Birgit offenbart. Sie hat seine Neigungen vielfach miterlebt und war in einem Fall nur knapp mit dem Leben davongekommen, als ihr Ehemann unter Alkoholeinfluss seine Triebe kaum noch beherrschen konnte.

Jörg Glasig wächst behütet in einer Arztfamilie auf. Der Vater ist Pathologe. Er ist für den Jungen das große Vorbild, ihm will er nacheifern und auch Arzt werden. Der Papa unterstützt das nach Kräften und räumt das eine oder andere Hindernis aus dem Weg.

Jörg fällt das Lernen in der Schule leicht. Streber will er dennoch nicht genannt werden, das beleidigt ihn. Er besteht das Abitur glänzend, geht freiwillig für drei Jahre zur Nationalen Volksarmee, und der Staat belohnt das damit verbundene Gelöbnis, dem Vaterland allzeit treu zu dienen, mit einem Studienplatz für Medizin in Magdeburg. Das sechste Jahr seines Studiums absolviert er in Bielstett und steigt als Assistenzarzt am Bezirkskrankenhaus ein.

Die ersten sadistischen Fantasien erlebt der heranwachsende Jörg in der sechsten Klasse. Ein Film, in dem einer Frau die Finger abgeschnitten werden, zieht immer wieder vor seinem geistigen Auge vorbei. In der Fantasie überträgt er die Bilder auf ein Mädchen, für das er schwärmt. Dabei stellt er sich vor, wie er ihr die Finger abtrennt und sie vor Angst darüber fast stirbt. Es kommt der Wunsch hinzu, Frauen zu würgen und zu drosseln, ja, sie sogar zu töten, um wahre Lust empfinden zu können. Dieser Drang nimmt im Laufe der Jahre zu. Aus Mangel an richtigen Frauen – Glasig ist eher schüchtern – müssen Bekannte oder Szenen aus Filmen als Anregung herhalten. Später, im Krankenhaus, ist es die attraktive Chefsekretärin, die er in der Fantasie immer wieder vergewaltigt und tötet.

Ehefrau Birgit bemerkt zunächst kaum Abnormes in den sexuellen Bedürfnissen ihres Mannes. Sie hat auch keine Erfahrung, Jörg ist ihr erster Intimpartner. Zwar will er für ihre Bedürfnisse viel zu häufig Geschlechtsverkehr, manchmal sogar mehrmals am Tag, und es gibt deshalb auch mal Streit, doch die Harmonie leidet darunter nicht wesentlich.

Nach und nach aber verändert sich der Ehegatte. Hat er Alkohol getrunken, reichen ihm Liebkosungen und Sex nicht mehr aus. Dann greift er während des Verkehrs nach Bekleidungsstücken, zieht ihr eine Strumpfhose über den Kopf und benutzt BH oder Nachthemd als Drosselwerkzeuge. Er begründet seine Sadomaso-Vorliebe mit »höherem Lustgefühl«, ihre Erregung fällt dagegen in den Keller. Es kommt die Zeit, da er mit Gürtel, Schlipsen, Tüchern oder anderen Drosselwerkzeugen splitternackt im Schlafzimmer auftaucht und nach Geschlechtsverkehr verlangt. Einmal, so berichtet sie, sei sie nur knapp mit dem Leben davongekommen. Birgit macht die Erfahrung, dass er bei Gegenwehr aggressiver reagiert und sich mit Gewalt nimmt, was er begehrt. Oft aber kann er das nicht, weil es zu keiner Erektion kommt. Hat ihn das Bemühen um seine männliche Potenz erschöpft, schläft er ein. Dann kann Birgit aus dem Schlafzimmer flüchten und sich auf der Toilette in Sicherheit bringen. Oder sie schließt sich schon vorsorglich im Wohnzimmer ein und schläft auf dem Sofa, wenn Jörg bei Freunden ist und sie weiß, dass dort Alkohol getrunken wird. Ist er nüchtern, finden sie beide ihre Erfüllung. Dass er sie in diesen schönen Momenten vor seinem geistigen Auge quält und vergewaltigt, ahnt sie nicht. Frauen drosseln, würgen, foltern, vergewaltigen, verbrennen, vergasen, ertränken – das beherrscht die Fantasien des Jörg Glasig in immer stärkerem Maße. Zu den absurden Bildern im Kopf onaniert er, und mit dem Samenerguss stirbt in seiner Fantasiewelt das Opfer. Professor Hans Szewczyk kommt zu dem Schluss, dass es sich bei Glasig um einen intelligenten Sadisten handelt, der sich über seinen abnormen Sexualtrieb im Klaren ist, ihn aber ohne Alkohol bewusst ins Ungefährliche steuern kann. Doch trotz seiner Intelligenz schafft er es nicht, sich Hilfe zu holen. So wird er zum Mörder.

Das Bezirksgericht Potsdam verurteilt den Arzt Jörg Glasig Mitte April 1987 wegen Mordes und Diebstahls zu einer Freiheitsstrafe von 15 Jahren. Es ist die höchste zeitlich begrenzte Strafe, die das Strafgesetzbuch für Mord vorsieht. Glasig habe den Mord äußerst brutal und mit verschiedenen Tötungsmethoden vollendet und sei mit massiver Gewalt gegen sein Opfer vorgegangen, heißt es in der Urteilsbegründung. Als strafmildernd bewerten die Richter die Tatsache, dass Sadismus eine »Schicksalhaftigkeit« ist und der Angeklagte für diese »Abnormität an sich keine Schuld trägt«. Von Gewicht ist für die Richter bei ihrem Urteilsspruch auch, dass sich Glasig durch den fehlenden Widerstand seiner Ehefrau an seine sadistischen Praktiken gewöhnt hat. »Erstmals erlebte er bei der Geschädigten, dass sich diese – selbstverständlich völlig zu Recht – dagegen zur Wehr setzte.« Es liege deshalb auf der Hand, dass es dem Angeklagten schwerer fiel als bei der Gattin, seine sadistischen Fantasien zu steuern, zumal es völlig überraschend zu den sexuellen Handlungen gekommen sei, die zu Beginn nicht geplant und vorhersehbar gewesen waren.

Die Verteidigung ist zufrieden mit dem Strafmaß, die Staatsanwaltschaft in Potsdam nicht. Sie protestiert beim Obersten Gericht der DDR gegen das Urteil. Die Anklage strebt eine lebenslange Freiheitsstrafe an und findet damit beim 5. Strafsenat Gehör, der das Potsdamer Urteil entsprechend abändert. Überraschend hebt es die vom Bezirksgericht für Glasig angeordnete fachärztliche Behandlung auf. Die obersten Richter bemängeln, dass im erstinstanzlichen Urteil die sadistischen Persönlichkeitszüge ungerechtfertigt ins Verhältnis zum Tötungsentschluss und zur qualvollen Art der Tötung gesetzt wurden. Der Angeklagte habe sich zur Tötung entschlossen, weil er durch die Anzeige wegen seiner sexuell-sadistischen Handlungen negative Folgen für seine Existenz und Zukunft befürchtete.

Im November 1992 reicht Glasig ein Gnadengesuch ein. Unter Berücksichtigung der 1987 vom Staatsrat der DDR erlassenen Amnestie wird die Strafe auf zehn Jahre reduziert. Im Mai 1993 lehnt das Kreisgericht Brandenburg eine vorzeitige Entlassung auf Bewährung ab. Glasig strengt ein Rehabilitationsverfahren an, weil der Prozess in der DDR unter nicht rechtsstaatlichen Mitteln geführt worden sei. Erfolg hat er damit nicht. Ende Oktober wird er auf Bewährung aus der Justizvollzugsanstalt Brandenburg an der Havel nach Berlin entlassen.

Das blutige Ende eines Kneipenabends

Der Mann ist rasend vor Zorn. Sein Gegenüber stört das nicht. Mit stoischer Ruhe erträgt er dessen Beleidigungen: »Du bist ein dämlicher Ochse. Wenn du dich nicht endlich bewegst, mach ich dir Beine. Glotz mich nicht so blöde an. Ich schlag dich tot!« Die einzige Reaktion des Beschimpften: Er schüttelt den Kopf und geht, anders als befohlen, keinen Schritt.

Das ist zu viel für den jähzornigen Mann, der nun völlig ausrastet. Wütend tritt er mit den Beinen, die in Gummistiefeln stecken, nach dem Widerspenstigen. Dann saust der abgebrochene Stil einer Schaufel wieder und immer wieder auf Kopf, Körper und Beine. Das Opfer der rasenden Attacke geht zu Boden, brüllt entsetzlich vor Schmerzen. Retten kann ihn nichts mehr. Der Jungbulle, der von seinem Tierpfleger so brutal gezüchtigt wurde, hat eine letzte Reise vor sich – zum Notschlachter.

Der 21 Jahre junge Mann, der seine Wut so rücksichtslos an einem Rindvieh auslässt, hat eine freudlose und anstrengende Kindheit hinter sich. Werner Mell wächst als sechstes von zwölf Kindern heran. Die überforderten Eltern ernähren ihren Nachwuchs; was die Kinder in der Schule leisten, oder besser gesagt: nicht leisten, ist ihnen egal. Fast alle Kinder der Familie Mell gehen in Sonderschulen und verdienen sich später als Hilfsarbeiter ihren Lebensunterhalt, weil sie ohne erlernten Beruf bleiben. So ist es auch bei Werner. Die Hilfsschule verlässt er mit dem Abschluss der siebenten Klasse, danach wird er als Viehpfleger in der örtlichen Landwirtschaftlichen Produktionsgenossenschaft eingesetzt. Nicht gerade ein Ausbund an Pünktlichkeit, Zuverlässigkeit, Fleiß und Hilfsbereitschaft, bereitet er den Arbeitskollegen mehr

Ärger und Auseinandersetzungen, als dass er eine echte Hilfe bei der schweren Stallarbeit ist. Freunde hat er nicht, dafür einen anhänglichen Begleiter, den Alkohol. Er betrachtet es als großartige Leistung, eine Flasche Schnaps pro Tag gut zu vertragen. Mit den entsprechenden Promille Alkohol im Blut wird Mell allerdings unerträglich. Dann sucht er Streit, und die Lösung von Konflikten überlässt er seinen Fäusten, die er einem Rindvieh gegenüber ebenso gebraucht wie bei Menschen. Der Vater hat den streitlustigen und aggressiven Sohn kurzerhand vor die Tür gesetzt, ohne sich darum zu kümmern, was aus dem Heranwachsenden wird. Die LPG besorgt ihm eine kleine, schmucklose Wohnung, so hat der Hilfstierpfleger wenigstens ein Dach über dem Kopf.

Werner Mell kennt nur ein Ziel – die Kneipe im Dorf. Es ist der einzige gesellige Ort in dieser Abgeschiedenheit unweit von Seelow, wo eine der letzten großen Schlachten des II. Weltkrieges geschlagen wurde. Werner Mell kennt nach Schichtschluss im Rinderstall kaum einen anderen Zeitvertreib als das Herumlungern in der »Fichte«. Warum die Konsum-Gaststätte so heißt, wissen nicht einmal mehr die Älteren im Dorf. Eine Fichte ist jedenfalls weit und breit nicht zu sehen. Dem 21-Jährigen ist das egal. Hauptsache er bekommt sein Bier und den »Braunen« dazu, wie der billige Weinbrand der Marke »Goldbrand« genannt wird.

An einem Tag im Dezember 1979 hat Werner Mell wieder einmal seit nachmittags um vier seinen Platz an der Theke eingenommen. Er brütet vor sich hin und sinniert über die vermeintlichen Ungerechtigkeiten, die ihm stets und ständig widerfahren. Der LPG-Vorsitzende hat mit einem Disziplinarverfahren gedroht, weil er im Stall wieder auf die ihm anvertrauten Tiere losgegangen ist, die er eigentlich pflegen und nicht züchtigen soll.

»Was kann ich denn machen, wenn die nicht parieren.

Da hilft eben nur ein anständiger Schlag. Dann geht es ja«, schimpft er vor sich hin. Schuldgefühle kennt er nicht.

Eine Stunde später ist es mit dem bier- und schnapsseligen Selbstmitleid des Werner Mell vorbei. Karl Webermann kommt auf einen Sprung in der »Fichte« vorbei, um sich für den Abend mit fünf Flaschen Bier und einer kleinen Flasche Schnaps einzudecken. Es ist Sonnabend, und der Dorfkonsum hat um diese Zeit längst geschlossen. Für durstige Kunden hat der »Fichte«-Wirt aber stets Flaschenbier und ein paar Spirituosen zum Ladenpreis im Getränkelager. Weil er nur kurz bleiben will – für den Einkauf und auf »ein Bier auf die Schnelle« –, behält der 44-jährige Webermann seine Pudelmütze auf den Kopf. Draußen ist es um die null Grad kalt und nieselt. Ein richtiges Schmuddelwetter mitten im Winter. Was soll er da den Pudel erst abnehmen, zumal es in der Kneipe nicht sonderlich warm ist. Wen sollte das stören?

Mell stört es. Der ist inzwischen mit drei Glas Bier und zwei doppelten Weinbrand aufgetankt und in streitlustiger Stimmung. »Anständige Leute nehmen die Kopfbedeckung ab, wenn sie eine Gaststätte betreten«, raunzt er den Mann an, der rechts von ihm an der Theke steht und auf sein Bier wartet.

»Was geht dich denn das an, du Scheißer. Nimm lieber mal Haltung an vor einem alten Kriegsveteranen«, gibt Webermann zurück.

»Du und Kriegsveteran, dass ich nicht lache«, faucht Mell zurück, reißt dem angeblichen Kriegshelden die Pudelmütze vom Kopf und gibt sie nicht wieder her.

In den folgenden zwei Stunden geht es zwischen den beiden Männern hitzig zur Sache. Webermann prahlt mit seinen Erlebnissen während der berühmten Schlacht zwischen den Armeen der deutschen Ostfront und der 1. und 2. Weißrussischen Front der Befehlshaber Marschall Schukow und Marschall Rokossowski. Webermann, damals im April 1945 gerade zehn

Jahre alt, muss in dieser entscheidenden Schlacht um Berlin wahrhaft Großes geleistet haben. An der Seite der deutschen Soldaten hätten sie gekämpft, Schützengräben ausgehoben und die Russen tagelang aufgehalten, schwelgt Webermann in Erinnerungen, die seiner regen Fantasie entspringen. Von den vollgeschissenen Hosen der Pimpfe, als das Millionenheer der Roten Armee mit Artillerie- und Katjuscha-Feuer ohne Rücksicht auf eigene Verluste die deutsche Ostfront zerschlug und damit das endgültige Ende des Hitlerschen Eroberungsfeldzuges besiegelte, erzählt er nicht.

Mell geht die Prahlerei zunehmend auf die Nerven. Er ist es gewohnt, an der Theke und in der Gaststätte das Wort zu führen und es nicht irgendeinem hergelaufenen, selbsternannten Ex-Volkssturm-Jungen zu überlassen. Die Uhr ist auf 19 Uhr vorgerückt, als Prahlhans Webermann die Geschichten seiner großartigen Teilhabe an der blutigen Schlacht um die Seelower Höhe ausgehen. Er schnappt sich seinen bunten Stoffbeutel mit fünf Flaschen Bier und der kleinen Flasche »Klarer Trinkbrandwein« für 5.85 Mark und läuft von der Gaststätte links die unbefestigte Schulstraße am Kindergarten vorbei Richtung Dorfrand zu den Häusern im Ortsteil Ausbau. Den Streit lässt er hinter sich.

Kurz nach 21 Uhr findet ein Bewohner der Schulstraße auf dem Heimweg knapp 300 Meter von der »Fichte« entfernt Karl Webermann blutüberströmt am Straßenrand. Der herbeigerufene Notarzt kann nicht mehr helfen. Er stellt den Totenschein auf »nicht natürlichen Tod« aus und vermutet als Todesursache ein »Überrollen mit Schädelzertrümmerung«.

Es sieht ganz nach einem Verkehrsunfall mit Fahrerflucht aus. Merkwürdig ist nur, dass dem Toten die Hosen bis zu den Kniebeugen heruntergezogen sind und der Hosengürtel zerfetzt ist. Die Kriminalisten des VPKA Seelow und der Kreisstaatsanwalt haben Zweifel an einem Unfall. Die Frankfurter

Morduntersuchungskommission wird nachts um ein Uhr verständigt. Eine Stunde später sind die Spezialisten vor Ort.

Dort hat inzwischen der Abschnittsbevollmächtigte, Unterleutnant der VP Rackwitz, erste Ermittlungen angestellt. Sich seiner Bedeutung in diesem Moment voll bewusst – angesichts der Belanglosigkeiten, die er bisher aufzuklären hatte –, berichtet er dem MUK-Chef umständlich und in aller Ausführlichkeit von seinen Erkenntnissen: »Am Sonnabend, dem 9. Dezember 1978, gegen 23 Uhr, erhielt ich vom Diensthabenden Offizier im VPKA Seelow den Auftrag, mit dem Dienstmoped zum Ereignisort zu fahren. Die Bürger Mell, Werner und Webermann, Karl hatten sich nach Aussage des Gaststättenleiters gestritten, weil der Bürger Mell dem Bürger Webermann seinen Pudel, die Kopfbedeckung, wegnahm und versteckte. Der Bürger Webermann verließ mit einem Beutel, Inhalt fünf Flaschen Bier und eine kleine Flasche 0,35 Liter Schnaps, die Gaststätte. Ihm folgte der Bürger Mell. Gegen 19 Uhr begegnet der Bürger …«

Kurz gesagt: Unterschiedliche Zeugen hatten Mell und Webermann vor der Gaststätte gesehen und etwa zwanzig Minuten später Stimmen von zwei Männern in Höhe des Ereignisortes gehört. Auf die Frage des MUK-Chefs, wie viel die beiden Streithähne in der »Fichte« getrunken haben, muss der wackere ABV passen.

Um 2.30 Uhr besichtigen der Kriminaltechniker der MUK und ein Gerichtsmediziner der Humboldt-Universität zu Berlin den Fundort der Leiche. Die Sektion des Toten bestätigt später die erste Einschätzung von Dr. Hans Reisig am Tatort: Todesursache ist massiver äußerer Blutverlust in Verbindung mit Sauerstoffmangel durch eingeatmetes Blut. Kopf, Gesicht und Hals des Opfers weisen schwerste Verletzungen auf. Nur mit Faustschlägen sind diese nicht zu erklären. Stumpfe oder scharfkantige Gegenstände wie Knüppel, Steine oder Flaschen könnten Tatwerkzeuge gewesen sein. Beim näheren Betrachten fallen Dr. Reisig Profilabdrücke im Gesicht auf. Nach Reifenspuren sehen sie nicht aus. Eher kommen Stiefel, wahrscheinlich Gummistiefel, in Frage. Mit Scherben oder Messern oder durch Überrollen durch ein Auto sind die Wunden jedenfalls nicht zu erklären, legt sich der Gerichtsmediziner in seiner ersten, vorläufigen Einschätzung fest. Durch die Obduktion am Sonntagvormittag werden diese Diagnosen bestätigt.

Ein Verkehrsunfall, wie zunächst angenommen, kann ausgeschlossen werden. Rätsel bleiben dennoch. Warum ist dem Toten die Hose halb heruntergezogen? Wo sind sein Einkaufsbeutel und die Geldbörse geblieben? Der Tatort jedenfalls ist nicht zufällig gewählt worden, sind sich die Kriminalisten der MUK einig. Obwohl er nur 300 Meter von der Gaststätte entfernt liegt, ist es an dieser Stelle stockdunkel. Die Straßenbeleuchtung funktioniert nicht. Für den Täter ist die Gefahr, entdeckt zu werden, gering. Auf der einen Straßenseite befinden sich die Schule und der Kindergarten, auf der anderen Seite, etwas entfernt, ein paar Häuser, von denen aus nichts zu sehen ist. Die Grundstücke sind eingezäunt und besitzen Vorgärten. Die Straße ist vier Meter breit, an beiden Seiten verläuft jeweils ein Graben. Die Straßenränder sind mit Pappeln bepflanzt. Als bei einer Absuche des Umfeldes die Geldbörse mit 174,93 Mark gefunden wird, kann auch ein Raubmord nahezu ausgeschlossen werden. Das Portemonnaie ist achtlos weggeworfen und nicht durchsucht worden, vielleicht um die Identität des Toten zu verschleiern. Neben drei Passbildern, vier Reichsbahnfahrkarten, einem Block Essensmarken, einem Zeitungsschnipsel, sechs Konsummarken, einem Sicherheitsschlüssel, einem Zettel mit Zugabfahrtzeiten und fünf Busfahrscheinen von Eberswalde befinden sich darin vier Lohnzettel auf den Namen Webermann.

Noch in der Nacht wird ein Fährtenhund eingesetzt. Der Hundenase fällt es leicht, der Spur zum möglichen Täter zu folgen. Vor einem Grundstück in der Verlängerung der Schulstraße schlägt der vierbeinige Ermittlungsgehilfe »Belindo« an. In diesem wenig einladenden Haus wohnt Werner Mell. Seinen in der »Fichte« angetrunkenen Rausch kann er nicht ausschlafen. Am Sonntag, morgens um 5.30 Uhr, klingelt es Sturm an der Wohnungstür. Als er öffnet, schnappen die Handschellen zu.

»Sie sind vorläufig festgenommen, weil Sie im dringenden Verdacht stehen, am Samstag, dem 9. Dezember 1978, den Bürger Karl Webermann getötet zu haben«, eröffnet ihm der Untersuchungsführer der MUK, Oberleutnant der K, Roland Bilanzke, das vorläufige Ende seiner Freiheit. Gummistiefel, Hose, Hemd, Wattejacke, die Mell am Vortag getragen hat, werden beschlagnahmt.

Noch im Tagesverlauf stellen die Experten des Kriminalistischen Instituts in Berlin fest, dass das Profil der Gummistiefel mit den Einprägungen auf dem Gesicht des Opfers übereinstimmt. Und die Blutspuren auf der Bekleidung von Mell stammen eindeutig vom Opfer.

Als Webermann am Tattag gegen 17 Uhr die Gaststätte betritt und dort lang und breit mit seinen angeblichen Kriegserlebnissen parliert, schwillt Mell mehr und mehr der Kamm, zumal die Unterhaltung überwiegend aus einem Webermannschen Monolog besteht. Er beschließt, innerlich von unbändiger Wut getrieben, dass er dem »Helden« draußen vor der Tür zeigen wird, was für ein feiges Arschloch er in Wirklichkeit ist. In der Gaststätte will er keinen Ärger machen, es wäre nicht das erste Mal, dass er wegen Gezänks vom Wirt vor die Tür gesetzt wird.

»Komm, lass uns draußen noch einen Schluck aus deiner Flasche nehmen«, lenkt Mell scheinbar versöhnlich ein, als Webermann mit Bier und Schnaps die Gaststätte verlässt. Die beiden Männer stehen nach der Zecherei nicht mehr ganz sicher auf den Beinen und landen erst mal im Dreck der unbefestigten und durch den Regen matschigen Straße. Ein Schluck aus der Pulle bringt sie wieder in aufrechte Körperhaltung. Scheinbar wie gute Freunde schwanken die Betrunkenen die Schulstraße entlang, rauchen Zigaretten und genehmigen sich ein paar Tröpfchen aus der Schnapsflasche. Mell hat dabei nur ein Ziel: Er will seinen Begleiter ein Stück ins Dunkle locken, dahin, wo ihn keiner beobachten kann, obwohl sein eigener Heimweg eigentlich nicht die Schulstraße entlangführt. Webermann will gerade die Flasche mit dem »Klaren« vom Mund absetzen, als ihn unvermittelt ein Faustschlag von Mell in den Straßenmorast schickt. Überrascht und benommen von der Wucht des Hiebes bleibt er im Dreck liegen.

Im trunkenen Hirn des Täters wächst in diesem Moment die Erkenntnis, dass ihm die Prügelattacke eine Anzeige bei der Polizei einbringen könnte. Er beschließt, diese Gefahr auf seine Art abzuwenden. Dafür kennt der 21-Jährige nur einen Weg, er muss seinen Widersacher töten. Mell kniet sich auf den am Boden Liegenden und versetzt ihm mehrere kräftige Faustschläge an die rechte Schläfe. Weil der Zusammengeschlagene stöhnt und weiter atmet, greift er zu drastischeren Methoden. Mit aller Brutalität stampft und tritt Mell mit dem rechten Fuß seinem Opfer ins Gesicht und zielt dabei vornehmlich auf die Stirn. Das Röcheln von Webermann verstummt. Voller Wut schleudert Mell die Bierflaschen nach rechts und links weg und durchsucht die Hosentaschen seines Opfers. Die zehn Mark, die er darin findet, steckt er ein. Aus der Gesäßtasche zieht er den Personal- und den Wehrdienstausweis. Die Dokumente verbrennt er später im Ofen seines Wohnzimmers. Nach der Durchsuchung ergreift er sein Opfer an beiden Fußgelenken und versucht, den Toten von der Straße in den Straßengraben zu ziehen. Weil er weniger Fuß und mehr Hosenbein in den Händen hält, misslingt das Vorhaben. Der Gürtel im Hosenbund reißt, und die Hose rutscht dem Opfer bis unter die Kniekehlen.

Mell lässt von seinem Vorhaben ab, geht die knapp 300 Meter zur Gaststätte zurück, setzt sich auf sein Fahrrad und radelt in Schlangenlinien gen Heimat. Erschöpft von der Tat legt er sich ohne Gewissensbisse zur Ruhe. Warum die Geldbörse von Webermann später knapp zwei Meter von der Leiche entfernt geöffnet und mit knapp 175,- Mark darin am Böschungsrand gefunden wird, bleibt ungeklärt. Fingerabdrücke von Mell werden darauf nicht gefunden, was nicht verwundert, weil die Hände des Täters in Lederhandschuhen steckten.

Das Bezirksgericht Frankfurt (Oder) benötigt für die Hauptverhandlung im Mai 1979 nur einen Tag. Werner Mell legt ein umfassendes Geständnis ab. Das Gericht verurteilt den Angeklagten in Übereinstimmung mit dem Staatsanwalt und dem Verteidiger wegen Mordes an Karl Webermann zu 15 Jahren Haft. Die krankhafte abnorme Persönlichkeitsentwicklung gepaart mit erheblichem Alkoholgenuss und starker innerer Erregung hatte die Steuerungsfähigkeit seiner Handlungen erheblich eingeschränkt, halten die Richter dem Angeklagten strafmildernd zugute. Da beide Seiten auf Berufung beim Obersten Gericht der DDR verzichten, ist das Urteil sofort rechtskräftig. Mell verbüßt zwei Drittel der Strafe und wird im Mai 1990 entlassen. Er siedelt sich an der Nordsee an.

Das letzte Mal

Ende Oktober, und die Herbstfurche auf dem kleinen Acker am heutigen Autobahndreieck Spreewald, an dem sich die Autobahn von Dresden in Richtung Berlin und Cottbus teilt, ist noch nicht gezogen. Am Abend des 26. Oktober 1981 nimmt sich das Ehepaar Helene und Heinrich Bauer fest vor, die paar Morgen Land am nächsten Tag, einem Dienstag, endlich umzupflügen. Das Wetter spielt mit, es ist zwar mit nur zwei Grad etwas kühl, aber wenigstens trocken und frostfrei. Die Sonne scheint, so dass dem Vorhaben nichts im Wege steht. Gegen elf Uhr sind die Bauers auf dem kleinen Feld. Während Heinrich Bauer sich ans Werk macht, zieht es Ehefrau Helene zum Wäldchen, das zwischen den beiden Autobahnen liegt.

»Ich geh mal kurz in die Pilze«, ruft sie ihrem Mann zu. »Es soll sogar noch Steinpilze geben.«

Bauer nickt und ruft nur: »Pass aber auf!« Zwar verbietet die Straßenverkehrsordnung Fußgängern ein Überqueren der Autobahn, doch es ist um diese Zeit wenig Verkehr, und Polizei ist weit und breit nicht zu sehen. Außerdem hat die Autobahn in diesem Bereich wie eine normale Straße nur je eine Richtungsfahrbahn. Leitplanken, die überstiegen werden müssten, sind in der DDR nicht Standard. Helene Bauer geht die kleine Böschung hinunter in den Wald und wird schon bald fündig. Sie ist eine erfahrene Pilzsammlerin und kennt die guten Stellen. Schon bald liegen ein paar Butter- und Steinpilze im Körbchen, nicht allzu viele, aber für eine leckere Mahlzeit reicht die Ernte. Auf dem Rückweg, etwa 100 Meter entfernt von der Stelle, an der sie den Wald betreten hat, strebt sie der Autobahn zu. Dabei sind die Augen weiter auf der Suche nach den schmackhaften Waldfrüchten. Doch statt Pilzen entdeckt sie eine Gestalt, die zehn Meter entfernt am Fuße der Böschung liegt. Eine Vogelscheuche, denkt sie im ersten Augenblick. Dafür aber ist die Puppe zu gut gekleidet mit dunkler Hose, Knöchelschuhen und einem Wintermantel. Als sie näherkommt, sieht sie dunkelbraune Haare und rot lackierte Fingernägel. Vor Schreck lässt sie das Pilzkörbchen fallen und läuft so schnell, wie es in ihrem Alter noch geht, zum familiären Acker. Schon von weitem hört Ehemann Heinrich seine Frau weinen und schreien. Er lässt den Pflug fallen und läuft ihr entgegen.

»Da liegt eine Frau, die bewegt sich nicht. Ich weiß nicht, was mit ihr los ist«, ruft sie und zeigt hinüber auf die andere Seite der Autobahn. Die Bauers eilen nach Hause, Heinrich schwingt sich auf sein Moped und fährt ins Dorf zum Rat der Gemeinde. Bürgermeister Heumann verständigt die Ärztin im örtlichen Ambulatorium und die Polizei. Wenig später ist es Gewissheit: Die »Vogelscheuche« ist eine tote Frau.

Minuten später ist ein Großaufgebot der Polizei vor Ort. Uniformierte der Schutz- und Verkehrspolizei riegeln das Waldgebiet weiträumig ab. Der Verkehr auf der Autobahn wird umgeleitet. Bis auf die Ärztin des Gemeindeambulatoriums hat sich niemand der Toten genähert. Eine Stunde nach dem Auffinden der Leiche ist die vom Hauptmann der K Hans Jakobitz geleitete Morduntersuchungskommission aus Cottbus am Autobahndreieck. Bekannt ist noch nicht viel. Nur eins ist von Beginn an klar: Die Tote ist nicht durch einen Verkehrsunfall gestorben. Erstens fehlen dafür äußere Anzeichen, und zweitens ist bei einem Unfallopfer der Gürtel des Mantels, den es trägt, nicht zweimal eng um den Hals geschlungen und verknotet. Vor Jakobitz und seiner Truppe sind bereits die Kriminalisten des Volkspolizei-Kreisamtes Calau samt Kripo-Chef und der Kreisstaatsanwalt am Leichenfundort. Wenig später gesellen sich der Leiter des VPKA und sein Stabchef sowie Mitarbeiter der Bezirksverwaltung und der Kreisdienststelle des Ministeriums für Staatssicherheit hinzu. Als Spezialisten werden Fachleute für Faseruntersuchungen, Gerichtstechnik und Gerichtsbiologie zur Untersuchung des Todesfalls hinzugezogen. Die Kriminaltechniker nehmen ihre Arbeit auf.

Auf dem Grasstreifen auf der Böschung, an der die Leiche liegt, sind deutlich die Fahrspuren eines Autos erkennbar. Die Spurweite, die exakt vermessen wird, könnte von einem Wartburg W 353 stammen. Von einer Kiefer, die an der Böschung steht und deren Äste zum Teil über die Fahrspur ranken, ist ein Zweig abgebrochen. Unter dem Baum sind Schuhabdrücke erkennbar. In der Nähe der Leiche türmen sich mehrere Maulwurfshaufen auf. Die obere Erde ist leicht angetrocknet, aber nicht durch äußere Einflüsse zerstört. Die Tote muss also vor dem Auftauchen der Maulwürfe abgelegt worden sein. Da es keinerlei Hinweise darauf gibt, dass an der Fundstelle ein Kampf stattgefunden hat, gehen die Spezialisten davon aus, dass der Fundort hier an der Autobahn nicht mit dem Tatort des Verbrechens identisch ist. Die Tote liegt auf dem Bauch, ihr Gesicht ist nicht zu sehen. Sie ist mit einem grün-weiß melierten Wintermantel über einem roten, langärmligen Pullover und einer schwarzen Cordjeans bekleidet. Die Sachen sitzen korrekt und sind sauber. An den Händen sind Totenflecke erkennbar, die sich noch wegdrücken lassen. Die Leichenstarre ist ausgebildet und Leichenkühle spürbar. Die Gerichtsmediziner, die die Tote untersuchen, schlussfolgern daraus, dass die Frau wahrscheinlich in den Stunden nach Mitternacht gestorben ist. Genauer wollen sie sich erst nach der Obduktion festlegen.

Die Identität der Toten bleibt vorerst unklar. Trotz intensiver Suche einer acht Mann starken Polizeikette auf einer Länge von 300 Metern und einer Breite von 50 Metern links und rechts der Autobahn wird nichts gefunden, was der Toten gehören und Aufschluss darüber geben könnte, wer sie ist. Abends um halb sechs haben die Kriminaltechniker und die weiteren Spezialisten ihre Arbeit beendet. Die Leiche wird zur Obduktion ins Bezirkskrankenhaus nach Cottbus gebracht. Die Autobahn ist nach stundenlanger Sperrung wieder für den Verkehr frei.

Die Frau zu identifizieren ist zunächst der wichtigste Ermittlungsauftrag. Die *Lausitzer Rundschau* veröffentlicht am 28. Oktober eine Suchmeldung der Polizei mit dem Foto der Toten. Beschrieben wird sie als etwa 25 bis 30 Jahre alt, schlank, 163 Zentimeter groß mit kastanienbraunem, schulterlangem Haar und grau-grünen Augen. Die Konfektionsgröße der Bekleidung wird mit 36 angegeben. Die Polizei bittet die Bevölkerung um Hinweise zur Identität der Toten und zu ihrem Aufenthalt zwischen dem 26. und 27. Oktober. Wo sie gefunden wurde, wird nicht mitgeteilt.

Die öffentliche Fahndung führt schnell zum Erfolg. Die Leiterin einer Tankstelle, die sich nur wenige Kilometer entfernt von der Autobahn an einer Landstraße befindet, erkennt die Frau in der Zeitung. Sie war einst Lehrling bei ihr im Wasserwerk des Kraftwerkes Lübbenau. Die Frau von der Tankstelle weiß ihren Namen, wo sie wohnt, dass sie geschieden ist, aber noch immer mit dem Ex-Mann gemeinsam in einer Wohnung lebt, einen etwa zehn Jahre alten Sohn hat und inzwischen in einem Wasserwirtschaftsbetrieb arbeitet. Die Tote von der Autobahn ist Gisela Seifert. Sie wäre am 31. Oktober 1981 dreißig Jahre alt geworden.

Zwei Kriminalisten des VPKA in Calau suchen umgehend die ehemalige Arbeitsstelle auf. Gisela Seifert, so erfahren die Ermittler, hat das Wochenende bei ihrem neuen Freund, einem Arbeitskollegen, in Cottbus verbracht. Betriebsleiter Reiner Clausner, sein Stellvertreter und ein Mitarbeiter bestätigen nach der Vorlage eines Fotos der Toten, dass es sich um Gisela Seifert handelt. Am Montag war sie von ihrem Wochenendausflug direkt in den Betrieb gekommen, in dem noch immer ihre

Reisetasche steht. Am nächsten Tag blieb sie der Arbeit fern. Die Kollegen berichten, dass es bei den Seiferts auch nach der Scheidung häufig zu Streitereien gekommen und der Ex-Ehemann noch immer krankhaft eifersüchtig sei. Den Polizisten fällt bei der Befragung auf, dass Betriebsleiter Clausner unruhig und fahrig wirkt. Er macht auf sie einen verstörten Eindruck. Mehrmals, so berichtet er, habe er in den vergangenen zwei Tagen versucht, Gisela Seifert zu erreichen. Auf sein Klingeln sei ihm jedoch nicht geöffnet worden, obwohl in der Wohnung in der zweiten Etage ein Fenster geöffnet war und er sogar das Rumpeln der Waschmaschine gehört hat. Er habe sich, so erklärt er seine ungewöhnlichen Aktivitäten, »Sorgen um Gisela« gemacht.

An diesem Punkt angekommen, bittet der Betriebsleiter die Kriminalisten zu einem Gespräch in sein Büro. Dort gesteht er ihnen ein intimes Verhältnis zu Gisela Seifert. Es sei sogar möglich, dass sie von ihm schwanger gewesen ist. Leider habe sich ihr jetziger Freund in dieses Verhältnis gedrängt.

Ist einer der Rivalen ein Mörder? Beide Männer haben für den wahrscheinlichen Tatzeitraum zwischen dem Abend des 26. Oktober und der folgenden Nacht belastbare Alibis.

Wie immer bei derartigen Mordstraftaten stehen unmittelbare Angehörige, Verwandte und Bekannte unter Tatverdacht. Der Sohn, der in der Schule befragt wird, bestätigt, dass seine Mutter am Montagabend daheim in der Wohnung war. Am Dienstag habe er sie jedoch nicht mehr gesehen.

»Vati müsste es aber wissen. Der ist heute zu Hause, weil er krankgeschrieben ist.«

Am 28. Oktober, vormittags um 10.30 Uhr, wird Rolf Seifert in seiner Wohnung »zur Klärung eines Sachverhalts« vorläufig festgenommen und zum VPKA nach Calau gebracht, wo die MUK ihre Einsatzzentrale eingerichtet hat. Anwesend sind in der Wohnung seine Mutter und die Schwester. Auf dem Tisch im Wohnzimmer liegt die Kreisausgabe Calau der *Lausitzer Rundschau* vom 27. und 28. Oktober. In der Zeitung vom 27. Oktober ist eine Heiratsannonce mit blauem Kugelschreiber angekreuzt: »Jg. Frau, 25/1,68, gesch. sucht Partn. f. 2 Jg. (5 und 1 ¾ Jahre), liebv. Vati. Zuschr. unt. …«. Die Suchmeldung in der *LR* vom 28. Oktober auf Seite 2 mit dem Foto seiner Ex-Frau will der Verdächtige noch nicht gelesen haben. Was sofort auffällt, sind Kratzspuren im Gesicht von Rolf Seifert.

Am Nachmittag beginnen die Vernehmungen, die sich zunächst auf die persönliche Entwicklung und die Tagesabläufe am 26. und 27. Oktober beschränken. Rolf Seifert, Jahrgang 1949, wächst in einer kinderreichen Familie auf. Haushalt und Erziehung sind ordentlich, doch in der Schule läuft es für den Jungen nicht gut. Er beendet sie mit dem Abschluss der siebenten Klasse und beginnt zunächst als Hilfsarbeiter in einer Brauerei. Als er 1965 bei der Reichsbahn eine Arbeit als Werkhelfer aufnimmt, geht es aufwärts. Er qualifiziert sich an der Betriebsakademie zum Lokschlosser und holt den Abschluss der zehnten Klasse nach. Eigentlich will er nun Lokführer werden, doch dann lernt er Gisela kennen. Die ist 15 Jahre alt, er 17. Aus Liebe zu ihr entscheidet er sich gegen seinen Berufswunsch und wechselt ins Kraftwerk als Betriebsschlosser. So ist er seiner Freundin auch auf Arbeit nahe. Er ist anerkannt, arbeitet sich zum Reparaturverantwortlichen und Meistervertreter hoch.

An Giselas 18. Geburtstag wird geheiratet. Da ist ihr Sohn schon zehn Monate alt. Die Ehe hält zehn Jahre, dann ist die anfängliche Harmonie zwischen den Eheleuten nur noch ein Scherbenhaufen. Immer öfter liefert sich das Paar heftige Auseinandersetzungen mit schlagenden Argumenten, die der Polizei bekannt werden. Es ist ein Kreislauf mit immer höherer Frequenz: Man schlägt sich und verträgt sich, nach dem Motto: »Bei Seiferts prügeln sich alle.« Rolf Seifert soll sogar gedroht haben, seine Ehegattin umzubringen. So jedenfalls steht es in einem Brief, den Gisela im Oktober 1980 bei ihren Eltern hinterlegt. Schließlich gehen sie gemeinsam zum Scheidungsrichter und lassen die sinnlose Ehe liquidieren, doch die Wohnung nutzen sie weiter gemeinsam. Gisela quartiert sich im Kinderzimmer ein, Rolf schläft im Schlafzimmer. Es bleibt ein eheähnliches Verhältnis, das die Seiferts pflegen. Beide haben zwar wechselnde Intimpartner, manchmal finden sie aber auch wieder zueinander, wobei vor allem Rolf auf den Geschlechtsverkehr drängt. Er spricht von einvernehmlichem Sex, Gisela berichtet den Eltern von Vergewaltigungen, Tätlichkeiten, Beschimpfungen und Drohungen. Sie betreuen dennoch gemeinsam den Sohn, fahren zusammen in den Urlaub und: Sie streiten sich weiter. Rolf wird von Eifersucht geplagt, wenn seine Ex-Gattin ihren eigenen Interessen nachgeht, und verlangt Rechenschaft über ihr Tun und Lassen. Als er von der neuen Beziehung erfährt, beschimpft er sie als »Hure« und »Nutte«.

Im Oktober 1981 entscheidet sich Gisela, den Bruch mit Rolf, vor dem sie sich zunehmend fürchtet, endgültig zu vollziehen. Bestärkt wird sie in ihrem Entschluss durch den neuen Partner, in dessen Wohnung sie ziehen will und bei dem sie das Wochenende vor ihrem Tod verbringt. Das teilt sie ihrem Ex-Mann am Montag am Telefon mit, als der ihr Vorhaltungen macht, weil sie am Wochenende fremdgegangen sei.

»Ich komme am Abend nach Hause und packe meine Sachen; und zwar für immer.«

Aufgeschreckt durch diesen Entschluss steht Rolf um 16 Uhr vor dem Werktor, um sie abzuholen.

»Wir sind dann beide in die Wohnung gegangen und haben Kaffee getrunken. Dabei hat mir Gisela von ihrem neuen Freund aus Cottbus erzählt. Ich hatte gehofft, dass wir weiter zusammenleben können, weil ich sie noch immer liebte«, sagt Seifert den Vernehmern. Man habe sich schließlich auch über die Teilung des Eigentums und des Vermögens unterhalten. Rolf wünscht sich noch einen letzten gemeinsamen, gemütlichen und harmonischen Abend. Möglichst auch mit einem intimen Abschluss im Kinderzimmer. Davon aber hält die junge Frau nichts.

»Sie ist aufgestanden und hat gesagt, dass sie zu ihrer Freundin geht, die ein paar Häuser entfernt wohnt«, schildert er den weiteren Verlauf des Abends. »Ich dachte, sie kehrt zurück, weil sie doch ihre Handtasche dagelassen hat. Sie kam aber nicht. Enttäuscht darüber bin ich gegen 21 Uhr ins Bett gegangen. Seitdem habe ich sie nicht mehr gesehen.«

An dieser Stelle wird die Vernehmung unterbrochen. Während sich Rolf Seifert bei belegten Broten und Tee von den ersten Verhörstunden erholt, sind Kriminalisten auf dem Weg zu Freundin Karin Wallner. Die bestätigt, dass Gisela bei ihr war.

»Sie hat mir erzählt, dass sie ihre Sachen packt und zu ihrem Freund nach Cottbus zieht. Kurz vor 22 Uhr hat sie ihre Handtasche genommen und ist gegangen.« Dass ihre Freundin die Handtasche bei sich hatte, weiß sie genau. »Es war eine aus schwarzem Knautschlack.« Eine solche Handtasche wird später bei der Durchsuchung der Wohnung der Seiferts im Korridor gefunden. Darin befinden sich neben der Geldbörse mit 13,48 Mark Bargeld, Sparkassenschecks, Kopftuch, Plastbeutel, Einkaufsnetz und Deospray auch der Personal- und der Betriebsausweis. Es ist zweifelsfrei Gisela Seiferts Tasche.

Gestärkt, aber verunsichert geht Rolf Seifert in die nächste Vernehmungsrunde. Diesmal ist er nicht mehr Zeuge, sondern Beschuldigter. Ihm wird vorgeworfen, dass er in der Nacht vom 26. zum 27. Oktober seine geschiedene Ehefrau getötet hat.

»Es gibt erhebliche Widersprüche in Ihren bisherigen Angaben. Sie müssen hier vor dem Untersuchungsorgan die Wahrheit sagen«, ermahnen ihn die Ermittler. Es dauert noch Stunden, bis in groben Zügen klar ist, warum die junge Frau sterben musste, wie sie gelitten hat und wie sie zum späteren Fundort an der Autobahn transportiert wurde.

Als Gisela am Dienstag gegen 22 Uhr von Freundin Karin in ihre Wohnung zurückkehrt, liegt Rolf bereits im Bett und schläft. Durch ihr Rumoren in der Küche, wo sie sich noch ein kleines Abendbrot bereitet, wird er wach, steht auf und geht zu ihr. Er redet auf sie ein, versucht, sie erneut von ihren Auszugsplänen abzubringen. Die Antwort, die er erhält, ist kurz und unmissverständlich:

»Mach dich wieder ins Bett und hab dich nicht so zickig. Ich habe einen Freund, und mit dem werde ich künftig schlafen.«

Rolf trottet wie ein begossener Pudel zurück ins Schlafzimmer, lehnt die Tür aber nur an. Wenige Minuten später taucht Gisela auf.

»Hast du dich inzwischen beruhigt?«, fragt sie. »Es ist vorbei mit uns, du musst dich damit abfinden, dass ich einen anderen Mann liebe. Es fällt dir ja nicht schwer, ein anderes Weib aufzureißen.« Als Rolf aufblickt, sieht er seine Ex-Ehefrau splitternackt im Türrahmen stehen. Die Umrisse ihres attraktiven Körpers sind im Licht der Korridorbeleuchtung gut zu erkennen. Gisela dreht sich um und geht ins Kinderzimmer. Die Tür schließt sie nicht ab.

Der nackte Auftritt macht Rolf Angst und Hoffnung zugleich. Vorsichtig rappelt er sich aus dem Bett, damit der Sohn nicht aufwacht, der seit der Scheidung anstelle von Gisela neben ihm schläft. Er geht hinüber ins Kinderzimmer, bittet und bettelt: »Bleib doch bei uns, denk an unseren Sohn.« Giselas Entschluss, auch räumlich einen Schlussstrich unter die gescheiterte Ehe zu ziehen, kann er damit aber nicht umstoßen.

»Können wir nicht wenigstens ein letztes Mal miteinander schlafen?«, fragt er und blickt voller Wonne und Lust auf die Frau, die vor ihm liegt.

»Darfst noch einmal meine Brüste anfassen. Ansonsten

kannst du dir eine Maus oder ein Astloch suchen«, antwortet sie und schlägt die Bettdecke zurück. Sie ist begehrenswert im Schein der Straßenlaterne, die das Kinderzimmer in ein romantisches Fluidum taucht, das so gar nicht zur wirklichen Atmosphäre passt. Rolf drängt erneut auf »ein letztes Mal«. Gisela schält sich aus dem Bett und will das Kinderzimmer verlassen, doch sie kommt nicht an Rolf vorbei. Er hält sie fest, umarmt und küsst sie. Beide sinken auf den olivgrünen Fußbodenbelag.

Der Geschlechtsverkehr geschieht nicht gegen den Willen der Frau. Doch sie lässt ihn ohne Anteilnahme über sich ergehen.

»Genieße es noch einmal. Ab morgen gehört mein Körper einem anderen. Dann steckt ein anderer drin, der kann es besser«, hört er sie sagen. »Du hast ja genug Weiber, die mit dir ins Bett kriechen«, legt sie nach.

»Hör auf, sei doch endlich still«, herrscht sie der Mann über ihr an und stößt immer heftiger in ihren Unterleib, bis zum Samenerguss. Plötzlich spürt er ihre Finger in seinem Gesicht. Die Fingernägel kratzen die Wangen auf.

»Morgen gehe ich zum Frauenarzt. Jetzt habe ich endlich den Beweis, dass du mich vergewaltigt hast«, droht sie ihm.

Sexuell befriedigt, doch als Liebhaber gedemütigt, richtet Seifert den Oberkörper auf, umfasst mit ausgestreckten Armen und beiden Händen den Hals seiner Ex-Frau und drückt zu: Dreißig Sekunden, eine Minute, zwei Minuten, drei Minuten. Gisela stemmt ihre Arme gegen seine Brust. Mehr Wirkung als rote Flecke hinterlässt ihr Abwehrversuch bei dem Mann nicht. Der Körper unter ihm erschlafft.

»Du hast ja behauptet, dass ich dich umbringen werde. Jetzt habe ich es gemacht«, brummelt Rolf voller Wut vor sich hin. Er legt sein rechtes Ohr unter die linke Brust der regungslosen Frau, doch Herztöne vernimmt er nicht. Im Bad wäscht er sich die Hände, so als könnte er damit die Schuld abspülen, und läuft hinüber ins Wohnzimmer. Er setzt sich auf die Couch, steht auf, läuft durch die Stube, plumpst in den Sessel, erhebt sich von Unruhe und Grübelei getrieben und geht dann ins Kinderzimmer.

Sie muss weg, und keiner darf erfahren, dass sie von ihrer Freundin in die Wohnung zurückgekommen ist, nur dieser Gedanke beschäftigt ihn. Er hat Angst vor den Konsequenzen, also versucht er, das Verbrechen zu vertuschen. Weil er sich nicht sicher ist, ob sein Opfer nur bewusstlos ist, kniet er sich neben die regungslos auf dem Teppich liegende Frau und versetzt ihr einen Handkantenschlag gegen den Kehlkopf. Der Schlag ist so heftig, dass der Kopf des Opfers hochschnellt. Damit nicht genug: Er stellt sich mit einem Fuß auf den Hals, stemmt sich gegen die Wand und verlagert das gesamte Körpergewicht mehrmals auf dieses Bein. Dabei rutscht er einmal von der Wand ab, wie später an der Tapete gesicherte Spuren beweisen. Die Möglichkeit, dass sein Sohn aufwachen und ihn bei seinem Treiben überraschen könnte, lässt ihn nicht innehalten.

Alles, was Rolf Seifert unternimmt, um von sich als Täter abzulenken, ist wohl durchdacht. Er verlässt die Wohnung und geht zur Garage, die er in unmittelbarer Nähe der Wohnung im Garagenkomplex des Neubauviertels ergattert hat, holt sein Auto, einen Wartburg W 353, und stellt ihn vor dem Parkplatz am Hauseingang ab. In der Wohnung angekommen, kleidet er Gisela sorgfältig an, holt einen Schlüpfer aus dem Schrank, weil der gebrauchte bereits gewaschen und im Bad aufgehängt ist. Ansonsten nutzt er die Sachen, die sie tagsüber und bei ihrer Freundin getragen hat: Strümpfe, die schwarze Cordjeans, den roten, langärmligen Pullover, die schwarzen Salamander-Knöchelstiefel und den grün-weiß melierten Damenwintermantel. Alles sitzt korrekt. Auf einen Büstenhalter verzichtet er. Giselas Brust war auch nach der Geburt des Sohnes jugendlich-straff geblieben. Sie ging oft ohne BH. Zum Abtransport holt er eine Wolldecke aus dem Schrank. Als er den leblosen Körper auf die Decke bugsiert, kommen ihm Zweifel, ob seine Ex-Frau auch wirklich tot ist. Rolf zieht den Gürtel aus den Mantelschlaufen, schlingt ihn zweimal um den Hals, zieht kräftig zu und verknotet die Enden zur Sicherheit doppelt. Außerdem, so sein Kalkül, erweckt eine erdrosselte Frau den Eindruck, als sei sie unterwegs durch Fremde getötet worden. An allen vier Ecken gepackt, wirft er sich das Bündel wie einen Rucksack über die Schulter und verlässt die Wohnung. In diesem Moment kehrt die Nachbarin unter ihm heim. In letzter Sekunde kann er auf dem Treppenabsatz innehalten und bleibt deshalb unentdeckt. Dass sie sein Auto vor der Tür registriert haben könnte, kann er nicht ändern. Inzwischen ist es 0.30 Uhr. Seifert verstaut die leblose Gisela im Kofferraum und fährt auf der Suche nach einem Ablageort zunächst ziellos durch die Stadt. Ob bewusst oder unbewusst, er steuert schließlich auf das Kraftwerk und die dort befindliche Auffahrt zur Autobahn zu und fährt in Richtung Berlin. Am Dreieck biegt er auf die Autobahn nach Dresden ab, verlässt sie jedoch an der nächsten Ausfahrt, um dann die Auffahrt zurück nach Berlin zu nehmen. Am Abzweig bleibt er auf der rechten Fahrbahnseite Richtung Cottbus und hält in der Kurve des Zubringers nach wenigen Metern auf dem Grünstreifen an. Er öffnet den Kofferraum, wickelt den Leichnam aus der Decke und trägt die Tote wie ein kleines Kind auf seinen Armen an den Böschungsrand. Von dort rollt der Leichnam auf der Schräge nach unten. Rolf steigt zu seiner einstigen großen Liebe hinab, streichelt sie zum Abschied und fährt nach Hause. Das Auto bleibt vor dem Haus stehen. Die Decke, die auf dem Rücksitz liegt, schüttelt er aus, faltet sie zusammen und verstaut sie in der Wohnung am angestammten Platz im Wäscheschrank. Gegen zwei Uhr legt sich Rolf Seifert neben seinen Sohn ins Bett. Um 6.15 Uhr klingelt der Wecker.

Rolf steht mit dem Jungen auf, macht ihm Frühstück, schmiert die Pausenbrote und verabschiedet ihn in die Schule.

Gisela Seifert ist laut gerichtsmedizinischem Gutachten der Medizinischen Akademie »Carl Gustav Carus« Dresden durch Würgen und Erdrosseln in Kombination mit massiven Verletzungen im Kehlkopfbereich durch Gewalteinwirkung auf den Hals gestorben. Bei der Obduktion werden Blutungen der Bindehäute, der Mundschleimhaut und der Kopfschwarteninnenseite festgestellt. Hätte sich in der langen Tatzeit von mindestens zwei Stunden bei Rolf Seifert nur ein Fünkchen von Schuld und Reue eingestellt, und wäre er in dieser Zeit zur Vernunft gekommen, dann könnte Gisela trotz der massiven Gewalt, der sie ausgesetzt war, vielleicht noch leben. Denn die Gerichtsmediziner haben nicht nur die Todesursache festgestellt, sondern auch, dass die Verletzungen dem Opfer alle zu Lebzeiten zugefügt wurden.

»Der Tod ist frühestens am 27. Oktober 1981 um 2.30 Uhr eingetreten«, heißt es im Gutachten. Als sich Rolf Seifert zu Hause ins Bett legte, kämpfte Gisela im Wäldchen an der Autobahn noch um ihr Leben.

Im Mai 1982 muss sich Rolf Seifert vor dem 1. Strafsenat des Bezirksgerichts Cottbus wegen Mordes an seiner geschiedenen Ehefrau verantworten. In der Beweisaufnahme versucht er, die Ursachen seines Verbrechens im Verhalten des Opfers zu suchen und die eigene Schuld zu verdrängen. Dass er nach der Scheidung gegenüber seiner Ex-Gattin Rechte eingefordert hat wie ein Ehepartner, dass er Rechenschaft von ihr verlangte und eifersüchtig auf ihre Bekanntschaften war, gleichzeitig aber mehrfach intime Beziehungen zu anderen Frauen pflegte und noch am Wochenende vor der Tat entschlossen war, mit einer anderen Frau zusammenzuleben, spielt für ihn keine Rolle.

Das Gericht verurteilt Rolf Seifert wegen Mordes zu einer Freiheitsstrafe von fünfzehn Jahren. Schuldmildernd werten die Richter die Beleidigungen durch das Opfer vor und während des Geschlechtsverkehrs. Eine Affekthandlung, wie sie die Verteidigung im Plädoyer zu begründen versucht, verneint das Gericht. Spätestens nach dem vollzogenen Geschlechtsakt und dem Würgen hatten sich Wut und Erregung entladen. Alle weiteren Handlungen, also das Schlagen und Treten, das Anziehen, Drosseln und das Wegschaffen des Opfers waren raffiniert durchdacht und umsichtig ausgeführt mit dem Ziel, seine Entdeckung als Täter zu verhindern, heißt es in der Urteilsbegründung.

Die Verteidigung legt gegen das Urteil Berufung ein. Damit strebt sie eine Verurteilung wegen Totschlags und eine Freiheitsstrafe von höchstens zehn Jahren an. Das Oberste Gericht der DDR verwirft die Berufung. Das Opfer habe ihn zwar provoziert und gekränkt, doch der Angeklagte sei dadurch nicht in derartige Erregung geraten, dass er bei der Tat vermindert schuldfähig war. Er habe schließlich die belastende Situation mit heraufbeschworen, begründen die Richter. Im Verhältnis zum Charakter und der Schwere der Gewalttätigkeiten gegenüber der lebenden Geschädigten verlören die Umstände, die den Angeklagten entlasten, so sehr an Bedeutung, dass eine niedrigere als die höchste zeitlich begrenzte Freiheitsstrafe dem Strafzweck widersprechen würde, heißt es im Urteil des 5. Strafsenats.

Rolf Seifert wird aufgrund der guten Führung im Strafvollzug bereits im Juni 1990 auf Bewährung entlassen. Die Staatsanwaltschaft Cottbus hatte dagegen nicht widersprochen, was ihr die Schelte des Generalstaatsanwaltes einbrachte. Die Entlassung mit einem Strafrest von sechs Jahren sei zwei Jahre zu zeitig erfolgt. Das Verhalten von Seifert im Strafvollzug sei zu hoch und die Schwere der Schuld zu gering bewertet worden.

Ausweg Tod

»Überraschung«, schallt es Thomas Kaufmann entgegen, als er die Wohnungstür öffnet. Draußen stehen seine Eltern. »Heute kommen wir zu euch, heute trinken wir einen Grog«, erklärt der Vater seinem 31 Jahre alten Sohn und hält ihm triumphierend eine Flasche Rum-Verschnitt entgegen. Zwar wollte Thomas noch einmal außer Haus gehen, wenn der Sandmann vorbei ist und die Kinder im Bett liegen, doch daraus wird nun nichts mehr. Ein Beinbruch ist das nicht. Die Kaufmanns pflegen engen Kontakt, auch Sonja, Thomas' Ehefrau, versteht sich mit den Schwiegereltern gut, auch wenn die immer mal wieder an der Erziehung der beiden Söhne Florian und Mario herummäkeln. Ihre Heimatstadt in der Lausitz bei Cottbus ist klein, da schaut man schon mal bei den Verwandten vorbei, wie an diesem Dienstag Mitte Dezember 1987.

Mario, das fast drei Jahre alte Nesthäkchen, plärrt aus dem Bad, weil Mami ihn aus der Wanne hebt, obwohl er noch im Wasser spielen will. Außerdem darf sein großer Bruder Florian noch drin bleiben. Der Siebenjährige ist froh, dass er endlich das »blöde« Gedicht nicht mehr aufsagen muss, dass er mit Mutti gerade noch einmal gelernt hat.

Da hat der Junge die Rechnung ohne die Oma gemacht. Als er ihr einen Gute-Nacht-Kuss gibt, bittet sie: »Flori, sag mir doch mal dein Gedicht auf. Ich bin gespannt, ob du es gut kannst.« Lust hat das Kind nicht. »Na komm, mach schon«, fordert ihn die Mutter auf. Schon nach dem ersten Vers kommt Florian nicht weiter. Er ist ängstlich, nervös und müde. Wie weggeblasen ist das Gedicht aus seinem Kopf, dabei hat er es vorhin bei Mutti noch fehlerfrei vorgetragen. Er beginnt zu weinen und reagiert bockig.

»Ich sag's dir doch, du kümmerst dich viel zu wenig um den Jungen. Den kannst du nicht alles selbst machen lassen. Um Mario sorgst du dich viel mehr«, bekommt Sonja von ihrer Schwiegermutter zu hören.

»Was weißt du denn. Ich habe ja gerade noch mit ihm geübt, da hat er's gebracht«, schimpft sie zurück. Dieses Reinreden in die Familienbelange geht ihr auf die Nerven. Und die sind in letzter Zeit ohnehin nicht die stabilsten. Ihre Schilddrüse produziert zu viele Hormone, haben die Ärzte festgestellt. Die 28-jährige Frau ist dadurch schnell erregbar, verspürt eine innere Unruhe, schwitzt und hat Herzrhythmusstörungen. Nur die starken Tabletten, die sie seit einem Vierteljahr nimmt, bringen Linderung. Eine Operation ist unabwendbar. Nun hat sie auch noch ein Ekzem an den Händen und ist schon wieder krankgeschrieben. Dabei wird sie im Betrieb bereits schief angeguckt, weil schon wieder Arbeit liegenbleibt. Wie aus der Ferne hört sie die Vorwürfe der Schwiegermutter. Dass sie den Großen vernachlässigt, ihn zu hart anfasst, zu streng zu ihm ist. Dass sie bei Mario vieles durchgehen lässt, ganz anders zu ihm ist, ihn verhätschelt.

»Du bist immer nur die Mutter von einem Kind«, hört sie die Schwiegermutter sagen, die sie Mutti nennt. Weil sie eigentlich auch so fühlt, zumal die Kontakte zu ihren eigenen Eltern unterkühlt und spärlich sind. Ihr Verhältnis ist eng und freundschaftlich – wenn die Schwiegermutter nicht gerade wieder die Erzieherin spielt.

»Mario hinten, Mario vorne, Mario kann das nicht, Mario ist zu klein, Florian, hilf ihm mal, Florian mach du das.« Muttis Vorwürfe nehmen kein Ende. Und Thomas sagt dazu nichts, nickt sogar noch zustimmend.

Ich habe es so satt, frisst Sonja ihren Ärger in sich hinein. Die Stimmung zwischen den Frauen ist im Keller.

»Kannst ja morgen mal zum Kaffee kommen«, versucht die

Schwiegermutter einzulenken, als sie sich schließlich verabschieden.

Es ist spät geworden über die Streiterei beim Grog. Thomas winkt nur ab, als Sonja mit ihm über die »ständigen Spitzen« seiner Mutter sprechen will.

»Ich bin müde, muss morgen zeitig raus«, nuschelt er. »Und so ganz Unrecht hat sie ja nicht. Du ziehst Mario wirklich vor«, sagt er und verschwindet im Schlafzimmer.

Sonja geht ins Bad, schaut in den Spiegel und erschrickt vor sich selbst, so verheult sieht sie aus.

Sie möchte, nein, sie muss mit Thomas reden. Der muss den Eltern verbieten, dass sie in unsere Ehe reinreden und sogar vor den Kindern behaupten, dass ich eine schlechte Mutter bin, nimmt sie sich fest vor.

Thomas aber schläft, als sie zwanzig Minuten später im Schlafzimmer in ihr Bett schlüpft. Auf ihr sanftes Rütteln reagiert er mit einem Knurren. Der kann doch jetzt nicht schlafen. So kann es doch nicht weitergehen, so nicht, weint sie still vor sich hin. Je länger sie grübelt, desto mehr formt sich in ihrem Kopf ein entsetzlicher Plan.

Sonja Kaufmann wächst, wie es im amtlichen Sprachgebrauch heißt, in geordneten Familienverhältnissen auf. Die Erziehung der Kinder – die Schwester ist elf Jahre jünger – liegt in den Händen der Mutter. Sie ist Hausfrau, der Ehemann ist oft wochenlang, manchmal über Monate beruflich im Ausland tätig. Das Regime daheim ist streng. Widerspruch wird nicht geduldet. Sonjas Schwester hat es besser, sie hat mehr Freiheiten als die Große. Die vermisst die Liebe der Eltern, verschließt sich, weiß oft nicht, wohin mit ihren Problemen. Hinzu kommt, dass es an der Erweiterten Oberschule nicht mehr so gut läuft. Die Leistungen sacken ein wenig ab, eine Note drei ist für die Eltern aber nicht akzeptabel. Biologie und Zeichnen interessieren die Pennälerin, bei einem Maler hat sie privat Unterricht genommen. In diesen Fächern hat die Heranwachsende ihre Stärken, die sie zum Beruf machen will. Sie bewirbt sich in der elften Klasse in Halle an der Hochschule für industrielle Formgestaltung, will praktische, aber dennoch schicke Möbel gestalten. Nach der mehrtägigen Eignungsprüfung ist die inzwischen 17-Jährige voller Hoffnung – und wird enttäuscht. Andere waren besser oder hatten bessere Beziehungen, ihre Bewerbung wird abgelehnt. Sonja bekommt nach dem Abitur in Leipzig einen Studienplatz für sozialistische Betriebswirtschaft angeboten, und die Eltern bedrängen sie, diese Chance zu nutzen. Für die junge Frau ist es eine Notlösung. Sie hat keine Ahnung, was ihr dort beigebracht werden soll, und will nach einem Jahr alles hinschmeißen. Der ganze Stoff ist trocken und ihr gänzlich unverständlich. Die Gastronomie würde ihr mehr zusagen, doch die Eltern lehnen einen Wechsel der Studienrichtung kategorisch ab.

»Was man angefangen hat, muss man auch zu Ende bringen«, trichtern sie der Tochter ein. Sie bleibt bei den Betriebswirtschaftlern, zumal auch Thomas, den sie 1979 heiratet, an ihrer Hochschule studiert. Noch während des Studiums wird Florian geboren.

Die junge Familie zieht es nach Potsdam oder Rostock, doch die Bewerbungen scheitern immer wieder an fehlenden Wohnungen. In der Lausitz haben sie mehr Chancen. Im Zentrum der Kohle- und Energiewirtschaft der DDR wird viel gebaut, und die nach der Wende verpönten Plattenbauten sind bei jungen Familien heiß begehrt. Kaufmanns bekommen keine Neubauwohnung, die mit Fernwärme beheizt wird, doch wenigstens eine, die über eine mit Kohle befeuerte Etagenheizung verfügt. Außerdem wohnen in dem Lausitzer Städtchen die Eltern von Thomas. Oma und Opa in der Nähe zu wissen ist eine große Hilfe, selbst wenn Florian und der jüngste Sprössling Mario in Kindergarten und -krippe gehen. Das Verhältnis von

Sonja zu den eigenen Eltern ist nach der Heirat noch schlechter geworden. Thomas stammt aus einfachen Familienverhältnissen, seine soziale Herkunft passt ihnen nicht.

Die Familie wird sesshaft und richtet sich ein im kleinstädtischen Leben. Er ist Produktionsdirektor, sie arbeitet als Diplomingenieurin und leitet einen Sachbereich in einem Wohnungsunternehmen. Finanziell geht es ihnen inzwischen gut, sie schmieden Zukunftspläne mit einem neuen Auto, Reisen, einer modern eingerichteten Wohnung, vielleicht sogar einem eigenen Häuschen im Grünen. Das Einmischen der Schwiegermutter in die Erziehung der Kinder ärgert Sonja zwar, doch sie nimmt es hin. Ernsthafte Streitigkeiten erwachsen daraus nicht. Die Kritik an ihrer Arbeit im Betrieb dagegen belastet sie sehr, sie ist regelrecht schockiert über das, was ihr vorgeworfen wird. Hinzu kommen Krankheiten, die alles noch schlimmer machen.

Ihr ganzes bisheriges Leben zieht in dieser Nacht in Bildern, Episoden und Erinnerungen an Schönes und Verdruss, an Kritik und Unerreichtes vor ihrem geistigen Auge vorüber. Sie ist aufgewühlt und angespannt. In diesem Moment fasst sie den Entschluss: Ich kann nicht anders, ich tue es!

Der nächste Morgen beginnt wie immer unter der Woche im Hause Kaufmann. Morgens halb sechs Uhr klingelt der Wecker. Es muss alles schnell gehen. Zuerst verlässt Thomas die Wohnung. Ein flüchtiger Kuss, dann ist er weg. Florian muss sich beeilen, denn seine Schule beginnt bereits um sieben Uhr. Sonja Kaufmann wäscht das Geschirr ab, putzt die Wohnung – und räumt ihre Sachen aus dem Kleiderschrank. Unterwäsche, Hosen, Röcke, Kleider, Pullover, Blusen, Schuhe – alles wandert in den Ofen. Sonja setzt sich an den Tisch und beginnt einen drei Seiten langen Brief zu schreiben:

»Lieber Thomas!

Erst neulich haben wir einen blöden Film mit einem Selbstmord gesehen, und ich habe mich über die totale Sinnlosigkeit darin geäußert. Seit gestern Abend sehe ich das nun ein bisschen anders …«

Liebevoll nimmt die Mutter ihren Mario in die Arme. Im Tee, den sie ihm zu trinken gibt, sind 15 Tabletten aufgelöst. Als der Kleine schläfrig wird, zieht sie ihm seine schönsten Sachen an, geht mit ihm ins Schlafzimmer und spielt Domino, bis er einschläft. Sie selbst schluckt 40 bis 50 Tabletten verschiedener Sorten. Pillen hat sie genug daheim. Im Badezimmer holt sie eine Rasierklinge ihres Mannes. Mario schläft tief und fest. Sie will ihm nicht wehtun, Schmerzen soll er nicht haben. Die Mutter ritzt ihrem Kind beide Handgelenke auf. Blut aber fließt nur spärlich. Sie versucht es am Hals. Nun kommt mehr. Das Kopfkissen färbt sich rot. »Verzeih mir, mein Sohn«, flüstert sie und gibt ihm einen letzten Kuss. Dann setzt sie die Rasierklinge bei sich selbst an: an den Pulsadern, in den Armbeugen. Sonja hat den aus ihrer Sicht einzig möglichen Ausweg aus ihrer Zwangslage gewählt.

Am frühen Nachmittag, kurz vor 14 Uhr kommt Thomas Kaufmann zufällig nach Hause. Er hat wichtige Unterlagen für eine Arbeitsbesprechung vergessen. Im Schlafzimmer sieht er seine Frau und den Sohn. Er schafft sie im eigenen Auto in das nahe gelegene Krankenhaus. Beide überleben. Die Gerichtsmediziner beschreiben die Schnittverletzungen als »kratzerartige Verletzungen der oberen Hautschichten ohne Verletzungen unterer Gefäße. Weder die Verletzungen noch die Tabletten waren geeignet, den Tod herbeizuführen.«

Die Staatsanwaltschaft klagt die inzwischen 29 Jahre alte Sonja Kaufmann wegen versuchten Totschlags an ihrem Sohn an. In der Beweisaufnahme vor dem Bezirksgericht, das Anfang April 1988 über die Anklage verhandelt, spielt neben dem Geständnis der Angeklagten ihr Abschiedsbrief an den Ehemann eine große Rolle. Darin kommen die ganze innere Zerrissenheit der Frau und die scheinbare Ausweglosigkeit einer Lage zum Ausdruck, in die sie wegen der regelmäßigen Auseinandersetzung über die Erziehung der Kinder geraten ist. Es ist der Brief einer liebenden und verzweifelten Mutter, die ihren Sohn Mario mit in den Tod nehmen will, weil sie befürchtet, dass er ohne sie all das an Härte hätte ertragen müssen, wovor sie ihn beschützte. Sie sorgt sich darum, dass Florian seine Weihnachtsgeschenke bekommt, die sie schon beschafft hat, und dass Thomas ihren Schmuck verkauft. Das Geld, sie hofft auf 3000 Mark Erlös, soll der Ehemann auf das Konto von Florian überweisen. Ihre Sachen habe sie verbrannt, weil ja keiner aus der Familie die Garderobe einer Selbstmörderin tragen würde und Thomas sich damit nicht auf den Flohmarkt stellen sollte. Zum Schluss heißt es: »Ich muss jetzt erst mal für Mario das Bettchen machen und ihn niedlich anziehen. Es verabschiedet sich von dir und Florian eure euch immer liebende Frau und Mutti.«

Das Bezirksgericht verurteilt Sonja Kaufmann wegen versuchten Totschlags zu einer Freiheitsstrafe von 18 Monaten. Es folgt der Einschätzung des psychiatrischen Sachverständigen, dass die Angeklagte zum Zeitpunkt der Planung des erweiterten Selbstmordes und der Tatausführung nahe an einer Depression und damit vermindert schuldfähig war. Dass sie Mario mit in den Tod nehmen wollte, sei nicht kriminell motiviert gewesen. Vielmehr habe sie sich in den Gedanken hineingesteigert, dass er ohne seine Mutter keine positiven Lebenschancen hätte und dass Ehemann und Schwiegereltern ihn nicht liebevoll genug versorgen würden.

Im Dezember 1988 wird sie auf Bewährung aus der Haft entlassen.

Ehrenmord

Die Feier in einer lauen Juninacht des Jahres 1981 im Garten der Gaststätte »Friedrich« in Altdorf in der Nähe von Cottbus ist stimmungsvoll. Die zehn Freundinnen und Freunde aus der Gemeinde sind alle um die zwanzig Jahre jung und kennen sich schon lange. Die Clique hält zusammen, auch wenn es manchmal Streit gibt. Essen, trinken, Musik hören, tanzen und quatschen über dieses und jenes – es ist eine friedliche Party bis zu jenem verhängnisvollen Streit, bei dem Tobias Lahnke (20) und Hans-Klaus Kotte (21) aneinander geraten. Es ist nicht der erste Machtkampf zwischen den beiden jungen Männern – doch so heftig war er noch nie entbrannt.

Am 7. Juni 1981 um 1.15 Uhr schrillt beim Deutschen Roten Kreuz in Calau der Notruf. 15 Minuten später ist der Notarzt bei einem Verletzten, der unweit der Wiese, auf der es zuvor so lustig zugegangen ist, in seinem eigenen Blut liegt und vor Schmerzen stöhnt. Hans-Klaus Kotte drückt seine Hände auf den Bauch, die Freunde, die sich rings um ihn versammelt haben, versuchen, ihn zu beruhigen. Der Arzt bemerkt eine etwa drei Zentimeter große, klaffende Wunde im Unterleib. Die stammt ganz offensichtlich von einem Messer. Der Verletzte hat einen Schock erlitten. Der Notarzt stillt die äußere Blutung und versucht, den Kreislauf zu stabilisieren, damit das Opfer mit dem Sankra ins Krankenhaus gebracht werden kann. Vergeblich. Um 1.55 Uhr verschlechtert sich der Zustand des Patienten erheblich, seine Atmung setzt aus. Herzmassagen und Mund-zu-Mund-Beatmung sind die letzten, verzweifelten Versuche, den jungen Mann ins Leben zurückzuholen. Es gelingt nicht. Um 2.10 Uhr ist er tot. Hans-Klaus Kotte ist innerlich verblutet.

Lähmendes Entsetzen breitet sich unter denen aus, die gerade noch lustig gefeiert haben. Einer von ihnen aber fehlt: Tobias Lahnke. Er ist spurlos verschwunden. Die vom DRK verständigte Polizei leitet die Fahndung nach ihm als mutmaßlichem Mörder ein, die Morduntersuchungskommission aus Cottbus nimmt ihre Arbeit auf.

Hans-Klaus Kotte, das ist nach den ersten Zeugenbefragungen schnell klar, ist Opfer einer Familienauseinandersetzung geworden, eines Ehrenmordes. Kotte ist mit Daniela Lahnke verlobt. Seit einem Jahr wohnt er mit ihr, ihren Brüdern Tobias und Andreas und deren Mutter im Haus der Lahnkes. Das Zusammenleben der Familie, zu der Hans-Klaus Kotte durch die Heirat mit Daniela bald ganz dazu gehören will, funktioniert im Normalfall. Wenn Kotte und Tobias Lahnke allerdings betrunken sind, geht es heftig zur Sache.

Tobias hat nach der Scheidung der Eltern die Genossenschaftsanteile des Vaters in der LPG Tierproduktion des Nachbardorfes übernommen und arbeitet dort als Tierpfleger. Weil er nun LPG-Mitglied ist, darf die Familie weiter im Haus wohnen bleiben. Tobias fühlt sich als Hausherr und Beschützer seiner Schwester Daniela. Wenn es Zank zwischen den jungen Männern gibt, dann geht es um sie. Kotte ist eifersüchtig, Daniela zürnt, wenn ihr Verlobter zu gut Freund mit dem Alkohol ist. Und wenn Tobias sich einmischt und schlichten will, um seine Schwester vor Tätlichkeiten ihres Verlobten zu schützen, dann fliegen nicht nur die Worte, sondern auch Kaffeetassen, Blumenvasen und die Fäuste der Männer. Einmal musste sogar die Mutter eingreifen und ihren Sohn mit der Taschenlampe in der Hand gegen den körperlich überlegenen Kotte verteidigen, um ihn vor Schaden zu schützen. Am nächsten Tag versöhnt man sich, und die Normalität hält wieder Einzug in Lahnkes Haus.

In der Tatnacht aber entbrennt der Streit nicht wie sonst üblich im heimischen Wohnzimmer, sondern auf dem Gartenfest. Wieder ist Zoff zwischen den Verlobten der Auslöser. Weil sich nach Ansicht von Hans-Klaus seine Daniela zu intensiv mit anderen Teilnehmern der Gartenfeier beschäftigt und zu innig mit den Jungs tanzt, rastet Kotte aus. Er knöpft sich Daniela vor, schubst und beleidigt sie, und sie hält dagegen.

»Du säufst ja nur rum und kümmerst dich gar nicht um mich«, giftet die junge Frau. Die Wütenden sind kaum auseinander zu bringen. Tobias Lahnke versucht es. Er schiebt sich zwischen die Streithähne, um sie voneinander zu trennen. Der Beschwichtigungseinsatz misslingt, weil ein Schlag von Kotte mitten im Gesicht von Tobias landet. Der ist nach fünf doppelten Schnäpsen und zehn Flaschen Bier in aggressiver Stimmung und schwört Rache. Das ist jetzt zu viel, gärt es in ihm. Dabei ist die Wut über den Hieb von Kotte größer als der Schmerz am Kopf. Jetzt ist endgültig Schluss mit dem Kerl. Der hat meine Schwester doch gar nicht verdient, beschließt Tobias Lahnke.

Er will ihn töten und geht sofort an die Verwirklichung seines Mordplans. Eine volle Bierflasche scheint ihm die leicht greifbare und auch geeignete Waffe zu sein. Lahnke geht davon aus, dass Kotte hinüber ist, wenn er sie ihm mit voller Wucht auf den Schädel schlägt. Entschlossen schnappt er sich eine Flasche vom Tisch, der in der Nähe steht, und bemerkt in seiner Erregung nicht einmal, dass er das Tischtuch mit packt und den Tisch damit leerfegt. Zum Glück ist sein Bruder Andreas zur Stelle, der ihm gemeinsam mit seinem Freund Martin Zuschke die Flasche entreißen kann.

»Tobias, mach keinen Quatsch. Das bringt doch nichts. Lass den Kotte sein. Der kriegt sich schon wieder ein«, versucht er den Bruder zu beschwichtigen. Andreas ist überzeugt, dass Tobias wild entschlossen ist, dem Kotte einen richtigen Denkzettel zu verpassen.

Kurz vor ein Uhr nachts scheinen sich die Gemüter beruhigt zu haben. Wer noch nicht genug hat, setzt sich mit einem Bier an den Tisch oder diskutiert in kleiner Runde die Schuldfrage bei der Streiterei. Tobias Lahnke hat sofort nach dem Einschreiten der Schlichter das Gelände verlassen. Innerlich aber ist der 20-Jährige alles andere als besänftigt.

»Den steche ich nieder«, steht sein Entschluss nach dem gescheiterten Versuch mit der Bierflasche fest. Bis zu seinem Wohnhaus sind es nur 150 Meter. Dort rennt er hin, klettert über den Zaun, steigt durch ein Fenster ins Haus ein, in dem die Mutter nichtsahnend schläft.

Seit drei Wochen liegt im Wohnzimmer ein Bajonett, das von einem Karabiner stammt. Er hatte es beim Aufräumen im Haus gefunden. Die Klinge ist knapp 25 Zentimeter lang und zwei Zentimeter breit. Er steckt sich die Nahkampfwaffe in den Hosenbund, der Schaft ragt griffbereit heraus. So, wie er gekommen ist, verlässt Tobias Lahnke das Haus und geht entschlossen Richtung Garten zurück. Auf halbem Weg kommt ihm erneut Martin Zuschke in die Quere. Er sieht das Messer und will es Tobias wegnehmen. Der aber ist schneller und richtet es drohend auf Zuschke.

»Hau ab, sonst bist du auch dran«, droht er dem Freund. Aus den Augenwinkeln beobachtet Lahnke, dass ihm sein Widersacher vom Garten her entgegenkommt. Zuschke will Hans-Klaus Kotte noch warnen, doch es ist zu spät.

»Dich bringe ich um.« Mit diesen Worten stürzt Lahnke sich auf den Verlobten seiner Schwester. Der ist kräftiger und versucht noch, den Angriff abzuwehren. Beide gehen bei der Rangelei in die Knie. Der Mörder hält das Messer waagerecht in der Hand, holt blitzschnell aus und stößt dem Peiniger seiner Schwester das Bajonett mit aller Kraft in den Leib. Es ist ein bewusst gesetzter Stich in den Bauch und in die dort befindlichen lebenswichtigen Organe. Beim Herausziehen des Bajonetts registriert der Täter das Blut an der Klinge. Dann wirft er die Waffe hinaus in die Dunkelheit der Nacht. Am nächsten Tag wird das Kriegsmesser nur wenige Meter vom Tatort entfernt auf der Wiese gefunden. Tobias Lahnke rennt davon.

Bei der Obduktion der Leiche von Hans-Klaus Kotte stellen die Gerichtsmediziner fest, dass das Bajonett die Bauchschlagader getroffen hat. Dadurch drang Blut in den Bauchraum. Das Opfer hatte keine Überlebenschance. Die Tiefe des Stichkanals entspricht der Länge der Bajonettklinge – sie wurde bis zum Heft in den Körper gerammt.

Zunächst ist es Selbsterhaltungstrieb, der Tobias Lahnke zur Flucht treibt. Er befürchtet, dass die Freunde von der Gartenfete das Recht in die eigenen Hände nehmen. Außerdem hat er Angst vor dem Gefängnis. Dann sind es Selbstmordgedanken, die ihn zwölf Kilometer durch die Nacht zur Bahnstrecke zwischen Senftenberg und Cottbus treiben.

Ich schmeiß mich vor einen Zug, dann ist alles vorbei, malt er sich sein Ende aus. Doch als ein Güterzug auf dem Bahnhof der Kleinstadt, die er erreicht hat, an ihm vorbeirattert, verlässt ihn der Mut. Er setzt sich unter eine Brücke, die die Fernverkehrsstraße 169 überspannt, und will dort auf seine Mutter warten. Die kommt gewöhnlich auf der Heimfahrt von der Nachtschicht in Cottbus nach Altdorf an dieser Stelle vorbei. Von ihr erhofft er sich Zuspruch und Hilfe. Dass es Wochenende ist und die Mutter frei hat, fällt ihm nicht ein. Über die Warterei verfällt er bis zum Morgengrauen in einen unruhigen Schlaf. Nach dem Aufwachen macht sich Tobias Lahnke aus eigenem Antrieb auf den Weg zur nächsten Polizeiwache, um sich zu stellen. Bevor er dort ankommt, wird er nach Hinweisen aus der Bevölkerung von einer Polizeistreife gestellt und festgenommen. Noch am gleichen Tag legt er schriftlich ein Geständnis ab. Darin und bei Vernehmungen durch die Kripo macht er kein Hehl daraus, dass er Kotte unbedingt töten wollte, weil der ständig mit seiner Schwester Streit vom Zaun gebrochen habe und sie ihn deshalb nicht heiraten sollte.

»Ich habe in den Bauch gestochen, da mir bekannt war, dass sich im Bauch Organe befinden, die lebenswichtig sind, und dass es beim Verletzen dieser Organe mit großer Wahrscheinlichkeit zum Tod kommt, was ja mein Ziel war«, sagte er aus. Dass er den Konflikt in der Tatnacht auch hätte anders klären können, weiß er.

»Ich hätte mich einfach mit ihm schlagen können. Dann hätte ich Prügel bekommen. Ich hätte auch die anderen bitten können, mir zu helfen. Ich hätte auch einen Stock oder einen Stein nehmen können, um ihm Angst einzujagen. Doch als ich den Schlag von Kotte ins Gesicht bekam, fasste ich den Entschluss, ihn umzubringen.«

Das Bezirksgericht Cottbus verurteilt Tobias Lahnke im November 1981 wegen Mordes zu 15 Jahren Freiheitsstrafe. Es folgt damit nicht dem Antrag des Staatsanwaltes, der in seinem Plädoyer eine lebenslange Strafe gefordert hat. Die Richter werten in der Urteilsbegründung strafmildernd, dass Kotte seinen späteren Mörder zu rasender Wut getrieben hatte. Er hatte dessen Schwester vor den Augen anderer Leute beleidigt und ihn geschlagen, als er die Auseinandersetzung schlichten wollte.

Die Staatsanwaltschaft legt Protest gegen das aus ihrer Sicht zu milde Urteil für diesen Ehrenmord ein. Schließlich habe der Täter zielstrebig und mit großer Hartnäckigkeit sowie hoher Intensität seine Mordabsicht verwirklicht. Bevor sich das Oberste Gericht der DDR mit der Sache befasst, zieht die Generalstaatsanwaltschaft den Protest jedoch zurück. Im Oktober 1990 wird Lahnke aus der Justizvollzugsanstalt auf Bewährung entlassen.

Tanz ins Unglück

Der Schienenbus T18 118 verlässt am Freitag, dem 1. März 1980, planmäßig um 22.53 Uhr den Bahnhof Eberswalde. Fahrtziel ist Templin. Viele Plätze im Wagen sind leer. Die Fahrgäste lesen in Büchern, unterhalten sich leise oder dösen ihrem Zuhause entgegen. Vorn im Cockpit ist Triebfahrzeugführer Michael Pahl hochkonzentriert. Sein Blick schweift kaum vom Schienenstrang ab. Die Nacht wird von den Scheinwerfern seines Fahrzeuges auf vielleicht 50 Meter durchbrochen. Neun Minuten sind seit der Ausfahrt vergangen, der Streckenkilometer 46 gerade passiert, als er im Lichtkegel schemenhaft die Silhouetten zweier Menschen erkennt, die unmittelbar am Gleis Richtung Angermünde laufen. Michael Pahl reagiert sofort. Das plötzliche Kreischen der Bremsen schreckt die Fahrgäste auf. Sie werden in ihren Sitzen durchgerüttelt und halten sich krampfhaft fest. Pahl sieht im Führerstand das Unheil kommen. Der Bremsweg ist zu kurz, den Aufprall auf die vor dem Zug Laufenden kann er nicht mehr verhindern.

Wenige Meter weiter kommt der Schienenbus zum Stehen. Bleich vor Entsetzen springt Pahl aus seinem Führerstand und läuft nach hinten. Gerade rappeln sich zwei Menschen auf die Beine. Sie sind unverletzt. Im letzten Moment hat die junge Frau ihren Begleiter vor dem herannahenden Zug zur Seite gerissen. Sie hat ihm das Leben gerettet.

»Seid ihr denn verrückt?«, brüllt der Eisenbahner dem Paar entgegen. Schreck und Erleichterung zugleich bestimmen die Lautstärke seiner Stimme.

»Ist ja gutgegangen«, nuschelt der Mann mit alkoholschwerer Zunge zur Entschuldigung. Eisenbahner Pahl notiert sich dessen Personalien, ermahnt die Spaziergänger, sich von den

Gleisen fernzuhalten, und setzt die Fahrt fort. Die beiden verschwinden in der Dunkelheit. Sie benutzen nun den Waldweg, der neben den Bahngleisen verläuft. Fünf Minuten Verspätung hat Pahl der unfreiwillige Stopp eingebracht. Am Morgen um fünf Uhr, nach Schichtschluss, meldet er den Vorfall auf dem Revier der Transportpolizei in Eberswalde. Unter Nummer 473 des Tätigkeitsbuches wird das Vorkommnis samt Personalien des Mannes festgehalten, der sein Leben nur dem beherzten Eingreifen seiner Begleiterin verdankt.

Am Sonntag, dem 2. März, gegen 14.30 Uhr laufen zwei Freunde aus Eberswalde-Finow am Oder-Havel-Kanal entlang. In der Nähe der Bahnunterführung und zwanzig Meter vom Kanal entfernt am Fuße der Böschung finden sie eine junge Frau. Sie liegt auf dem Bauch. Die Jugendlichen drehen sie auf den Rücken. Die Brüste der Frau sind entblößt, die Hose geöffnet. Ob sie noch lebt, können sie nicht feststellen. Über das nächste Telefon beim Pförtner des nahe gelegenen VEB Kraftverkehr wird die Polizei alarmiert. Nur wenige Minuten später ist der erste Streifenwagen vor Ort. Der Puls der bewusstlosen Frau schlägt schwach. Als sie kurz vor 16 Uhr auf die Intensivstation des Kreiskrankenhauses Eberswalde gebracht wird, ist ihr Gesundheitszustand lebensbedrohlich. Ob sie den Kampf gegen den Tod gewinnt, ist ungewiss. Mit Hilfe ärztlicher Kunst und ihrem eisernen Willen schafft sie es. Die Ärzte des Krankenhauses und ein Gerichtsmediziner diagnostizieren schwere Drosselverletzungen mit Blutungen am und im Hals und Verletzungen im Genitalbereich. Der Täter hat die Frau vergewaltigt und fast getötet. Durch die Drosselung wurde die Gehirndurchblutung reduziert. Der daraus resultierende Sauerstoffmangel hat Gehirnzellen geschädigt. Die junge Frau muss künftig mit einem erhöhten Risiko epileptischer Anfälle leben.

Das Opfer ist die 18 Jahre alte Claudia Kranzler aus einem Ort unweit von Eberswalde. Am 1. März war sie kurz vor

18 Uhr aus dem Haus ihrer Eltern gegangen, um an der Betriebsfeier des HO-Kreisbetriebes teilzunehmen, in dem sie als Verkäuferin arbeitet. Für 23 Uhr hatte sie ihre Rückkehr angekündigt. Der Bruder sollte sie mit dem Auto am Bahnhof abholen, damit sie die Strecke bis nach Hause nicht allein durch die Nacht zurücklegen muss. Der aber wartete vergeblich.

Die Ermittler der Morduntersuchungskommission aus Frankfurt (Oder) erleben die erste Überraschung, als sie bei Nachfragen im Betrieb erfahren, dass Claudia trotz fester Zusage gar nicht beim Betriebsfest gesehen wurde. Dabei hatte sie sich angeblich so auf die Feier gefreut.

Da die junge Frau in ihrem Heimatort nachweislich in den Zug nach Eberswalde eingestiegen war, richten sich die Recherchen auf das Umfeld des Bahnhofs, zumal sie von dort aus mit der Mutter telefoniert hatte. In der Mitropa und auch in einer Gaststätte in Bahnhofsnähe ist Claudia von Zeugen gesehen worden. Zunächst war sie allein, später in Begleitung eines jungen Mannes. Seine Identität bleibt den Kriminalisten zunächst aber verborgen.

»Und dann hatten wir großes Glück«, erinnert sich der einstige Leiter der MUK, Gerald Buchwalder. »Wir sind bei der Transportpolizei auf den Vorfall mit dem Triebwagen am 1. März und dem fast tödlichen Unfall gestoßen. Das war nur ein paar hundert Meter von der Stelle entfernt, wo später das Opfer gefunden wurde. Der Beschreibung nach handelte es sich bei der Frau um Claudia Kranzler. Damit war für uns jener Mann, den sie vor dem Zusammenprall mit dem Zug gerettet hat, der dringend tatverdächtige Vergewaltiger.«

Günter Tänzer heißt dieser Mann. Er ist 32 Jahre alt, wohnt in Eberswalde und hat einen Nebenwohnsitz bei einer Vermieterin in Angermünde. Der Arbeiter aus dem VEB Walzwerk ist für die Polizei kein Unbekannter. Und für die Stasi schon gar nicht.

»Bei den Ermittlungen zu Kapitalverbrechen war immer, auch diesmal, eine Spezialkommission des MfS vor Ort. Die haben von uns stets eine komplette Ermittlungsakte bekommen und waren so auf dem aktuellsten Stand«, erklärt Buchwalder die Normalität in der damaligen Zeit.

»Sicher haben sie daraus Informationen für ihre eigenen Zwecke gezogen, aber uns auch Erkenntnisse weitergegeben, die zur Klärung von Verbrechen beitragen konnten.« So wird schnell bekannt, dass Tänzer einen Ausreiseantrag in die Bundesrepublik Deutschland gestellt hat, der auch genehmigt wurde. Der 32-Jährige musste nur noch ein Hindernis aus dem Weg räumen: 3000 Mark Schulden, die aus Schadenersatzansprüchen von früher begangenen Straftaten stammen. Zwischen 1971 und 1977 wurde er viermal zu Freiheitsstrafen verurteilt, weil er betrunken Auto gefahren war, mehrere Diebstähle begangen und zuletzt zweimal versucht hatte, eine Frau zu vergewaltigen. In beiden Fällen hatte er sein Opfer von hinten angefallen, am Hals gewürgt und wollte es zur Duldung sexueller Handlungen zwingen. Die Frauen hatten sich erfolgreich gewehrt, und Tänzer wurde sofort gestellt.

Doch jetzt ist Tänzer verschwunden. Das letzte Mal wird er am 2. März im Umkleideraum des Walzwerkes von einem Kollegen gesehen, als er sich morgens dort duscht, obwohl er an diesem Tag frei hat.

In seinen Wohnungen in Eberswalde und Angermünde taucht Günter Tänzer nicht auf. Als erfahrener Krimineller geht er davon aus, dass sie von der Polizei überwacht werden. Es liegt nahe, nach Tänzer öffentlich zu fahnden. Eine Maßnahme, die in der Führung der Kriminalpolizei der Bezirkspolizei-Behörde in Frankfurt (Oder) fast schon beschlossen ist.

»Wir in der MUK haben davon nicht so viel gehalten, weil wir befürchteten, dass Tänzer aufgeschreckt wird«, schildert Buchwalder die damalige Diskussion. »Wir wussten ja, dass er einen Termin bei der Abteilung Inneres des Rates des Kreises hatte, um seine Schulden vor der Ausreise zu bezahlen.« Intern waren natürlich alle Vorkehrungen getroffen, um Tänzer sofort festzunehmen. »Mit jeder Stunde, die er verschwunden blieb, wuchs die Nervosität. Am Ende aber hat sich das Risiko gelohnt«, ist Buchwalder noch heute zufrieden mit dem Schachzug.

Am 4. März 1980 wird Günter Tänzer ganz unspektakulär und ohne Aufsehen verhaftet. Der Bericht von Hauptwachtmeister Heidam von der Transportpolizei Eberswalde ist fast dröge: »Am 04. März 1980 versah ich meinen Dienst als Streifer auf dem Personenbahnhof Eberswalde. Während meiner Diensttätigkeit erhielt ich vom Diensthabenden die Information, dass durch die Kriminalpolizei der Bürger Tänzer im Zusammenhang mit einer schweren Straftat gegen die Persönlichkeit gesucht wird. Bei der Kontrolle der Gaststättenräume der Mitropa Eberswalde stellte ich um 14.37 Uhr fest, dass der Tänzer vorn am Büffet stand und zwei Glas Bier leerte. Ich trat an Tänzer heran und forderte diesen auf, zur Klärung eines Sachverhalts mit zur Dienststelle der Transportpolizei zu kommen. Er kam dieser Aufforderung mit den Worten nach, warum er mitkommen soll.«

Nur sieben Minuten vor seiner Verhaftung ist Tänzer mit dem Zug aus Bernau in Eberswalde eingetroffen.

Die Beweislast gegen den Verhafteten ist erdrückend. Bei der Untersuchung des Spermas aus der Scheide des Opfers kann die Blutgruppe des mutmaßlichen Täters bestimmt werden. Tänzer hat dieselbe. Die Gerichtsbiologen schließen aus, dass das Sperma aus einem Geschlechtsverkehr stammt, der vor der Tat stattgefunden hat. Ein Beweis ist das allerdings noch nicht, zumal in der Spermaprobe, die der Beschuldigte abgibt, nicht die passenden Blutgruppenmerkmale enthalten sind. Weitere Untersuchungen ergeben, dass Tänzer zeitweilig ein Nonsekretor ist, also jemand, der mit Körperflüssigkeiten keine Blutgruppen-Antigene ausschüttet. Damit ist zumindest klar, dass Tänzer als Verursacher der Antigen-haltigen Spermaspuren nicht ausgeschlossen werden kann.

Die kriminaltechnische Auswertung der Faserspuren ergibt, dass Proben vom Parka, der Hose und dem Pullover, die Tänzer zur Tatzeit trug und die bei den Wohnungsdurchsuchungen gefunden wurden, mit den zahlreichen Fremdfasern an der Bekleidung des Opfers wie Strumpfhose, Schlüpfer, Unterhemd und Pullover übereinstimmen. Zudem schließen die Gerichtsmediziner anhand der Verletzungen im Genitalbereich des Opfers einen einvernehmlichen Geschlechtsverkehr aus. Hinzu kommen Zeugenaussagen wie die des Triebfahrzeugführers Michael Pahl, der Täter und Opfer eindeutig als jenes Paar identifiziert, das er in der Nacht zum 2. März fast umgefahren hätte. Claudia Kranzler selbst kann sich allerdings nur bruchstückhaft an die Zeit vor der Tat und an die Tat selbst erinnern, weil sie aufgrund des Sauerstoffmangels im Gehirn erhebliche Gedächtnislücken hat.

Tänzer legt angesichts des Belastungsmaterials ein Geständnis ab. Er verzichtet im Ermittlungsverfahren ausdrücklich auf einen Verteidiger.

»Ich habe diese Angaben von mir aus gemacht, weil ich selbst bestrebt bin, die volle Wahrheit zu sagen«, diktiert er in die Vernehmungsprotokolle.

Es ist der Zufall, der Günter Tänzer und Claudia Kranzler an jenem 1. März 1980 zusammenführt. Tänzer ist schon am Vormittag mit dem Zug von Angermünde aus in Eberswalde eingetroffen. Er benötigt vom Hausvertrauensmann seiner Hauptwohnung in Eberswalde eine Bescheinigung, dass er keine Mietschulden hinterlässt und schuldenfrei ist. Mit dem Papier in der Tasche, das ihn der ersehnten Freiheit in der Bundesrepublik wieder ein Stück näherbringt, genehmigt er sich in der Mitropa-Gaststätte die ersten Gläser Bier. Im Laufe des Tages pendelt er zwischen Mitropa und verschiedenen Gaststätten in der Stadt hin und her. Kurz nach 18 Uhr fällt ihm Claudia Kranzler das erste Mal auf. Er kennt das Mädchen mit den dunkelbraunen, leicht gewellten Haaren, das bis über ihre Schultern reicht, nicht. Sie ist schick gekleidet mit einer dunklen Tuchhose und einer dunkelbraunen Jacke. Dazu passend trägt sie eine moderne braune Handtasche bei sich. Tänzer kann das Mädchen, das er auf 18 bis 19 Jahre schätzt, in aller Ruhe betrachten, denn sie geht direkt an ihm vorbei in den Wartesaal für Reisende und setzt sich zu einem Mann an den Tisch. Der Wartesaal gehört zur Mitropa, doch Platz nehmen dürfen darin nur Inhaber eines gültigen Fahrscheines. Claudia nimmt keine Notiz von ihm. Tänzer langweilt sich. Sein Zug nach Angermünde fährt erst um 22.45 Uhr vom Bahnsteig drei. Da muss er nicht erst in den Fahrplan schauen, das hat er als erfahrener Pendler im Kopf. Er hat zwar in Eberswalde seine Hauptwohnung, doch bei der Wirtin in Angermünde, seiner Geburtsstadt, fühlt er sich wohler. Er beschließt, frische Luft zu schnappen. Vom Zigarettenqualm in der Gaststätte und dem Bier brummt ihm der Schädel.

Ohne Ziel schlendert der 32-Jährige durch die Straßen und kehrt gegen 21 Uhr zurück. Draußen steht das Mädchen und blickt gelangweilt und traurig umher. Der kontaktfreudige Tänzer spricht Claudia Kranzler an. Er kennt die junge Frau zwar nicht, sie hat ihn allerdings schon ein paar Mal flüchtig auf Zugfahrten von und nach Eberswalde gesehen. Sie haben noch nie ein Wort miteinander gewechselt, doch jetzt hat sie nichts gegen ein Gespräch, das ihr die lange Wartezeit verkürzt. Sie erzählt ihm von der verpassten Betriebsfeier in der Tierparkgaststätte und dass sie um 22.45 Uhr mit dem Zug Richtung Angermünde nach Hause fährt.

»Prima, ich will auch nach Angermünde. Da können wir ja

ein Stück gemeinsam zurücklegen«, bietet Tänzer seine Begleitung an. Da noch Zeit ist, lädt er Claudia in den »Goldenen Anker« ein, eine Gaststätte in der Nähe, die er gut kennt. Sie trinken zwei Biere, Tänzer kauft beim Wirt noch fünf Flaschen, die er in seinen Stoffbeutel steckt, und bezahlt die ganze Zeche. Beide schlendern zum Bahnhof und zum Bahnsteig drei. Der Personenzug steht schon bereit, obwohl noch eine halbe Stunde Zeit bis zur Abfahrt ist. Dass sie die einzigen im Wagen bleiben, fällt ihnen nicht auf. Erst ein Schaffner macht sie von draußen durch Klopfen gegen die Fensterscheibe darauf aufmerksam, dass der Zug nur abgestellt ist. »Der Zug nach Angermünde geht heute von Bahnsteig eins«, erklärt er den verdutzt dreinblickenden jungen Leuten. »Der fährt aber gerade los«, macht er sie auf ihr Missgeschick aufmerksam.

Es ist die letzte Bahn für diesen Tag, die gerade davonrattert. Der nächste Zug fährt erst am Morgen kurz nach vier Uhr.

»Komm, dann trampen wir eben«, schlägt Claudia vor. Sie wählen den Weg an den Gleisen entlang zur Unterführung am Oder-Havel-Kanal und von dort in Richtung Wassertorbrücke, einem Bauwerk, an dem der Zahn der Zeit erkennbar Spuren hinterlassen hat. Es kommt der Augenblick, in dem Claudia Kranzler ihren Begleiter in letzter Sekunde vor dem heranbrausenden Triebwagen von den Gleisen zerrt und ihm das Leben rettet. Nach dem Zwischenfall laufen sie weiter und machen auf halbem Weg zwischen der Eisenbahnunterführung und der Wassertorbrücke am Streckenkilometer 68,8 auf der Böschung des Oder-Havel-Kanals Rast. Sie rauchen jeder eine Zigarette der Marke »Semper« und trinken abwechselnd Bier aus einer Flasche aus dem »Goldenen Anker«. Claudia ärgert sich noch immer über ihr Pech. »Erst habe ich die Betriebsfeier verpasst und nun auch noch den Zug. Das ist ein ganz schöner Mist.« Ganz so kummervoll, wie noch zu Beginn ihrer Begegnung, klingt ihr Klagen aber nicht mehr, glaubt Günter Tänzer herauszuhören. Er umfasst dennoch tröstend ihre Schulter und spürt dabei, dass das Mädchen neben ihm diese Nähe nicht mag, auch wenn sie den Körperkontakt kurz duldet. Den Versuch eines Kusses wehrt sie ab. Die lässt sich nicht mit jedem X-Beliebigen ein, weiß er spätestens jetzt. Bei Tänzer regt sich in diesem Moment dennoch die Lust auf mehr. Er beschließt für sich: Ich will den Geschlechtsverkehr.

Bei dem Gedanken spielt er mit der Kordel am Saum seines Parkas. In Sekunden reift sein Plan, und er führt ihn aus, als Claudia ihren Kopf einen Moment abwendet. Blitzschnell zieht er die Schnüre aus dem Anorak, legt sie seinem Opfer um den Hals und zieht mit aller Kraft zu. Er will die Frau, die ihm eben das Leben gerettet hat, gefügig machen für sein perverses Vorhaben.

»Ich wollte sie besinnungslos machen, damit sie sich nicht mehr wehren kann. Das erschien mir am sichersten, um jede Gegenwehr auszuschließen«, sagt er später vor Gericht aus. »Ich wollte nicht, dass sie stirbt. Obwohl ich das ja nicht irgendwie einschätzen konnte. Mir war klar, dass sie sterben könnte, wenn ich sie drossele.« Noch ist die Kordel nicht gänzlich zugezogen, weil Tänzers rechte Hand unter die Schnur geraten ist. »Mensch, hör auf, ich bekomme keine Luft mehr. Ich ersticke«, bittet die völlig überraschte und wehrlose Frau mit schwächer werdender Stimme ihren Peiniger. Der bekommt seine Hand aus der Schlinge und zieht nur noch fester zu. Claudia Kranzlers Kopf fällt auf das Gras der Böschung. Sie ist bewusstlos.

Das Drosseln hat die sexuelle Begierde des Täters weiter angestachelt. Er löst die Schnur vom Hals, rüttelt die am Boden liegende Frau und schlägt ihr ins Gesicht, um sicher zu sein, dass sie ihm wirklich wehrlos ausgeliefert ist. Dann öffnet er ihre Lederjacke, schiebt Pullover samt BH nach oben, bis die nackte Brust zu sehen ist. Er entblößt ihren Unterleib, indem er ihre Sachen bis zu den Waden herabstreift, und als das nicht ausreicht, entkleidet er sie vollständig. Kaum hat er seinen Penis in die Scheide geschoben, kommt es zum Samenerguss.

Nach der Vergewaltigung beschäftigt Tänzer nur ein Gedanke: Wie kann er die Straftat vertuschen, damit seine Ausreise in die BRD nicht im letzten Augenblick durch diese »blöde Tat« scheitert? Vor Wut über sich schleudert er die Bierflaschen aus dem Beutel in den Kanal, behält nur eine als Reserve. Der Täter zieht der Bewusstlosen Schlüpfer, Strumpfhose und Hose an, ohne dass er den Reißverschluss schließt. Es ist ihm nicht der Mühe wert. Den Büstenhalter zuckelt er halb über die Brust, den Pullover lässt er unverändert. »Sie sollte nicht so unbedeckt liegen bleiben«, erklärt er später sein Handeln. Erneut schlägt er Claudia Kranzler mit der flachen Hand ins Gesicht, diesmal, um sie aus der Bewusstlosigkeit zu holen. Die aber röchelt nur, die Augen öffnet sie nicht. »Das hat ja doch keinen Zweck«, ist sein letzter Gedanke, bevor er den Tatort verlässt und ins Walzwerk geht. Dass die Temperaturen bis in die Nähe des Gefrierpunktes abgesackt sind, lässt ihn kalt. Hilfe zu holen, daran denkt er nicht.

Im Umkleideraum des Betriebes angekommen döst er eine Weile vor sich hin, stellt sich danach unter die Dusche und schenkt dem Kollegen, der kurz vor sechs Uhr in der Waschkaue auftaucht, seine letzte Flasche Bier. Dann verschwindet Günter Tänzer.

In den folgenden beiden Tagen treibt ihn Unruhe um. Mehr als einmal will er sich am Tatort davon überzeugen, was mit seinem Opfer geschehen ist. Doch er traut sich nicht. Seine Ungewissheit verstärkt sich, als er am Montag und Dienstag beim Durchblättern der Zeitung keine Notiz über das Verbrechen findet. Eigentlich, so überlegt er, wäre es besser, wenn sie gestorben ist. Dadurch würden sich die Ermittlungen hinauszögern, bis ich im Westen bin. Er macht sich auf den Weg nach Eberswalde, um die letzten Hürden für seine Ausreise aus dem Weg zu räumen. Sein Traum von einem schönen Leben in Westberlin zerplatzt, als ihn Hauptwachtmeister Tramp »zur Klärung eines Sachverhalts« aufs Revier der Transportpolizei Eberswalde befördert.

Kann ein Mann, der von einer Sekunde auf die andere beschließt, eine Frau zu vergewaltigen und sie vielleicht zu töten, bei Verstand gewesen sein? Tänzer wird im Krankenhaus für Psychiatrie und Neurologie Eberswalde auf Gehirnschäden untersucht. Geprüft werden soll ferner, ob er zum Zeitpunkt der Tat im Affekt oder im Zustand höchster Erregung gehandelt hat und damit nur eingeschränkt schuldfähig war. Nach drei Wochen gründlicher stationärer Untersuchung stellt der Gutachter fest: Tänzer ist für seine Straftat voll verantwortlich.

Im Sexualleben des Günter Tänzer gibt es zunächst nichts Auffälliges. Er ist kein intimer Früh-, aber auch kein Spätstarter. Einmal war er verheiratet, die Ehe zerbrach an der Untreue der Gattin während seiner Armeezeit. Das Sorgerecht für den gemeinsamen Sohn wird dem Vater zugesprochen. Er zeugt noch ein zweites Kind mit einer anderen Frau, doch glücklich wird er auch in dieser Beziehung nicht. Viermal sitzt er Strafen im Gefängnis ab, und in dieser Zeit bemerkt er Veränderungen an sich. Bei der Selbstbefriedigung spielen brutale Fantasien zunehmend eine Rolle. Übliche Bettszenen beispielsweise in Filmen lassen ihn kalt, wird eine Frau hingegen hart behandelt, erregt ihn das. Es sind Züge einer gewissen Brutalität bei ihm erkennbar, die nach Ansicht des Gutachters auch bei dem Verbrechen an Claudia Kranzler eine Rolle gespielt haben. Tänzer ging es bei dem rücksichtslosen Zusammenziehen der Kordel nicht darum, das Mädchen neben sich möglichst rasch und ohne Widerstand gebrauchen zu können, sondern um seine sexuelle Befriedigung. Ein krankhafter Sadist aber ist er nicht. Das Quälen allein bringt ihm noch keine Erfüllung, er braucht dafür den normalen Geschlechtsverkehr.

Das Bezirksgericht Frankfurt (Oder) verurteilt Günter Tänzer im Juli 1980 wegen versuchten Mordes in Tateinheit mit Vergewaltigung im schweren Fall unter den straferschwerenden Bedingungen des Rückfalls zu einer Freiheitsstrafe von 15 Jahren. Der Angeklagte habe sich zwar spontan zu der Tat entschlossen, dann aber zielstrebig, rücksichtslos und brutal sein Ziel verwirklicht. Die Berufung Tänzers gegen die höchstmögliche zeitliche Strafe wird vom Obersten Gericht der DDR verworfen. Im April 1991 öffnen sich für ihn die Tore der Justizvollzugsanstalt Brandenburg an der Havel, vier Jahre später wird die zur Bewährung ausgesetzte Reststrafe erlassen.

Anhang

Zur eventuellen wissenschaftlichen Aufarbeitung sind für Interessenten nachfolgend den einzelnen Kriminalfällen die Aktenzeichen (Az) zugeordnet.

Die gepfählte Frau
Az: 001 BS 9/81 Bezirksgericht (BG) Cottbus
131-29/80 Staatsanwaltschaft StA Cottbus

Wie vom Erdboden verschluckt
Az: 002 BS 8/71 BG Cottbus:
BIR 18/70 StA: Cottbus

Tatort Sportplatz
Az: BS 4/86 BG Frankfurt (Oder)
131-46-85 StA Frankfurt (Oder)

Gnadenlos
Az: I BS 1/74 BG Magdeburg
131-26-73 StA Magdeburg
21 Ks 24/95 LG Potsdam
86 Js 102/ StA Potsdam

Aufgespießt
Az: I BS 13/80 BG Frankfurt (Oder)
131-22-80 StA Frankfurt (Oder),

Der Tote auf dem Gartenklo
Az: 00 1 BS 13/78 BG Cottbus
131-4/78 StA Cottbus

Die Rache des Gehörnten
Az. 00 2 BS 16/74 BG Cottbus
131-24/74 StA Cottbus

Sadist im Arztkittel
Az: BS 3/87 BG Potsdam
131-19-06 StA Potsdam

Das blutige Ende eines Kneipenabends
Az: BS 4/86 BG Frankfurt (Oder)
131-46-85 StA Frankfurt (Oder)
Das letzte Mal
Az: 00 1 BS 8/82 BG Cottbus
131-32/81 StA Cottbus
Ausweg Tod
Az: 001 BS 1/88 BG Cottbus
131 – 54/87 StA Cottbus
Ehrenmord
Az: 001 BS 12/81 BG Cottbus
131-18/81 StA Cottbus
Tanz ins Unglück
Az: I BS 14/80 BG Frankfurt (Oder)
131-43-80 StA Frankfurt (Oder)

Nachwort

Mord und Totschlag unterlagen in der DDR weitgehend einem Tabu. Weil das vorsätzliche Töten eines Menschen den Prinzipien des sozialistischen Zusammenlebens widersprach, wurde, abgesehen von Mithilfeaufrufen der Polizei, bei der Fahndung nach Straftätern in den Medien kaum berichtet. Dabei kann jedes aufgeklärte Verbrechen ein Stück Prävention und Stärkung des Vertrauens der Bürger in die Arbeit von Polizei und Justiz sein.

Jeder Mensch kann, unabhängig vom Gesellschaftssystem, unter bestimmten Umständen zum Mörder oder Totschläger werden; der intelligente Arzt ebenso wie der geistig zurückgebliebene Viehpfleger. Das vorliegende Buch ist dafür ein erneuter Beleg.

Es gibt unterschiedliche Mordmerkmale. Menschen töten Menschen aus Lust daran, einen anderen sterben zu sehen. Sie morden zur Befriedigung des Geschlechtstriebes, aus Habgier oder sonstigen niederen Beweggründen – heimtückisch, grausam, zur Verdeckung oder Ermöglichung einer Straftat.

Warum aber werden Menschen zu Mördern? Diese Frage kann das Buch nicht beantworten, das müssen Experten mit entsprechenden psychologischen Kenntnissen tun. Ich habe mich anhand von Akten an die Fakten gehalten, die über die Morde und ihre Motive gesichert sind. Dabei zeigt sich, dass die Realität manchmal grausamer ist als die schlimmste Fantasie.

Auf moralisierende Wertungen und Kommentare zu den Gerichtsurteilen habe ich bewusst verzichtet. Ob in jedem Fall Gerechtigkeit waltete, möge jeder anhand seiner eigenen Lebenserfahrung beurteilen. Gerade bei Beziehungstaten gibt es oft keine unmittelbaren Tatzeugen. Muss am Ende alles so passiert sein, wie es am wahrscheinlichsten ist? Es gibt in der Rechtsgeschichte Fälle, in denen Menschen Morde gestanden haben, die sie in Wirklichkeit nicht begangen haben.

Die Darstellung der Verfahrensabläufe belegt indessen die Feststellung des Bundesgerichtshofes aus dem Jahr 1994, dass Staatsanwälte und Richter in der DDR bei der Aufklärung und Aburteilung von Kapitalverbrechen nach bestem Wissen und Gewissen vorgegangen sind. Hingewiesen sei an dieser Stelle zum allgemeinen Verständnis allerdings auf die Unterschiede in der Strafzumessung: Während das Strafgesetzbuch in der BRD für Mord zwingend den Ausspruch der lebenslangen Freiheitsstrafe vorsieht, reichte der Strafrahmen in der DDR für Mord von zehn Jahren Freiheitsentzug bis zum Ausspruch der Todesstrafe, die in der DDR offiziell erst 1987 abgeschafft wurde.

Aus Gründen des Persönlichkeitsschutzes wurden alle Namen von Tätern und Opfern, aber auch anderer Personen, die bei den Ermittlungen eine Rolle spielten, sowie gegebenenfalls die Orte der Verbrechen verfremdet. Namensgleichheiten sind zufällig. Ausgenommen sind Experten, die zu Personen der Zeitgeschichte wurden und aus früheren Veröffentlichungen bekannt sind.

Herzlich danke ich dem ehemaligen Cottbuser Staatsanwalt Horst Helbig sowie den einstigen Leitern der MUK in Cottbus und Frankfurt (Oder), Hans Jakobitz und Gerald Buchwalder, für die fachliche Beratung. Für eine wissenschaftliche Konsultation immer zur Verfügung stand mir die Gerichtsbiologin Dr. Annerose Pieper vom Landeskriminalamt Eberswalde. Großartig unterstützt bei den Recherchen hat mich auch die Generalstaatsanwaltschaft des Landes Brandenburg.

Viele andere haben Anteil daran, dass dieses Buch erscheinen konnte. Allen sage ich: Danke!

Wolfgang Swat